London's Wicked Affair
by Anabelle Bryant

結婚のための三つの条件

アナベル・ブライアント
上京恵[訳]

ライムブックス

LONDON'S WICKED AFFAIR
by Anabelle Bryant

Published by arrangement with Kensington Books,
an imprint of Kensington Publishing Corp., New York
through Tuttle-Mori Agency., Tokyo

結婚のための三つの条件

主要登場人物

アメリア・ストラスモア……………………伯爵の娘
ルンデン・ベックフォード…………………スカーズデイル公爵
マシュー・ストラスモア……………………アメリアの兄
ダグラス………………………………………ルンデンの兄。故人
ホイッティンガム伯爵………………………アメリアの父親
レディ・ホイッティンガム…………………アメリアの母親
シャーロット・ディアリング………………アメリアの親友
ディアリング子爵……………………………シャーロットの夫
コリンズ………………………………………〈知的優秀者協会〉会長
ニルワース……………………………………貴族
ラッセル・スコッツ…………………………ルンデンが所有する屋敷の賃借人

1

一八一七年
イングランド、ロンドン

マシュー・ストラスモアは、書斎の窓際に置いたマホガニー材のテーブルに散らばるパズルのピースに目を凝らした。技術と注意力を駆使して世界地図を完成させるのだ。彼はパズルの一区画を完成して満足の声をもらし、新たなピースをつかもうとした。これはシチリア島かもしれないが、サルディーニャ島という可能性もある。そのとき扉がノックされた。

「入れ」

「ご主人さま、お客さまがおいでです」執事は戸口から声をかけたが、客の名刺を置いたトレイは持っていない。

「ありがとう、スペンサー。客は名刺を出したか？」振り返ったマシューは、足を引きずって慎重に進み出た。

「お出しになりませんでした。お名前もおっしゃいません」

「そんなやつに会う時間はない」マシューは机に立てかけた杖を持ち、執事に一瞥《いちべつ》をくれた。パズルをもう少し続けたあと、もっと重要な仕事に目を向けるつもりだ。

「ご主人さま？」

スペンサーの意味ありげな口調に、マシューは興味を覚えて振り返った。「うん？」

「お客さまは、ご主人さまが面会をお断りになった場合はこれをお見せするようにとおっしゃいました」執事は手袋をはめた手にスエード製の袋を持って歩いてきた。

「なんだ？」マシューは執事の手から袋を引ったくり、中身を出した。それを見てはっと息をのんだ音が、廊下の時計が鳴る不吉な音に重なる。「すぐにその男を通せ」

執事は足早に玄関まで歩いていった。

「急げ、スペンサー、そいつが待ちきれずに帰ってしまわないように」マシューがなんとか落ち着きを取り戻したとき、スカーズデイル公爵が現れた。マシューは相好を崩し、心からの歓迎の意をこめて友人を抱擁した。

「スカーズデイル、自分の目が信じられないよ」ふたりが握手をした瞬間、離れていた一〇年の歳月は、最初から存在しなかったかのように消滅した。

「わたしもだ。わたしがどんなにこの街を忌み嫌っているかは、誰よりもきみがいちばんよく知っているだろう」

第三代スカーズデイル公爵ルンデン・ベックフォードをイングランドの片隅に追いやった事情がほのめかされたとき、空気が張りつめた。だがマシューは、それが再会に水を差すのを許さなかった。旧友に会えたのを心から喜んでいる。ルンデンがひとことの説明もなく姿を消したことを世間がどう考えていようが、マシューは彼になんの恨みも抱いていない。

ふたりは一瞬、黙り込んだ。やがてマシューは机に置かれた懐中時計をスエードの袋に戻した。重苦しくため息をつき、袋を差し出す。

「ありがとう」ルンデンが袋をズボンのポケットに戻すときに発した短い言葉は、多くのことを語っていた。

マシューは机に寄りかかり、椅子のほうに顎をしゃくって、座るよう友人を促した。「ブランデーでいいか？ それとも、そんな毒はやめたのか？」酒のキャビネットに目をやる。「最後に会ったとき、きみはぐでんぐでんに酔っていたよな」

「そんな目で見ないでくれ。きみだって同じくらい酔っ払っていたくせに」ルンデンは首を横に振って酒を断った。「わたしが一〇年間酒浸りになっていたとは思っていなかっただろう？」椅子に座ると、気まずそうにマシューの左脚を見おろし、杖に沿って視線をあげていった。

「ぼくなら大丈夫だよ」しかし、マシューがそれ以上強く断言することはなかった。「それで、なぜ戻ってきたんだ？」

「兄の死後、爵位やそれに伴う財産の移管の手続きは事務弁護士がやってくれた。だがダグラスは、街屋敷《タウンハウス》に関して厄介な条項を付加していた。わたしはロンドンを出て以来、あの屋敷を人に貸したままにしていたが、これ以上不可解な理由で所有しつづけるのは精神的につらくなってきてね。事務弁護士が法的な縛りを解きほぐして所有権を円満に移転するのを、悠長に待ってはいられない。とにかくさっさと売り払って、永久にロンドンとおさらばしたいんだ」

「きみが来た以上、問題は事務弁護士と協力して解決できるだろう」マシューは一杯やろうと酒のキャビネットまで歩いていった。「たぶんきみの兄上には特別な事情があって、その条項を付加したんじゃないか。ぼくはよく兄上のことを考える。ダグラスはいい人だった」

「ああ、そうだな」ルンデンはポケットにしまったスエードの袋に触れた。

マシューは過去の記憶をほじくり返そうとはせず、沈黙が、深い池に投げ入れた重い石のごとくふたりにのしかかった。「何かぼくに手伝えることは？　泊まるところはあるのか？」片手にブランデー、片手に杖を持ち、机の後ろの椅子に腰をおろす。「必要なだけここにいればいい。きみと一緒にいるのは、ぼくも楽しいよ」

ルンデンは昔と変わらず陽気な友人を眺めた。長らく忘れていた懐かしさで心がちくりと痛む。ロンドンは忌み嫌っている。だが、いくら自ら孤独な生活を選んだとはいえ、友人との交流がなくなったのは寂しかった。何年ものあいだ、田舎屋敷《カントリーハウス》に送られてきた招待状にことごとく断りを入れた。そのうち、数少ない友人たちからも誘われなくなった。彼らが悪いわけではない。ルンデンは社交界とかかわりを持ちたくないと明言しており、その気持ちは今も変わらない。銀行と話をつけて屋敷を手放すことができしだいベックフォード・ホールに戻って、死ぬまで田舎に引っ込んでいるつもりだ。

「たしかに寝泊まりする場所が必要だ。恩に着る。目立たないでいるのは難しいだろうが、できればそうしていたい」マシューのタウンハウスはペルメル街に隣接するクリーブランド・ロウにある。それほど人目につかない場所というわけではないものの、ほかに選択肢はない。「できれば、わたしがここに滞在していることは秘密にしておいてほしい」

「わかった。使用人にも口止めしておこう。きみの名前も滞在の理由も、みんなには知らせない」

マシューは椅子にもたれかかった。つかのま、ルンデンは友人の顔に笑みが浮かびかけたように思った。

「その代わり、頼みがあるんだが」

マシューは幼い頃から頭が切れる少年だった。ルンデンに彼の頼みを断れるわけがない。マシューはルンデンの名誉を守ろうとして、脚に銃弾を食らったのだから。「もちろんいいよ。言ってくれ」

マシューは一瞬にやりとした。「素晴らしい。説明させてくれ。両親は田舎のレイクドューに引っ込んだ。父のホイッティンガム伯爵はときどき呼吸困難に陥るんだが、都会は空気が悪くて湿っぽい。両親は何十年ものあいだ社交シーズンを過ごしてきて、これ以上、世間の義理に縛られたくないと思っている。何しろ父があんな健康状態だからね。それで両親はぼくに、アメリアに夫を探すよう頼んできた」

「アメリアか」ルンデンは長年マシューの妹のことを考えていなかった。記憶によれば、彼女はわがままな少女で、ひどくおてんばで、くっきりした緑色の目をしていた。男をすっかりとりこにして、下半身に焼けるような痛みが走るまで股間を膝蹴りされたことにも気づかせない、そんな瞳だ。ルンデンは咳払《せき》いをした。「頼みというのは、アメリアのことなんだな」心の声は〝困ったことにならなければいいが〟とささやいていた。

「驚くことでもないが、妹は非協力的だ。ぼくとアメリアは水と油だよ。昔からそうだった。たぶんあいつはぼくを困らせるためだけに、こちらの縁結びの努力に抵抗しているんだろう。でも母はいい結果が出ることを待ち望んでいるし、アメリアが身をかためないかぎり、父も安心できそうにない」

不安の影が部屋を包み、ルンデンは顎をさすって突然の緊張をやわらげようとした。「わたしにどうしてほしいんだ？」

ある疑問が胸にわいて狼狽《ろうばい》を覚えたものの、それを口には出さなかった。マシューは妹と結婚してくれと頼むつもりなのか？　ありえない。ロンドンの人間はみな、ルンデンを最悪の男だと思っている。災いのもとを義理の弟にしたい者はいない。

耐えがたい沈黙が続いたが、やがてマシューが答えた。「助けてくれ。もう万策尽きた。あいつに夫を見つけるか、せめて見つけるのを手伝ってほしい。妹を結婚させて厄介払いしたいんだ。早ければ早いほうがいい。アメリアに邪魔されなくても、人生は充分複雑なんだから」

「しかし、身をひそめているわたしに、どうやってそんな芸当ができるんだ？　わたしは一〇年間不在だったし、ロンドンの人間からは悪く思われている。わたしが戻ったのを知れば世間は騒ぐ……」兄の予期せぬ死のあと、礼儀正しい悔やみの言葉が、事故にまつわる遠まわしの詮索になり、ついには腹立たしい質問や下劣で露骨な非難に変わったのを思い出すと、ルンデンの胸は痛んだ。

「あいつを舞踏会にエスコートしてくれと頼んでいるわけじゃない」マシューはその考えにそそられているように見える。「抵抗しても無駄だということを、妹にわからせてほしいんだ。アメリアは結婚しなくちゃならない。あいつも結婚自体には反対していないようだが、関心を寄せてきた男をことごとく拒んでいる。きみの影響力を行使してくれ。子どもの頃、妹はきみの一言一句に聞き入っていただろう」

「だが、わたしたちはみんな大人になった。もうずいぶん長いあいだ、妹さんには会っていない」ルンデンは自分がこの計画においてなんらかの役に立てるとは思えなかった。「きみは人を殺した疑いをかけられている悪名高い害虫に、表舞台に出ることなく裏方に徹しながら、ささやかな奇跡を起こせと頼んでいるのか？」

マシューがにやりとした。「昔から、きみは万能だと思っている」

「ばかばかしい」ルンデンはもぞもぞと身じろぎをした。「そもそも、あまり長期間ロンドンにいるつもりはない」

「それでも、これがぼくからの条件だ。頼みを受けるか、ここを去るか、ふたつにひとつだよ」マシューは立ちあがって数歩進んだ。引きずる足が、彼が大きな犠牲を払った英雄的行為を常に思い出させる。「それに、きみが本気で取り組めばなんだってできるし、その結果みんな幸せになれる」

今とまったく同じ言葉の記憶がうつろな胸の中でこだまして、ルンデンは喉のつかえをのみ込んだ。マシューは、ダグラスの死にまつわる表面的な事情が公になったあともルンデンを仲間外れにしなかった、数少ない友人のひとりだ。彼の妹の縁談をまとめるのが、どれほど難しいのだ？　求婚してきた最初の男と彼女をさっさと結婚させて、そのあと自分の用に取り組めばいいではないか。

「承知した」ルンデンは深く息を吸い、手を出してがっちりと握手した。

マシューは先ほどよりも敏捷《びんしょう》な動きで机の向こうまでまわり、フェルトの吸い取り台の上に散乱する書類を探った。「母がリストをつくってくれた。きっと役に立つ」

「それは素晴らしい。候補者がいるなら、話ははるかに簡単だ」ルンデンの不安がやわらいだ。事態を大げさに考えすぎていたのかもしれない。

「候補者ではないよ」マシューが低い笑い声を響かせた。「そんなに単純な話なら、とっくにぼくが縁談をまとめているさ。ああ、見つかった」彼は一枚の紙を引き出しから取り出した。「母が義理の息子に求める性質のリストだ。おそらく母は、ぼくが最初に求婚してきたやつとアメリアをさっさと結婚させるんじゃないかと心配したんだろう」苦笑いを見せる。「ぼくをちっとも信頼していないわけだ。とにかく、これだよ」

ルンデンはおののきながら紙を受け取った。ざっと目を走らせ、紙を折りたたんでベストの左胸ポケットに滑り込ませる。「ほかには?」

「ちょっと考えたんだが、候補者を検討するとき、トレント卿は避けてくれ。彼は無理だ。先月、アメリアはあの男の股間に火をつけた」

「なんだって?」思わず下半身がこわばり、ルンデンは座ったまま、もぞもぞと身じろぎをした。またしても。

マシューの表情は笑いと怒りのあいだを行ったり来たりした。「先日、母の目的をかなえるため晩餐会に出席したんだ。苦労して、アメリアをトレント卿の隣に座らせるよう画策した。彼は評判のいい貴族であるうえ、財産を上手に管理し、羽目を外すことはめったにない。完璧な候補者だ」マシューはひと息ついた。「妹はその気になれば魅力的になれるし、ぼくはあいつが若き伯爵に魅了されることを望んでいた。たいていの若い娘は、トレントの話にうっとり聞き入るからね。

食事は順調に進んでいた。少なくとも、ぼくはそう思っていた。やがて会話は社交界の噂話に移っていった。ぼくはわくわくしたよ。運命の女神はぼくに微笑んでくれていた。ところがトレントのやつ、何を血迷ったのか、結婚によって得をするのは女ばかりで、男は尻に敷かれる運命にあると発言したのさ。

それを聞いたアメリアがいきなり立ちあがったものだから、テーブルの中央に置かれていた銀の飾り皿が倒れて、火のついたろうそく六本がトレントの膝の上に落ちた。ぼくが迅速に反応して水差しの水をかけなかったら、あの男は将来子孫を残せなくなっていただろうな」

ルンデンは咳払いをした。二度。

「当然ながら、彼は候補者にできない」マシューは数百のピースから成る組み立て中のパズルのほうを向いた。「よほどの変わり者じゃないと、アメリアの冒険心に富む精神は理解できないだろう」

「妹さんをそんなふうに考えているのかい？」ルンデンはテーブルの横まで行ってマシューと並び、パズルを眺めた。「ほかに避けるべき男は？」

「ライリー卿とレノックス卿だな」マシューは新大陸の端のそばの大西洋にピースをはめた。

「それだけだと思う」

「利口なやつだな、自分は気が進まないからといって、わたしにこんな任務を押しつけるとは」ルンデンは、友人がさらに三つのピースをはめてエジプト国境を形成するところを見つめた。エジプト。ロンドンでのつらい記憶や、ルンデンが成し遂げると合意したばかばかしい計画から、遠く離れた場所。このパズルは無数の逃げ道を示してくれている。

「きみのほうがうまくできるはずだ。ぼくの提案を、アメリアは検討もせずにはねつける。ぼくが兄だからだ。ことごとく反発するんだよ」

「きみがこのずる賢い戦略を考えたことを、彼女に話してもいいかい？　妹さんがわたしの記憶どおり頭が切れるなら、どうせ難なく真相を見いだすだろう」

「アメリアのことはきみに任せるよ。きみを信用している。ぼくにとっては兄弟同然の存在だ」

それはまずい言葉の選択だった。マシューの顔に浮かんだ狼狽が、自分でもその発言を後悔していることを示している。けれどもマシューに悪気はなく、ルンデンは友人に自責の念を感じさせたくなかった。

「では部屋に案内してくれ、わたしが気を変えて逃げ出す前に」ルンデンは返事を待つことなく、きっぱりとした足取りで部屋の出口に向かった。

2

アメリア・ストラスモアはピンクのシルクの日傘の柄をくるくるまわしながら、まっすぐ顔をあげ、歩道を歩いて親友の家に向かった。付き添い《シャペロン》は、あたたかな春のそよ風になびくアメリアのボンネットのリボンのごとく、後ろからついてくる。レディ・シャーロット・ディアリングの家に着いたアメリアは錬鉄製の門扉を開け、ライムストーンを敷きつめた道を進んで玄関まで行き、扉をノックした。先日結婚したシャーロットが遠くへ行ってしまわないで、本当によかった。

セントジェームズ・スクエアまでの毎朝の散歩ができなくなったら、途方に暮れてしまうだろう。アメリアとシャーロットはいつも大理石のベンチに座り、お互いの秘密を打ち明け合い、来たときと同じ道をたどって戻る。ときにはハトに餌をやったり、詩を読んだり、歩行者を眺めたりするけれど、常に心の内にある問題を話し合っている。アメリアは自分を結婚させようとする兄の無茶な試みについて話し、シャーロットは真の愛を求めていながら実利のための結婚を強いられた自らの不幸を嘆く。

アメリアはノッカーを叩いて待った。彼女の頻繁な訪問にすっかり慣れている執事が応対した。女性ふたりはいつものように、それぞれのシャペロンを引き連れ、腕を組んで歩きはじめた。

「お兄さまがなかなかあきらめないことには驚いてしまうわ。あなたは心の準備ができたら自分で結婚相手を選ぶと明言しているのに」

親友が心から応援してくれるのはありがたい。父の健康状態が悪化している今、独身を守っていられる時間は尽きてきたのでは、とアメリアは懸念している。「兄はわたしの言うことを信じていないみたいなの。次に兄がどんな手を打ってくるかは見当もつかないわ」彼女は突然くすくす笑いだした。「でもズボンに火がついたときのトレント卿の表情は、一生忘れないと思う」

「わたしもその場にいたかったわ。勇猛に自分を守ったあなたに、きっと拍手喝采したでしょうね」

トレントの発言にアメリアが怒り狂って大げさな反応を示した本当の理由を知るのは、シャーロットひとりだ。「あなたはいちばんの親友よ。結婚で得をするのは男ばかりで女にはなんの利点もないことを、あなたという生きた証拠が示している以上、あんなばかげたことは誰にも言わせないわ」

シャーロットは真顔になり、しばらくのあいだ、ふたりが敷石を踏む靴音だけが響いた。一台の馬車が通り過ぎ、小さな犬がそのあとを追う。アメリアはそれを見ながら、打ちひしがれた友人のことを思って胸を痛めた。

「最近はそれほどひどくないのよ」

アメリアはシャーロットの腕をしっかりと握った。「それこそ、わたしがいちばん恐れていることよ。少なくとも、ディアリング卿がいつもどおり不機嫌でむっつりしているときは、何を予期すればいいかわかっている。でもあの方が優しいときは、かえって疑わしいわ」不意に体に震えが走り、アメリアはシャーロットをより強く抱き寄せた。「動物を飼いたいって、ご主人に伝えた？　ご主人が書斎にこもっていたり、ほかのことで忙しくしているとき、犬や猫がいれば気が紛れるわ。わたしがどんな気分のときもパンドラはそばにいてくれる。猫は言葉を話せないけれど、いつでも慰めてくれるのよ」

「そうね。だけどパンドラが起こした騒ぎを考えてみて。ペットが家具を引っかいたり、絨《じゅう》毯《たん》を汚したりしたら、主人は喜ばないわ」

アメリアはシャーロットの反論を鼻であしらった。「ご主人はいずれ子どもをつくるつもりなの？　子どもも同じ、いえ、もっと悪いことをするわ。それにパンドラがいたずらをするからといって、猫がみんなそんなふうだとはかぎらないのよ」アメリアは笑顔になった。パンドラはシャーロットの次に大切な友達であり、世界じゅうのすべてのチョコレートを差し出されても、パンドラと交換するつもりはない。

「ペットを飼おうと提案したとき、主人はあまりいい顔をしなかったの」

「ペットがいればあなたは幸せになると言った？」アメリアはなんとかしてシャーロットの置かれた状況を改善しようと心に決めている。

「わたしが幸せかどうかは結婚の条件に入っていないから。両親が求めたのはディアリングの資金援助よ。せめて、もう少し時間をかけて彼を知ることができればよかったんだけど。牛耳っているのがお兄さまで、あなたは運がいいわ。大きな借金を抱えて早急に援助を必要としている両親じゃなくて」

広場に到着したふたりは、お気に入りのベンチに腰をおろした。実の両親がシャーロットに現在の不幸を強制したのだとしたら、彼女の幸せに言及するような質問をしなければよかった、とアメリアは後悔した。とはいえ、アメリア自身の状況も、シャーロットの運命と大きく違わない気がする。

「運はなんの関係もないわ。父は病気なのよ。この前会いに行ったとき、呼吸困難は改善していなかったの」アメリアは表情を崩さないようにしたものの、こみあげた感情が声に出ていた。「兄はこれまでにも増して、わたしを結婚させようとするでしょうね」憂いのこもった大きなため息をつく。「真実の愛を信じるなんて、わたしたちはふたりとも愚か者なのかしら？　人生にはつまらないお茶会や礼儀正しい会話以上のものがあるという希望を抱くなんて？」

「ときどき、どうして恋愛結婚ができるなんて考えたのかと思ってしまうわ。そんなのは、クリスマスの朝の流星群くらい稀有《けう》なものよ」

アメリアはうなだれて、爪先で地面をトントンと叩いた。心は分別と闘っていた。自分は愛を信じている。真実の愛を。両親は深く愛し合っており、彼らがお互いに愛情と敬意を示していないときなど思い出せない。それこそが問題の核心なのだ。両親は、父の病気が進行したり、何か悪いことが起こったりする前に、アメリアが結婚して幸せになるのを望んでいる。でも、どうして期限を決められて真実の愛を見つけることができるだろう？　自分が夫に対して何を望んでいるかははっきりわかっているけれど、まだそれにふさわしい男性に出会えていない。自由をあきらめることを強いられるのならば、代わりに愛と忠節が欲しい。その希望がかなえられなかったらと不安になるあまり、どうしたらいいかわからなくなっている。

シャーロットが絶望的な口調で続けた。「わたしたち、現状で満足しなくちゃならないみたいね。子どもの頃は今と違う未来を夢見ていたわ。だけど主人はわたしの家族に対して、とても気前がいいの。彼が愛情を示してくれないからとか、わたしを特別だと感じさせてくれないからという理由で文句を言うのは身勝手よ。彼は両親と三人の妹を貧困から救ってくれたんだもの」

友人の諦観したような発言に、アメリアは右の眉をつりあげた。「すべてが失われたわけではないわ、シャーロット。結婚というのは大きな変化よ。ディアリング卿は、まだ少し遠慮なさっているんじゃないかしら。時間が経つにつれて、人生はもっと楽しくなるかもしれない」

その励ましは、サンザシの枝がつくる日陰と同じくらい効果が薄いものだったけれど、アメリアは友人への思いやりから、あえて楽観的な口調を保った。

「彼はほとんど話しかけてくれないのよ。ときどき、わたしのことを嫌いなのかと思ってしまうわ」

「そんなばかな。あなたは世界一優しくて、愛らしくて、愛想のいい人よ。ご主人が話しかけないとしたら、あなたの美しさに圧倒されて口がきけなくなるからだわ」アメリアは立ちあがり、スカートの汚れを払った。「焦らないようにしましょう。わたしたち、あまりにも早く、あまりにも多くを期待しているのかもしれない」

そのあとふたりは世間話をし、シャーロットの家の前で別れたあと、アメリアは急ぎ足で自宅に向かった。マシューの書斎へ行って、ディアリングの冷たい態度を見てごらんなさいと強く言うつもりだ。シャーロットの状況は、結婚を焦ってはならないことを証明している。結婚というのは、じっくり検討すべき問題なのだ。とはいえ、父のために急がねばならないのもわかっている。

待機するスペンサーの手に日傘とボンネットを押しつけると、立ち止まってマシューの予定を尋ねることもせず、階段を駆けのぼった。どうせ今は、あのタイルのパズルをしているだろう。

母は一〇年前、銃創を負った息子の療養中に最初のパズルを買ってやった。マシューが怪我をして動けない期間にいらだちを爆発させることを恐れ、また精神的な衝撃をやわらげることを願って。体を使えないあいだ、頭を使うことで気を紛らわせればいいと考えたのだ。自分が何を誘発したのか、母はまったくわかっていなかった。今、マシューは夢中でパズルに取り組み、ときには何時間もピースを見つめている。まるでパズルの完成に自分の命がかかっているかのように。

書斎の両開きの扉を勢いよく開けて大きく二歩進んだところで、アメリアは凍りついた。そこにいるのが兄ひとりではなかったからだ。

ルンデンは、誰かに王冠を盗まれた女王であるかのように部屋に飛び込んできた絶世の美女を呆然《ぼうぜん》と眺めた。ふたりの目が合い、彼女の口から出かけていた命令が止まる。そのあとルンデンの全身に衝撃が走り、心の奥底が揺さぶられた。なぜか見覚えがある気がする。だが、この謎めいた女性に会ったことはない。比類なき美しい顔、優美な曲線を描く体、カラスの羽のごとく真っ黒でつややかな巻き毛を覚えていないわけがない。

口から舌がだらりと垂れていないことをありがたく思いつつ、ルンデンは言葉を発した。

「失礼した、マシュー。お客さまがいらっしゃったようだ。話の続きは、また夕方にしよう」

幸運なやつめ、こんな美女と、来訪を告げられる必要もないほど親密にしているとは。

ルンデンは背を向けて部屋から出ようとしたが、友人に鋭く呼び止められて足を止めた。

「アメリアは客などではないよ」マシューが大きく声をあげて笑う。「そうだろう、トラブルメーカー?」

「そんなふうに呼ばないで」

彼女の反抗的な発言は兄に向けられているが、視線はルンデンから離れなかった。美しい額にしわを寄せ、なんとか状況を理解しようとしている。好奇心あふれる瞳は、ルンデンの記憶にあるとおり緑色で輝いていた。

「会えてうれしいよ、レディ・アメリア」彼は丁寧にお辞儀をした。「ずいぶん久しぶりだ。それはわたしが長らくロンドンを留守にしていたせいではあるが、記憶が正しければ、ご両親はきみを田舎にとどめていただろう」

「安全のためだよ」マシューが部屋の隅から皮肉めかして言う。「少なくとも自然に囲まれた原野にいれば、人々は生き延びられる可能性がかなり高くなる」

「その代わり、わたしは退屈で死にかけたわ」アメリアがいらだちを誇張した表情で兄をにらんだ。

彼女がマシューの冗談にすばやく機知に富んだ返事をしたことに、ルンデンは感心していた。彼女の口元から目を離せない。ふっくらして突き出された唇は貴婦人というより娼婦《しょうふ》のもので、客間での会話よりも熱っぽいキスや誘惑のささやきにふさわしい。ルンデンの下腹部が同意した。

マシューが満面の笑みを浮かべて進み出た。「いつか、おまえはそのお利口な舌によって問題を起こすぞ」

ルンデンは咳を抑えた。まさにそのとおりだ。

彼は兄と妹がふたりきりで話し合えるよう離れたが、どちらも声を落とそうとはしなかった。

「好きなときに勝手に書斎へ入ってくるんじゃない。せめてノックくらいしろ。どうやったらおまえに夫を見つけられるのか、さっぱりわからない」

「いつもその文句ばかり言っているわね。そんなに同じことを繰り返していたら、銃弾が脚じゃなく頭を貫通したのかと思ってしまうわ」

「スカーズデイル、黙っている場合ではないぞ。きみもなんとか言って、ぼくを応援してくれ」マシューはルンデンのほうに手を振った。「スカーズデイルを覚えているだろう？　今の発言はこいつに対して失礼だ」

アメリアはばつが悪そうに顔を赤らめたが、悔やむ必要はなかった。マシューの傷に言及するのは、通常行われるきょうだい間の口論の範囲内と考えられる。常に心に存在してルンデンを悩ませる罪悪感と後悔が姿を見せるのは真夜中、なんとかして眠ろうと必死になっているときだ。アメリアが不用意に言い返したことを、ルンデンはまったく気にしていなかった。

だが、彼女は気にしている。

アメリアの気まずそうな様子を目にしたとき、兄に指摘されたとおり彼の傷について残酷に言いすぎたのを自覚しているのがわかった。

ルンデンは彼女の気持ちをやわらげてあげようとした。「わたしはきょうだい喧嘩《げんか》でどちらかの味方をするほどばかじゃない」では、これがわたしに与えられた課題か。リボンや飾りに包まれた毒舌女。宿屋に部屋を取ったほうがよかったかもしれない。

一匹の黒猫が堂々と書斎に入ってきた。愛情たっぷりにアメリアのスカートに体をこすりつけ、窓際のテーブルに飛びのる。

「今すぐパンドラをどけろ」マシューが厳しく命じる声が空気を切り裂く。「つくりかけの南米を、こいつにめちゃくちゃにされたくない」

猫は敬意を表するように尾を振ると、パズルの上に寝そべった。しなやかな体を完成した部分の上で伸ばし、まだはまっていないピースを後ろ足でいじくりまわす。ルンデンはその光景を興味深く見守った。猫の目は飼い主の目と同じように際立っている。同時に同じ部屋にいるのを見ていなかったとしたら、アメリアと猫が同一体だと思ったことだろう。いわば変身動物だと。実際アメリアは、ルンデンの記憶にある一〇年前の少女からは想像もできないほど変わっていた。

アメリアがちらりとルンデンのほうを見た。さっき大騒ぎしたのが嘘のように穏やかな顔で、猫を抱きあげて守るように腕の中におさめた。

「たしかにノックするべきだったわね。お話し合いを邪魔するつもりはなかったの」

いかにも気乗りしない口調だった。

「わかってくれればいい」マシューは愛想のいい態度に戻った。「スカーズデイルは用事でロンドンに滞在中、うちに泊まってもらう。個人的な用だから、このことはわが家の中だけの話にしてほしい。今おまえが来て、ちょうど話ができてよかった。それでも、もっと厳密に礼儀作法を守ってくれよ。ぼくが夫候補と面談していたとしたら、さっきのおまえの態度はひどく悪い第一印象を与えただろうからな」

　アメリアは目を細めて険しい顔になり、扉まであとずさりした。そこで表情をやわらげ、ルンデンに明るい笑みを向ける。

「お会いできて光栄でした、公爵閣下。もっとここにいて、あなたの健康についてお尋ねしたいところですけれど、兄がうるさく言うので出ていきます。また今度お話しできるのを楽しみにしていますわ」

　彼女はイタチの毛皮のストールのように猫を体に密着させ、背を向けて部屋から出ていった。

「きみがあれほど強く言い張らなかったら、アメリアだって結婚に関するきみの助言に抵抗しないかもしれない」ルンデンは誰もいなくなった扉から視線を引きはがし、パズルのテーブルの前でパンドラに乱されたピースを直している友人に歩み寄った。「妹さんがお父上の健康状態のせいで結婚を強制されるのは気の毒だ」

「あいつは二二歳だぞ」マシューはジブラルタル海峡にピースをはめた。「先延ばしはやめて、さっさと結婚すべきなんだ。アメリアの友人はほとんど結婚している。免れない運命を避けようとするのは意味がない。とくに、あいつがいい相手と結婚してくれれば父も安心できるんだからな。アメリアは騒ぎばかり起こすし、あいつには不幸な選択をしたことで後悔してほしくない」

　マシューはさらに四個のピースをはめ、一歩離れてルンデンをじっと見つめた。その顔には、さっき妹の顔に浮かんでいたのと同じようないらだちがある。

「本音を言えば、早くアメリアを別の人間に押しつけたいんだ」マシューの表情がやわらいだ。「その哀れなやつには、聖人並みの忍耐力が必要になるだろうな」

3

アメリアは廊下を早足で進んだ。激しい動悸《どうき》を隠すため、パンドラを強く胸に押しつけて抱いている。琥珀《こはく》色の瞳となめらかな声をしたスカーズデイルの存在は、しっかり計画を立てた一日を予想外に乱してしまった。なぜだかわからないけれど、彼のせいで落ち着かない気分になっている。スカーズデイルの悲惨な過去について、もっとよく覚えていればよかったのだが。

石炭バケツを迂回《うかい》して、客間の煙突がある隅まで行った。考え事をするための、お気に入りの場所だ。足をスカートで覆って座り込むと、ほっと息をついた。いつものように膝の上で丸くなったパンドラのふんわりした毛皮を撫でているうち、動悸はおさまってきた。すべすべした石でできた炉棚に頭をもたせかけ、もつれた記憶を解きほぐそうとする。

当時一二歳だったアメリアは、世間の噂話からは隔絶されていた。けれど負傷したマシューが療養のためカントリーハウスへ来たとき、誰かがアメリアが部屋にいることを忘れて事件の話をするたびに、断片的な情報を集めていった。

まず鮮明によみがえったのは、兄がスカーズデイルは立派な人間だと弁護していた記憶だ。

マシューの抗議には悲しみがにじんでいて、口調は陰鬱だった。それが怪我のせいか、状況のせいかはわからない。また、たったひとりの息子が他人をかばって脚に銃弾を受けたにもかかわらず、両親が怒ることなく同情の色を浮かべていたのも思い出した。今でも、マシューはスカーズデイルを〝友〟と呼んでいる。

あの颯爽《さっそう》とした男性と面と向かった今、アメリアは初めて、彼が何をして世間を騒がせたのかと考えた。

一〇年間もロンドンに顔を出せなかったほど不名誉なことだったはずだ。じゃあ、彼はなんのために戻ってきたの？　どうして今になって？

あの頃は子どもだったので、マシューの怪我のことしか考えていなかった。ベッドから起きあがれない兄にしつこくしゃべりかけたり、一日じゅうバックギャモンのゲームに付き合わせたりした。さぞわずらわしかったに違いない。アメリアの口元がほころんだ。マシューは素晴らしい兄だ。公明正大、ときとして過保護。まさに愛情あふれるきょうだいに求められる性質。

それを考えたとき、アメリアは大きく息を吐いた。真剣に結婚を考えねばならないという事実から逃れることはできない。父は病気なのだ。でも、どうしたら、残りの生涯をともに楽しく過ごせる人を見つけられるだろう？　面白くて活発で、しかも心優しく愛情深い人を？

もしかすると、スカーズデイルは花嫁を探すためロンドンに出てきたのかも。

そんなばかげた思いに手が止まり、パンドラが抗議の鳴き声をあげた。居心地のいい慣れ親しんだ部屋の隅にいる今でも、スカーズデイルの彫りの深い容貌や低いバリトンの声を思い出して、どうしようもなくうっとりしてしまう。彼が話すとき、その声はアメリアの中で響き、興奮で鳥肌が立つ。奇妙な、でも気持ちのいい感覚。もう一度、味わいたい。

スカーズデイルがロンドンに滞在する目的を探ってみれば、夫探しという気の滅入《めい》る活動を少しは忘れられるかもしれない。少なくとも、これ以上現実から逃れられなくなるまでは。アメリアはにっこりしてパンドラを引き寄せ、愛情をこめて頬ずりした。明日の朝、このことをシャーロットに話すのが待ち遠しい。

ルンデンがマシューーから渡されたリストを改めて見直したのは、その夜遅くだった。ベッドの端に広げたベストのポケットから紙を取り出し、暖炉前の椅子に腰をおろす。紙を広げたとき、ライラックの香りが鼻腔《びこう》に漂い、なぜ女性は軽薄にもあらゆるものに香水を振りかけたがるのかと不思議に思った。

そんな考えを押しやり、リストの一行目に目を向ける。

1．正直

思わずせせら笑った。ルンデンが立候補していなくて幸いだ。していたら、最初の条件で見事に落第していただろう。ダグラスが死んだあの寒い夜、秘密と欺瞞《ぎまん》はルンデンの最も親しい相棒になった。

目を閉じて、椅子のクッションに頭をもたせかける。兄と口論などしなければよかった。当時のルンデンは愚かな若者、大人ぶって生意気な口をきく衝動的な青二才だった。辛辣な発言をしたり、相手を傷つける非難の言葉を浴びせたりするのは、成長過程で誰もが経験することだが、今はそれらをすべて取り消せたらいいのにと思うばかりだ。

彼は目を開けて頭を振り、レディ・ホイッティンガムのリストの続きに視線を向けた。

2. 貞節
3. 愛
4. 情熱

なるほど、レディ・ホイッティンガムは孫を欲しがっているらしい。ルンデンは微笑もうとしたが、うまくいかなかった。もちろん、人を深く愛するのがどういう感じかは知っている――両親、そして兄を愛していた――し、恋人同士の親密さがそんな家族愛とは比べものにならないほど強いものだということもよくわかっている。

だが、愛は無駄な感情であることもわかっていた。

視線はきつく握ったリストに向かった。

5. 勇気

この性質なら、ルンデンもしっかり持っている。安楽な生活をあきらめて隠者として生きることを選んだ彼は、毎朝勇気を振り絞って目を開け、一日を過ごしているのだ。

時間は無慈悲な支配者だ。ロンドンに来たことで、年月が経過して物事が変化する速さを実感したのではないか？　アメリアはすっかり変わってしまった。マシューへの恩返しとして彼女に夫を見つけるのは、そう難しいことではないかもしれない。

アメリアは美しい。いや、そんな言葉では不充分だ。彼女が部屋に入ってきたとき、ルンデンは一瞬啞然《あぜん》とした。彼女は記憶にあるとおりに活発で堂々としていたが、もはや兄やその仲間たちをてんてこまいさせるいたずら娘ではなく、息をのむほどきれいな女性に成長していた。

胸の中で何かおかしな感情が渦巻いたものの、ルンデンはそれを払いのけた。早急に約束を果たして自分自身の用をすませ、ロンドンを去るべきだ。ロンドンには思い出が多すぎる。苦労して隠してきた、すべての秘密を暴露できる力がありすぎる。

彼は立ちあがると、たたんだリストをベストのポケットに戻した。迅速にレディ・ホイッティンガムの望みをかなえるべく行動すべきことを忘れないため、紙はここに持っておこう。サイドボードまで行って、ツーフィンガー分のブランデーをグラスに注ぎ、喉に流し込んで焼けるような熱さを堪能した。

酒で景気づけをした勢いで、ズボンのポケットからスエードの袋を出して、兄の懐中時計を手のひらに置く。かつてダグラスのイニシャルを刻印していた金の蓋は事故のとき失われたものの、すり傷だらけでひびの入ったガラスは、象眼加工を施した文字盤を今なお保護している。ルンデンはこれまで数えきれないほどそうしてきたように、時計を見つめた。不吉な針が無情に示すものは、少しも彼の苦痛を癒してくれない――兄が死んだ時刻、一一時二〇分。

翌朝シャーロットと会って歩道を歩きはじめるとき、アメリアはいつもどおり上機嫌だった。お気に入りのベンチに来て座るまでは、友人にしゃべらせていた。そのあとシャペロンをちらりと見て、声が聞こえないところにいるのを確認すると、シャーロットの手を握って昨日のことを話した。

「スカーズデイル？　あの人については、あなたから聞いたことしか知らないわ。あの方がロンドンで問題を起こしたとき、わたしたちはまだ幼かったし、誰も下劣な行為についての話には加わらせてくれなかったもの。主人はわたしにほとんど口をきいてくれないし」

シャーロットの顔から笑みが消えた。彼女は不幸な思いをなんとか隠そうとしているけれど、一日ごとにそれは明瞭になってきている。

思いは別のほうへと向かっていたが、アメリアは自分の話を続けた。「このことを持ち出したのは、わたしを結婚させようとする兄のたくらみとスカーズデイルの滞在に関係があるのかどうか考えているからよ」

「どうしてそんなふうに思うの？」シャーロットは靴を脱いで、中に入った小石を落とした。「お兄さまがあの方とそういう話をしているのを聞いたの？」

「いいえ。だけど兄は、耳を傾けてくれる人にはそのことしか話さないのよ。きっとスカーズデイルは、格好の次の犠牲者になったでしょうね」アメリアはうんざりして頭を振った。「まあ、それはどうでもいいわ。素晴らしいことを思いついたの。来週、両親を訪ねてレイクビューに行くつもりよ。ディアリング卿に、あなたも一緒に行っていいかどうかきいてみて。何日か都会を離れるのはすてきだし、両親もあなたに会えたら喜ぶわ」友人を誘ったのは、しばらくのあいだシャーロットを夫から引き離したいというひそかな願望があったからだが、単に彼女を連れ出すための口実ではなかった。両親を訪ねたいのは本心であり、両親はシャーロットを歓迎するだろう。そしてアメリアは、朝の散歩の三〇分間という時間の制約なしに、親友の愚痴を聞くことができる。

「主人は行かせてくれないでしょうね」

シャーロットは居心地が悪そうだ。彼女の態度の変化を見て、アメリアの中でディアリングを恨む気持ちがいっそう募った。

「やってみるだけなら損はないでしょう。きかないと、どんな答えが返ってくるかわからないわ。ちょっとしたお願いもできないくらい、ディアリング卿は怖いの？」きつい口調になるつもりはなかったが、シャーロットの目が潤んだとき、アメリアは軽率な発言を悔やんだ。

「ごめんなさい。困らせる気はなかったのよ。だけどわたし、頭の中ですっかり計画を立てていたの。旅は楽しいわ。もっと若いとき、あなたが結婚する前のことを覚えている？　一緒に過ごした日々が懐かしい」

シャーロットの表情がやわらいだ。小さく洟《はな》をすすったあと、顔から涙は消えた。「そうよね。わたしも懐かしいわ。いろんなことが困難になったけれど、約束する。あなたと一緒にレイクビューまで行かせて、と主人に頼んでみるわ、あなたが結婚問題についてお兄さまと対決するのなら。お兄さまがどういうつもりか、突き止めるべきよ。次に出会った独身男性にあなたを嫁がせるのか、決定に関してあなたの意見を聞く気があるのか。なんとしても、あなたがわたしみたいにふさわしくない相手と結婚することのないようにしなくちゃ。取引成立？」

難しい課題ではあるけれど、シャーロットの言うとおりだ。合わない相手と結婚させられることを考えたとき、背筋がぞくりとした。とはいえ、父の不安をやわらげるためなら、そんな結果になるのは避けられないのかもしれない。アメリアは両親を深く愛していた。それでもせめて、結婚相手を選ぶにあたって、どれだけ自分に決定権があるのかくらいはわかっておきたい。

「成立よ」アメリアは手を差し出し、兄がよくやっているのをまねてシャーロットと握手をした。

家への帰り道は行きよりも短く感じられ、階段をのぼってノックもせずマシューの書斎に入っていくとき、未来はさっきよりわずかに明るく感じられた。けれども、兄はそこにいなかった。

漆黒の髪と広い肩幅の立ち姿は、窓際にいるのが兄とは別人であることを明瞭に示していた。スカーズデイルには厭世《えんせい》的な雰囲気と秘密主義がまとわりついている。あたかも、そういう性質があふれ出て屍衣《しい》のごとく彼を包んでいるかのようだ。

スカーズデイルが振り返った。アメリアが彼の体格を値踏みし終える前に……あるいは呼吸が平常に戻る前に。

「レディ・アメリア」

スカーズデイルが口にした名前は低く響いた。アメリアはにっこりしたものの、はらわたがねじれそうになっている。「公爵閣下、わたしのことはアメリアと呼び捨てにしてくださってけっこうです。子どもの頃はそう呼んでおられたでしょう。今さら堅苦しくするのはばかげていますわ」

「そうだね。だったら、きみも敬語はやめてくれ。わたしたちは幼なじみじゃないか」

居心地の悪い沈黙が漂う。アメリアは心臓が胸郭の中で協奏曲を演奏するかのように大きな音をたてて打つのを感じていた。神経質になることなどめったにないけれど、この奇妙な感情はそう呼ぶしかなさそうだ。

「お兄さんは留守だよ」

スカーズデイルはアメリアをじっと見つめている。彼の瞳には、どんな感情も読み取れないほど厳粛で集中した表情が見て取れた。昨日も同じだった。この人の表情は決して変わらないの？

アメリアは彼の笑顔を覚えていた。といっても、初めてレイクビューで会ったとき、彼女はせいぜい六歳くらいだったはずだ。彼が兄の挑発に乗ってアメリアの三つ編みを引っ張って居間から逃げていくときの、左頰にえくぼの出た楽しげな笑みは、なぜかいまだに思い浮かべられる。不思議なことに、その記憶は脳裏にはっきりと残っていた。マシューは人の冒険心や勇気を試すのが好きだった。だからあんなことをしたのだろう。

「ありがとう。ひとつ質問してもいい？」スカーズデイルが返事をしないので、アメリアは説明を試みた。「好奇心を満足させたいから」

冷たい怒りで、スカーズデイルのまなざしが険しくなった。アメリアの言葉が気に障ったらしい。彼女はあわてて目をそらした。あのうっとりするような琥珀色の瞳に見入ってしまったら、自分の目的に集中できなくなる。

ルンデンは身をかたくしたが、無理やりふっと息を吐き、気持ちを落ち着かせた。この無遠慮なじゃじゃ馬に過去を詮索されたくない。ダグラスの死にまつわる出来事は、心にのしかかる重荷だ。かつてはそれに押しつぶされかけたこともある。必死になって隠してきたことを、誰にも掘り返されたくない。

「なんだい？」彼の声は敵意に満ちたささやきになっていた。アメリアがぶしつけに質問してきたなら、噂をして喜ぶのは愚かな人間だと指摘してやろう。兄の死について無限の非難を浴びせられたつらい記憶がよみがえり、ルンデンは歯を食いしばった。悲しみに満ちたささやきから始まったものは、扇情的に誇張された噂話に発展していた。アメリアがどんなでたらめに基づいて詮索しようとしているのかは想像もできない。

「あなたは花嫁を探しに来たの？」

「なんだって？　違うよ」ルンデンが女性を必要としているという突拍子もない考えを、アメリアがどうして思いついたのかは見当もつかない。彼は安堵《あんど》のあまり笑いそうになった。心の中で彼女を批判したのは間違いだった。

「ああ、よかった。考えていたの、もしかして兄は……」アメリアは最後まで口にしなかったが、そのきまり悪そうな様子から、何を言いたいかは明らかだった。

「心配いらない。お兄さんがわたしを選ぶわけはない」ルンデンは真顔を保ったまま、自嘲するように応えた。

安心したらしく、彼女の肩から力が抜けた。「だったら兄は、わたしの夫探しについて、あなたに話してはいないの？」

アメリアの目には不信が、質問には反抗的な意図が感じられる。真実を避ける答えがいろいろと浮かんだが、ルンデンはそれらを却下した。これまで嘘をつきつづけてきて、そのために耐えがたい状況に追い込まれてしまった。兄への忠誠を守ろうとしたがために、嘘つきとの烙印《らくいん》を押され、社会から追放されたのだ。

「質問はふたつ目だな」ルンデンは扉のそばに立っているアメリアに近づいた。彼女はあつかましい質問をしたあげく、気に入らない答えが返ってきたら、さっさと出ていくつもりだったのか？「若い女性はみな、舞踏会などのお楽しみを夢に見ていると思っていた。夫の腕につかまって、世間から脚光を浴びる生き方を」

「わたしは違うわ」

アメリアは小さな声で短く応えただけで、それ以上は何も言わなかった。だが、どこかさっきと様子が違う。ルンデンと同じくらい長身の彼女は、言いなりになるつもりは毛頭ないとばかりにすっくと立っている。しかし口調からは、心の奥にあきらめがあるように感じられた。

「お兄さんはできるだけ早く、きみを結婚させたがっている。きみは二二歳だ。たいていの女性は、そんな年齢になる前に身をかためている」

彼女がぱっと顔をあげると、真っ黒なまつげに縁取られたエメラルド色の瞳が挑戦的に輝いた。「ええ、身をかためているわね。不幸にかたまっているのよ。その言葉自体が妥協と不満を暗示しているわ。この問題に関して、わたしに発言権はあるの？兄がいじくりまわそうとしているのはわたしの将来よ。完成させて、また次に移るような、どうでもいいパズルじゃない」アメリアはルンデンの横をすり抜けてテーブルまで行き、怒りを強調するかのようにいくつかのピースを乱雑に動かした。

「世の中はそういうものだ。わたしが世間の規則を定めたわけではない」もし定めたのだとしたら、彼が今なお過去に悩まされることもなかっただろうに。

「契約結婚や便宜結婚を強制されて、不幸な生涯を送りたくないの」アメリアは黒くつややかな髪を振ってこちらを向き、射抜くようにルンデンを見据えた。口調も言葉も辛辣だ。

「そんな絶望的な選択肢しか残されていないなら、ひとりで生きるほうがいいわ。結婚がいやなわけじゃないのよ、発言権さえ与えてもらえるのなら」

この娘は男を精神病院に追いやるほど気性が激しい。この件をできるだけ早く片づけたほうが、ルンデンが少しでも心の平和を得られる可能性は大きくなるというものだ。

「わかった」反抗心で、アメリアの顔はピンク色に染まっている。その無垢《むく》さは自信たっぷりの態度とは対照的だった。くそっ、彼女は魅力的だ。

「兄に夫を見つけてもらいたいなんて思っていないし、ほとんど知らない人を私的な問題に巻き込みたくないわ。兄はわたしが時間を浪費して努力を怠っていると非難するけれど、実際のところ、わたしに興味を抱かせる求婚者はひとりも現れていないのよ」アメリアはため息をついた。「あなたはどうして兄に協力するの？」

ルンデンは怒りを抑えつけた。「お兄さんはわたしをかばって死にかけたんだ。彼の頼みなら、どんなに苦労しても成し遂げる」

アメリアが背筋を伸ばした。「簡単にはいかないわよ。頭のいい男性が、こういう反抗的な妻を求めるとは思えないもの」

彼女は進み出て、挑むようにルンデンと目を合わせた。突然ひるがえったスカートでパズルがひっくり返りそうになる。

「兄は、わたしがずけずけものを言う扱いにくい人間だと言っているわ。丸い穴に刺す四角い釘だとか、そういうばかげたことをね」

胸に痛みを覚えたが、ルンデンはそれを払いのけた。「他人と違うというのは、何も悪いことではない。おそらくきみには、どんな欠点にもまさる長所があるんだろう」たとえば、ふっくらした唇や果てしなく長い脚。その脚を腰にきつく巻きつけられたら、どんなに素晴らしいだろう。その唇を押しつけられたら……。咳払いをして、脱線してしまった思考をもとに戻す。

「それで、あなたは兄に協力することに同意した」アメリアはまばたきよりも長く目を閉じた。「あなたの気を変えることはできそうにないわね」

「結婚に関して不安に思うことがあるのかい？」

先ほどまでのきっぱりとした態度が揺らぎ、彼女の瞳がかすかに曇った。「ええ、そうよ」質問への答えにはなっているものの、具体的な内容はまったく示されていない。ルンデンは興味深くアメリアを見つめた。ずけずけものを言うくせに、結婚をいやがる理由についてはなぜか口を閉ざしている。男に支配されるのが怖いのか？　不安なのだろうか？

「なぜ今までぐずぐずして、運命を受け入れようとしなかったんだ？　きみほど美しければ、独身男性の目を引くのは簡単だろう。きみがその気になったら、どんな男でも魅了できたはずだ」トレントの股間に火がついたところを想像し、ルンデンは心の中でその発言を訂正した。

アメリアがはっとして、ふくよかな唇をとがらせた。何か言いたいけれど、思い直したようだ。

「それにお父上の健康状態という問題もある」ルンデンは言い募った。「結婚が最善の道だと思えるんだが」

「あわてて相手を決めたくないの。でも、父を落胆させるつもりはないのよ。あなたがどうしてもわたしを結婚させたいのなら、条件をのんでちょうだい。それを了解してくれるなら、わたしも応じるわ」

ルンデンは忍耐力をかき集めた。なんと興味深い。この美しき毒舌女は何を提案する気だろう？

「勧められた殿方に会って、ふさわしい夫を見つけるよう心から努める。わたしのお願いを聞いてくれるのなら」彼女がわずかに顎をあげると、なめらかな巻き毛が乱れた。

「要求があるのか？」この娘は抜け目のない相手だ。ワインレッドの綾《あや》織布と金色のレースで装った、つむじ曲がりの食わせ者。

「要求ではなくて、お願いよ。結婚したら、わたしにはほとんど自由がなくなる。愚かだと言われようと、妻になる前にちょっと心の躍ることを経験したいの」

ふさわしい相手と結婚すれば、心躍る経験に満ちた人生を送れるというのに。素晴らしい経験に満ちた人生を。

そんな思いをルンデンは振り払った。アメリアに世の道理を教えてやりたくなどない。今は自分の個人的な問題に専念するために、義務を果たそうとしているだけだ。「きみは結婚についてひどく悲観的だな。ご両親は何十年も幸せな結婚生活を送ってこられたと思っていたんだが」

「ええ、そのとおり。だからこそよ。両親は恋愛結婚をしたわ。便宜結婚みたいに愛情以外の理由で結婚するのは、牢獄に入るのも同然でしょう。それはたしかなことよ」

彼女がそれ以上説明しようとしなかったので、ルンデンは確信の根拠を尋ねなかった。結婚について考えるのは知力の浪費だ。だが愛に関して、彼は非常に強固な意見を持っている。「愛は人生を複雑にするだけだし、子どもっぽい夢の産物だ。愛などない人生のほうが面倒はない」

アメリアがあっけに取られたように眉間にしわを寄せた。ルンデンの言葉に驚き、また悲しんでいるかのようだ。けれども次の瞬間、彼女はつんと顎をあげた。

「わたしたち、合意に達したのかしら？」美しい瞳が決然としたようにきらめく。

アメリアは明確な目標を持っている。とはいえ、それによって夫選びが早く進むなら大歓迎だ。彼女が近づいてきた。近すぎるほどに。その視線の明るい輝きとほのかなジャスミンの香りに、ルンデンは衝撃を受けた。比類なき美しさと野の花の香りは、アメリアに似合っている。欲望が彼を襲った。話がついたしるしに、アメリアが手を差し出した。

その商取引のような仕草を見て、ルンデンは口角をあげ、手袋をしていない手をしっかりと握った。手を引き抜くとき、アメリアの指が手のひらをかすめた。彼女が部屋から足早に出ていったあと、離れてもなお優美な指の感触が残る部分を、ルンデンはじっと見つめていた。

わたしは悪魔に魂を売ってしまったの？　スカーズデイルには破廉恥な評判がある。なのにアメリアは彼と取引をしたのみならず、協力して同じ目標――結婚――に向かうと決めてしまった。今は望んでいないけれど、いずれ受け入れざるをえないことに。愛を求めるのは間違っているのだろうか？　彼には決して理解できないのだろう。愛についての彼の意見にはあきれるばかりだ。

スカーズデイルが取引について考え直す前に、アメリアは自分の寝室へ駆け戻り、問題のリストを見つけようと日記をめくった。はやる気持ちを抑えてページをそっと破り取り、急ぎ足で書斎へと戻る。こんな突拍子もない条件に同意する紳士はいないだろう。礼儀作法を気にしないと噂されている人であっても。それでもアメリアは希望を抱いていた。目標を実現させるために、この機会にしがみつこうと心に決めている。

足は思ったほど速く進んでくれない。書斎に戻ったときは、スカーズデイルがまだいるのを見てほっとした。彼が逃げると思っていたの？　そう、何しろこの人は、一〇年前にひどい醜聞から逃げて一度も振り返らなかったのだから。

「まだいたのね」アメリアの口から思わず言葉が飛び出した。信用されないのは心外だとばかりに、スカーズデイルは首をかしげた。

「わたしは約束を守る男だ」

その低い声によって発言の辛辣さがいっそう強められ、アメリアはあとずさりしたいという衝動と闘った。けれども同時に、スカーズデイルの視線はあたたかなブランデーとガチョウの羽毛を連想させる。ぬくもりと楽しみをそっと約束しているかのようだ。彼のことはいくらでも見つめていられるし、絶対に飽きないだろう。アメリアは手の震えを抑え、紙を差し出した。「これがお願いのリストよ」

スカーズデイルが紙を受け取って目を走らせる。最後まで読むと黒い眉をあげたが、笑いはせず、すげなく拒絶して紙を突き返しもしなかった。

「お兄さんは喜ばないだろうな」

「あなたが兄に知らせるほど愚かだとは思っていないわ」紙を右の胸ポケットにおさめるとき、笑いらしきものでスカーズデイルの唇がぴくぴく動いた。

「この三つの要求をわたしがかなえたなら……」彼はいたずらっぽく言葉を切った。

「要求ではなくて、お願いよ」アメリアは口をはさんだ。たしかにスカーズデイルの言うとおり要求ではあるけれど、彼に自分のほうが正しいと思わせたくない。

「そうしたら、きみはあきらめて結婚するのか？」

「ええ」アメリアは即答した。口ごもらないよう、できるだけ早く返事をしてしまいたかった。靴の先はそわそわと硬木の床を叩いていたけれど。

「なぜ？」

真実は決して話せない。そのリストの項目を達成したら結婚において力を持てるようになり、その力によって自由を得られるのだ、ということは。夫が耐えがたい人で、結婚生活がシャーロットのように不幸なものになりそうだと判明したなら、逃げることのできる自由――そう考えたとき、恐ろしい不安が胸をよぎった。「これがわたしの条件よ。承知してくれる？」

アメリアが質問に質問で応えたことに、スカーズデイルは気を悪くしてはいないようだ。彼はキャビネットまで歩いていき、少量の酒をグラスに注いだ。

「きみのシャペロンはどこだ？」

その問いに不意を突かれたアメリアは、返事をすることなく呼び鈴の紐《ひも》を引いて使用人を呼び、侍女のメアリーを連れてくるよう言いつけた。スカーズデイルは疑わしげに見つめている。大きく目を見開いたメアリーが無言で入ってくると、彼は興味深げに侍女を眺め、アメリアは不安でもじもじした。

「彼女は英語を話せるのか？」

どうしてスカーズデイルがこれほどやすやすと偽装を見抜いたのかはわからない。「基本的な語句はいくつか教えたわ。だけどたいていは、にこにこしてうなずいていればなんとかなるのよ」

「お兄さんは英語のわからないシャペロンを認めているのか？」

「兄はわたしが自分で侍女を選ぶのを許してくれたし、メアリーとはめったに言葉を交わさないわ。少なくとも長々と会話はしない。返事の必要があるときは――」

「にこにこしてうなずいていればなんとかなる、か」スカーズデイルはしばらくアメリアを見つめた。アメリアは視線をそらすまいとして、分別に反して彼の魅力的な目をじっとのぞき込んだ。金色に縁取られた美しい琥珀色の瞳、熱っぽくて澄んだ目、とても珍しくて予想外に美しい目。スカーズデイルその人と同じく、深みがあり、秘密をたたえた目。なぜか、その光沢ある深みに見入れば見入るほど、アメリアの体の秘めやかな部分がうずいた。

はっと息をのんで視線をそらし、扉のところに立ってすっかり戸惑っている侍女をうかがい見る。アメリアは明るくひらひらと手を振った。「さがっていいわ、メアリー。わたしもすぐに戻るから」


ルンデンはアメリアの結婚に関するおかしな考え方をまったく理解できずにいるが、そんなことはどうでもよかった。彼女の条件を受け入れ、それを満たすつもりだ。ベストのポケットに入った、もうひとつのリスト。あの母にしてこの娘あり、だ。彼は今にも逃げるかのように身構えているアメリアに目を据えた。彼女は手に負えない厄介者だ。表面的には女らしい美人、中身は官能的な情熱あふれる女性。こんな女を求めたら、男は気が変になってしまう。言葉は鋭く、口調は辛辣。だが、あのふっくらしてみずみずしい唇をとらえて濃厚なキスをしたら、どんな味がするだろう？　ルンデンはひと口でブランデーを飲み干し、空のグラスをそっとサイドボードに置いた。

かつてルンデンも、アメリアが象徴するものを欲しがったことがある。妻、子どもたち、家庭。しかし自らの愚かな決断により、今は世間から隔絶して味気ない人生を送っている。秘密は彼を粉々に砕き、後悔は夢を消し去り、残った灰がそこここに散らばっているだけだ。だからこそ、アメリアのばかげた提案も受け入れられるのかもしれない。彼女がリストを渡したとき、その澄んだ瞳には無力感のようなものがよぎっていた。

「明日から始めよう」ルンデンは咳払いをして、当面の問題に意識を向けた。「ハイドパークで正午に待ち合わせだ。オックスフォード・ストリートの裏、タイバーン刑場の向かい側にうってつけの場所がある。ここへ来るときにそこを通ったが、われわれの目的にぴったりだ。ひとけのない草原で、歩行者からは見えない。それでいいかな？」

「いいわ」

アメリアの声はかすれている。ルンデンが計画に乗り気なのに驚いているらしい。だが、さっさと始めるほうがいいのだ。そうしたら少しでも早く約束を果たし、タウンハウスの問題の処理に傾注して、永遠にこの街とおさらばできる。

「必要な手配はわたしがする」ルンデンはゆっくりと言った。ひとつひとつの言葉が、書斎の床を歩く足音と同調する。「きみは来るだけでいい」アメリアはわくわくしているようだ。緑色の目は大きく見開かれ、光を反射してきらめいている。だが、こんなことを望んでいる理由、それを結婚の条件にしてきた理由は、ルンデンにはわからなかった。

「行くわ。メアリーを連れて」

「ぜひそうしてくれ」ルンデンがゆったりと言うと、アメリアはなぜか頬を赤らめた。ルンデンは彼女を怖《お》じ気《け》づかせるつもりだった。自分が主導権を握っていることをはっきりさせ、リストに挙げられた要求を満たして、できるだけ早くアメリアを結婚させたい。なのに彼女がそばにいると動揺してしまう。ふたりが近づくにつれて、電気が走ったみたいに空気がぴりぴりする。

もくろみどおり、相手を怖じ気づかせることができたらしい。アメリアは火かき棒のように背中をぴんと伸ばしてこわばらせた。残念ながら、ルンデンの体の別の場所も同じようにこわばった。

「では明日」力強い声とは裏腹に、アメリアはおびえたコオロギのごとくルンデンの前からぴょんと跳びのき、足早に部屋を出ていった。


その夜遅く、寝室で夕食をすませたあと、ルンデンは窓辺に立って夜の闇を見つめながら、今日一日のことについて考えた。明日馬車を使わせてほしいと頼んだとき、事情は説明しなかった。だがマシューはほとんど質問することなく承諾し、厩舎《きゅうしゃ》は好きに利用していいと言ってくれた。その寛大さにルンデンの良心は痛んだ。過去の経験から、秘密は苦痛をもたらすことを学んだのだ。

月は雲に覆われ、光はかすんでいる。不意に一〇年の歳月が消え、ルンデンはあの路地に戻っていた。馬に乗って兄のあとをつけているところだ。早く兄の秘密を探り出して、タウンハウスの厩舎でじっと待つマシューに教えてやりたい。きっかけは親友にそそのかされたからだが、ルンデン自身も、公爵である兄が毎晩どこで過ごしているのかを知りたかった。きっとそこは下劣で危険な場所だろう。もしかすると売春宿や賭博場のように、禁じられているが興味深い場所かもしれない。

ところが、物事は計画どおりには進まなかった。あれ以来何ひとつ、計画どおりには進んでいない。

ルンデンは窓から離れてベッドまで行き、気持ちのいいリネンのシーツの下にもぐり込んだ。眠れないのはわかっている。両親の死後に見るようになった悪夢を思い出し、顔をゆがめた。あのとき兄はルンデンをなだめ、泣くなと言い、ベッド脇のランタンを消して部屋を出た。今思えば、当時ルンデンは慰めを求めていたのではなかったのだろう。あの悲しみは、将来の苛酷なわびしさに備えるための予行演習だったのだ。

まばたきをして暗い記憶を振り払い、気持ちを静めようとした。徐々に緊張が解けていく。思いはアメリアと、明日の午後の約束に向かった。

どうして彼女は、平凡でおとなしくて太った娘ではないのか？　そうだったとしてもルンデンは結婚相手を見つけてやれただろうし、彼女の魅惑的な美貌に見入って金縛りに遭うこともなかっただろうに。アメリアの髪には魅了されてしまう。あの奔放な巻き毛は触れてくれと誘っているかのようだ。つややかな髪はとても魅力的で、今でも、黒いシルクを思わせる長い髪に手を差し入れ、彼女を引き寄せたくて指がむずむずする。あの髪を素肌で感じたい。そして彼女の脚を、唇を……。体がこわばり、ルンデンは闇の中で悪態をついた。アメリアが親友の妹でなかったなら、とっくにあのふっくらした唇を唇でとらえて、彼女の味を確かめていただろう。蜂蜜、それともレモン?

心臓が激しく打つ。不都合な空想を打ち消そうと、顔をごしごしこすった。ああ、あまりにも長いあいだ女性を抱いていない。こんな反応を起こしたのも、きっとそのせいだ。田舎の隠遁《いんとん》生活が悪影響を及ぼしたらしい。

このような思いを振り捨てないかぎり、休息は取れそうにない。ルンデンは長々と自分を罵る言葉を吐き、無理やり目を閉じて外の世界を遮断した。

「今朝はなんだか様子が変よ」シャーロットは足元に集まったハトにひと握りのパンくずを与えた。「いつもはもっとおしゃべりなのに。具合でも悪いの?」

アメリアは微笑んだ。感情を隠そうと努力しても無駄なのはわかっている。「ごめんなさい。そんなにおとなしかった? いろいろと考えることがあるのよ。わたし、マシューとスカーズデイルが選んだ紳士たちと会うことを承知したの。そのことについて、少しはわたしの意見も聞いてもらうつもりだけれど、実際どうなるかはわからないわ」

「少なくとも、話が決まる前に候補者に会って求愛を受ける機会はあるわけでしょう。素晴らしい未来が開けそうな、いいきざしだわ」

「そうね。だけど、全員が退屈で腹立たしい人だったとしたら？　人生に対するわたしの考え方を理解してくれなくて、わたしの意見を無視したとしたら？」アメリアは紙袋に手を入れてパンをつかんだ。左のほうに向けて、砂時計のように指のあいだからパンくずをゆっくり落としていく。数羽のハトがいちばんおいしい部分を求めて押し寄せた。

「もう、何をばかなことを言っているの。心配しすぎよ」シャーロットが愛情をこめてアメリアの腕を軽く叩く。「それにあなたの計画どおりなら、相手を決めるときには発言権を持てるはずなんでしょう」

ふたりは黙り込んで、クークーと鳴くハトを見つめた。鳥の観察がとても面白いかのように。

やがてアメリアは気まずい沈黙を破った。「さて、わたしは約束を守って兄と話をしたわよ。次の土曜日にわたしが両親を訪ねるとき一緒に行っていいか、ディアリング卿にきいてみた？」スカートに落ちたパンくずを払い落とし、じっと友人を見つめる。

「主人は認めてくれないの」シャーロットは聞こえるか聞こえないかくらいの声でささやいた。

「まあ、ひどい暴君ね」アメリアが勢いよく立ちあがったので、びっくりしたハトが飛び去った。友人が唖然とするのを無視して、大理石のベンチの前を行ったり来たりする。「田舎の領地までわたしと一緒に行くことに、なんの害があるというの？　侍女を連れていって、安全のために乗馬従者も同行させるわ。丸一日もかからない旅よ」怒りに駆られて振り返り、両手を投げあげて、足で砂利を踏み鳴らす。「なんとかしてディアリング卿を説得しないと」

シャーロットが不満げにため息をついた。「あと二、三カ月したら、もう一度頼んでみるわ。その頃には主人も気が変わっているかもしれないから」

「あなたがディアリング卿の気を変えるようにしなくちゃ」アメリアはシャーロットの手をつかんだ。友人をベンチから引っ張って立たせ、腕を絡めて帰り道を進みはじめる。

「どうやって?」シャーロットがアメリアの腕を強く握った。物事がうまく運ばないとき、友人がそばにいると気分がよくなるものだ。

「よくわからないけれど、何か考えるわね。あなたがこんなに不幸なのを見るのは耐えられない。約束する、事態を改善する方法は必ず見つけるわ」

5

ルンデンは約束の時間より一五分早く、ハイドパークの裏口、タイバーン刑場の向かい側に到着した。アメリアには、それほど広くないマシューの厩舎の中から最もおとなしい馬を選んでいた。優しそうな茶色い目をした、気性の穏やかな白い牝馬《ひんば》だ。その馬をルンデンの牡馬《ぼば》ハデスとともに、二頭立て二輪馬車の後ろにくくりつけた。ハデスは真夜中のように黒く、気性は激しくて、風よりも速く走る。初めて馬にまたがって乗るのを習う人間には適さないが、時間を巻き戻したいと思いながらベックフォード・ホールの草原を猛烈な速度で疾走させるには申し分ない。

二頭の馬を馬車から外すとき、とんでもない間違いを犯しているのではないかという思いがルンデンの頭をよぎった。シダやビルベリーが道沿いに生える砂利の歩道をザクザクと踏んでいき、馬を仮のつなぎ縄で木に結びつける。次に馬車の収納部から踏み台を出して、白い牝馬のところまで運んだ。馬に乗ったアメリアはさぞや美しいだろう。そんなばかげた思いが不意に浮かぶ。頭を振り、背の低い草や野の花が茂る前方の広大な草原に目を向けた。乗馬初心者にとっては絶好の道だ。

ルンデンは乗馬の名手で、難なくアメリアに教えられる自信はある。世間は横鞍《よこぐら》を使うことを求めているのに、あの向こう見ずな娘がまたがって乗りたがる理由はまったくわからない。おそらく、そんな乗り方が反抗的で、醜聞になりそうなことだと考えているのだろう。だがルンデンは、理由について思いをめぐらせるほど暇ではなかった。これがアメリアの一番目の要求であり、彼なら簡単にかなえてやれる。そうしたら、自らの用を果たしてロンドンを去ることに一歩近づけるのだ。

両方の鞍を確認したあと、どうやって教えるかを頭の中でおさらいした。基本的なところから始めよう——ゆっくり歩いたあと、元気のいい駆け足《キャンター》、そして最後に控えめな襲歩《ギャロップ》。アメリアが大型の馬を怖がらなければいいのだが。馬はきわめて知的で勘の鋭い生き物だ。彼女が恐怖心を抱いていたら、馬はそれを察知する。不安があるとレッスンは難しくなるだろう。

今日のレッスンが無事終了すれば、アメリアはルンデンが約束を守るつもりなのを知って安心し、抜け目のない交渉で取り決めた契約を果たしてくれるはずだ。彼はにやりとした。アメリアには好奇心をそそられる。自分の中に、怒りと後悔以外の感情がいまだに残っていたのは奇跡みたいなものだ。

その発見についてじっくり考える時間はなかった。一台の馬車が近づいてきて、ルンデンの乗ってきた馬車の横で止まった。アメリアは御者に魅力を振りまいて沈黙を誓わせたに違いない。そうでなければ、ここでルンデンと会ってこのようなレッスンを受けることについて、彼女は兄から大目玉を食らうだろう。そしてルンデンはロンドンから出ていくよう申し渡される。シャペロンの存在はなんの言い訳にもならない。

そんなことを考えていると、やがて馬車の扉がきしんで開いた。アメリアが現れる。ルンデンの心臓が胸から飛び出しそうになった。

「どうかしたの？」進み出る彼女の顔から笑みが消えた。明るい緑色の目には不安が浮かんでいる。

気持ちを落ち着けようと、ルンデンは深呼吸した。「まさか――」舌がうまく動いてくれない。「ズボンをはいてくるとは」もう一度、アメリアを上から下まで眺める。白熱した欲望の火が血の流れに乗って全身をめぐり、胸で止まって、炎が心臓をかすめた。

アメリアはゆっくりと体を一回転させて微笑んだ。

この生意気娘め。

「そうしないと、またがれないじゃない？」

いつもどおりの、相手を見下したような口調。かっとなったルンデンは嘘をついた。「きみがどんな格好をしてくるかなんて、まったく考えていなかった」実際にはアメリアのことしか考えられず、頭は彼女とのキスを味わいたいという許されざる思いでいっぱいだった。険しい表情を顔に張りつけ、牝馬の頭絡馬具を再確認する。彼女のふっくらしたおいしそうな唇への欲望を追い払わなかったら、脳は機能停止してしまうだろう。くそっ、どうかしている。

「ねえ、乗馬を教えてくれるの、くれないの？」

これほど心が乱れているにもかかわらず、ブーツの紐をちゃんと結べたのは驚きだった。

「もちろん教えるさ。わたしは約束を守る男だからね」咳払いをする。「きみも約束を守って、この愚行がすべて終わったら結婚相手を見つけるんだぞ」ルンデンはぞんざいに手を振った。

「わざわざ思い出させなくてもいいでしょう。わたしは駄々っ子じゃないんだから」

アメリアが地団駄を踏むのを、彼は半ば予期した。

「わたしたちは取引をした。最後までやり通すつもりよ」彼女は顎を突き出し、嘲るように唇をとがらせた。そのおかげでふっくらした下唇の魅力が強調される。ルンデンは頬の内側を嚙み、無愛想に踏み台のほうへ顎をしゃくった。

アメリアが木製の踏み台にのぼる。ジャスミンの香りがほんのり漂い、完璧な形のヒップがルンデンの目の高さに来た。彼の体全体がこわばった――とりわけ下腹部が。おかげで馬に乗るのがつらくなりそうだ。

彼女がじれったそうに足を横に出して爪先で台をコツコツ叩いているのを見て、ルンデンは行動に移った。

「こんなことを許すなんて、間抜けもいいところだ」いや、天才と呼ぶべきか。ほっそりしたふくらはぎのなだらかな曲線に張りつく鹿革のズボンは、このうえなく魅力的だ。「どこでこんなものを手に入れたんだ？」うなるように尋ね、ぴったりしたズボンのことだと示すため手袋の先端で腰に軽く触れる。だが内心では、果てしなく長い脚に素手で触れたくてたまらなかった。

「馬番のひとりが、厩舎の仕切り壁にかけたまま放置していたの。なくなっても気づかないわ」アメリアは楽しげな笑顔を彼に向けた。昼間の日光を反射して緑色の目がきらめく。「さあ、始めましょう。何をどうしたらいいか教えて」

ああ、ぜひ教えてやりたいよ。「片方の足をあぶみに置き、もう一方の脚をあげてまたぐんだ」ルンデンは牝馬の馬具をしっかりつかんでいた。とはいえ、アメリアも馬も落ち着いている。早く乗ってしまってほしい。これ以上、あの引きしまったヒップを見ているのは耐えられない。

「こんなふうに？」アメリアはすんなり鞍にまたがり、誇らしげに微笑んだ。くそっ、驚かせてくれるじゃないか。

「ああ、よくわかっているみたいだな」ルンデンはアメリアを一瞥すると、ハデスのほうを向いてひらりと飛び乗り、彼女の馬の横に並んだ。「ゆっくり歩くところから始めよう」アメリアは聞こえなかったのか、自分の馬を促してハデスの前に行かせ、草原に入っていった。革の鞍の上でなまめかしくリズミカルに動く魅力的なヒップに、ルンデンはうっとりと見入った。

「さて、最初にやってほしいのは――」

「それっ！」

アメリアがかかとを馬の腹にぐっと食い込ませると、馬は突然走りだし、ルンデンは最後まで言えなかった。すぐにあとを追ったが、彼の不意を突いたアメリアはかなり先を行っている。ルンデンは風を受けながら悪態をついた。気ばかりが先行して、馬の足が追いつかない。はるか前方では草原が狭まり、シデの低木林へと続いている。茂みに入る前にアメリアをつかまえようと、ハデスを蹴って全速力で走らせた。覚えのある望ましくない緊張で心臓が激しく拍動する。昔の悲しい記憶がよみがえり、胸が締めつけられた。額に汗が浮く。アメリアは自分のしていることがわかっているのか？　おびえているだろうか？　彼女が息をのむ音が聞こえた気はしたものの、顔は見えず、その反応がどういう意味かはわからない。今はただ、馬を駆って追いかけるしかない。

ハデスのたてがみに覆いかぶさるように身を低くして、アメリアとの距離を詰めていく。顎はこわばり、うなじの毛が逆立った。もうすぐだ。しかし、茂みはすぐ近くまで迫っている。こんな速度では、アメリアの馬は下草で足を滑らせるだろう。馬がおびえて急に止まったら、彼女は投げ出される。ルンデンの心臓はハデスの足音と同調して激しく打った。アメリアをつかまえなければならない。今回は失敗してたまるか。

ルンデンはハデスの腹にかかとを押しつけた。馬はさらに速度をあげて駆けていく。その刹那、彼の心はあのずっと昔の夜に戻った。闇の中で恐怖にとらわれ、兄に追いつこうと必死で馬を走らせていた夜に。

無情に蹴ってハデスを走らせ、徐々に白馬に近づいていく。もうすぐだ。あと一メートル。なんとかして追いつかねばならない。乱暴に腕を突き出し、片手で牝馬の手綱をつかんで引っ張った。腕がちぎれそうだ。牝馬が耳をつんざくようないななきをあげ、ルンデンは二頭の馬を止めるために、鞍から斜め前へ身を乗り出した。

徐々に遅くなる馬の足音に負けまいと張りあげた怒鳴り声に、アメリアがびくりとした。高揚していた表情が、即座に狼狽へ変わる。「何を考えていた？　この馬はきみのことを知らないんだぞ。頭がどうかなったのか？」ルンデンは激高していた。歯を食いしばり、怖い顔で彼女をにらみつける。彼の爆発した怒りを強調するように、ハデスが鼻息を吐き、地面を引っかいた。

やがてアメリアがルンデンと目を合わせた。涙を浮かべているが、それだけならたいしたことはない。よかった、あのまま放っておいたら、彼女はたやすく投げ出されていたに違いない。

ダグラスのように。兄のように死んだだろう、衝動的で無謀な愚かしい行動によって……その行動の原因をつくったのはわたし自身だ。今回もまた。

早鐘を打つ胸に恐ろしいほどの痛みが生じ、ルンデンの怒りは弱まった。「こんなことを許したなんて、わたしは大ばか者だ」悪態をつき、気持ちを落ち着けようとする。ひとつひとつの言葉が稲妻のごとく空気を切り裂いた。彼は握りしめた革の手綱を放し、指の震えを止めようとした。すぐ目の前の林に目をやって、心を静めようと努める。

「ごめんなさい、動揺させるつもりじゃなかったの。あなたは心配しすぎよ」アメリアは涙できらめく緑色の目で二度、まばたきをした。

「動揺はしていない。怒っているんだ」ルンデンは言葉を吐き出した。いくら謝られても気持ちはおさまりそうにない。このことでアメリアが彼を非難するつもりだとしたら許さない。彼女の声には、いつもの反抗的な響きが聞き取れた。「きみは自分のやりたいようにやるんだな」

「今のは……」アメリアはいったん言葉を切り、また続けた。「今のは爽快だったわ。ありがとう。生まれてこの方、あれほど純粋な喜びを感じたことはなかった。横鞍での速歩《トロット》なんて、あれに比べたら全然楽しくないわ」

ルンデンは深呼吸をして、牝馬に誇らしげに座るアメリアをうかがい見た。謁見式に現れた女王のごとく堂々とした姿勢。つややかな黒髪はくしゃくしゃに乱れ、頬は紅潮し、ふっくらした唇は風に吹かれて赤くなっている。明るい瞳の奥では自尊心が光り輝いていた。当然だろう。彼女は牝馬をやすやすと操ったのだから。

それでも、先ほどのルンデンは過剰反応したわけではない。彼のように熟練した乗り手でなければ、鬱蒼《うっそう》とした林の下草をうまく踏んでいくように馬を操るのは不可能だ。

ごくりと唾をのみ込む。激高した理由をうまく説明できる自信はない。「今起こったことを知ったら、マシューは喜んでわたしをこてんぱんに打ちのめすぞ。せめて、御者とシャペロンには口をつぐんでいてほしいものだ」肩越しに振り返ったが、出発地点の砂利道は見えなかった。

「誰もひとことも言わないわ」

アメリアがにっこりした。あたかもルンデンから最高の贈り物をもらったかのように。彼の中で何かが変化した。いらだった心に静かな落ち着きが広がる。

ルンデンは舌打ちをし、帰ろうとハデスを促して後ろを向かせた。アメリアも同じようにする。白馬にまたがった彼女は威厳たっぷりで、まさに高貴な公爵夫人に見えた。彼女の夫候補には立派な公爵を考えるべきかもしれない。しかしどれだけ考えても、誰も思い浮かばなかった。


謝ったあとは、何を言っていいのかアメリアにはわからなかった。怒り狂っているルンデンに対して、珍しく気のきいたことを言い返せなかった。馬を並べてゆっくり草原を抜けていくとき、ルンデンのほうに目をやった。彼はうつむいていて、胸にとどめた秘密と同じくらい暗い色の豊かな髪は風になびいている。ひと筋の髪が日光を受けてきらりと光った。横顔は目鼻立ちがくっきりしていて肌はなめらか、大理石像のごとく完璧で冷たく、怒り以外の感情は浮かんでいない。彼がこちらを向いたなら、その目になんらかの思いが読み取れるかもしれない。でも怒りを爆発させて叱責したときから、まったくアメリアのほうを見ようとしない。さっき彼の口から発せられた言葉には、怒り以外のものも現れていた。悲しみ？後悔？　どんな感情が彼の心を乱していたかはわからない。

不意にルンデンが横を向いたので、アメリアは息をのんだ。彼は暗いまなざしで見つめてきたものの、ふたりとも無言だった。彼の人生に幸せというものは存在するのだろうか？

彼が微笑むことはあるの？　ルンデンは情緒豊かな人のようだ。でも、彼は自らに喜びを許すかしら？　喜びのない人生なんて、想像もつかない。アメリアはシャーロットが結婚生活に悩んでいることに思いをはせた。ほとんど幸せを感じられない将来のために、自分自身を犠牲にしたくはない。とはいえ、アメリアの将来は兄、あるいはルンデンの決断にかかっている。ふたりともとっくの昔に、彼ら自身が幸せになれる可能性には見切りをつけているようだ。

ついにルンデンが口を開き、そのかすれ気味の声を聞いたとき、アメリアは息を切らせて草原を駆け抜けたときと同じ高揚感を覚えた。

「リストの一番目は果たせたと考えていいな」

彼女は安堵のため息をついた。静かな口調に不機嫌さは感じられない。

「非常に危険な行為ではあったが」

その発言にユーモアを感じ取り、アメリアは心からの笑みを見せた。「ありがとう」隠そうとしたが、こみあげた感情は声に出ていた。「あなたは、ほかの誰も許さないようなことをさせてくれたわ」

ルンデンはしばらく彼女を見つめたあと、目を前方に戻した。出発地点まではもう少しだ。

「わたしは求婚者を集めはじめよう」彼の声が一種の宣言のように草原に響き渡る。

アメリアがぱっと顔をあげると、牝馬が彼女の動揺を感じ取り、いななきながら横に動いた。「それはリストの三項目が全部成し遂げられてからよ。そういう約束だったでしょう」

「わかっているさ。きみを怒らせると大変な目に遭うとマシューから言われているから、そんなことをするつもりはない」そのからかうような口調に気をよくして、アメリアは照れ隠しに大胆な笑みを浮かべた。

「ライリー卿の意識を失わせるつもりはなかったのよ」顔に広がるにやにや笑いを見られる前に、彼女は横を向いた。「もっと頭のいい人なら、扉から離れたはずだわ。きっと兄は話を面白おかしく脚色したんでしょうけれど」

ルンデンに目を戻したとき、彼は返事をしなかったものの、顔にちらりと笑みがよぎるのが見えた気がした。待たせている馬車のところまで戻ると、ふたりは礼儀正しく挨拶をして別れた。

最後は愛想よく話せたとはいえ、家までの静かな道中、アメリアはルンデンが身を乗り出して馬を止めたとき目に浮かべていた怒りと激しい恐怖が忘れられなかった。彼女はおびえとともに興味を抱いた。そして何よりも、答えのわからない疑問と、彼の心を苦しめている暗い秘密を知りたいという不可解な願望で胸がうずいた。

6

アメリアが裏口から入って爪先立ちで裏階段をのぼり、自分の寝室まで行くあいだ、屋敷は静まり返っていた。ひとりの使用人にも会わずにすんだことにほっとして、手を洗い、普段着に着替える。そのあと玄関ホールまで足を急がせて、家族はどこかとスペンサーに尋ねた。マシューは外出中だという。ルンデンはまだ戻ってきていないだろう。アメリアはパンドラを探しに客間へ行った。今朝のことで混乱した感情は、網につかまった蝶のごとくおなかの中でざわついている。猫を抱いて、お気に入りの隅っこで心を落ち着かせたい。

けれどもパンドラは、大好きな場所、暖炉の囲いのそばにある石炭バケツの上で丸くなってはいなかった。食事室にも、居間にも、廊下の大きな窓の広い枠でも寝そべっていない。困惑したアメリアはマシューの書斎まで急いだ。猫を家から放り出すという兄の無神経な脅しを思うと不安になり、うろたえてしまう。

濃い茶色の板張りの書斎はいつもと同じだった。上品で落ち着いていて威厳がある。まさにマシューがなりたいと願っている人物像と同じ。ふと思いついて、奥の壁に据えつけられた収納棚を開けた。奥のほうに箱が積みあげられ、ほうきが一本あるだけだ。パンドラはいない。アメリアは窓際の未完成のパズルに歩み寄ってぼんやりと眺め、兄を困らせるためだけにいくつかのピースをスカートのポケットに入れた。きびすを返して部屋を出ると、猫の捜索を続けた。

パンドラはどこに行ったのだろう？　厨房かもしれないが、とりあえずその可能性はあとまわしにして、短い廊下を進んだ。部屋は三つだけ。ひとつは現在、滞在客が使っている。猫があとふたつの、寒くて殺風景な空き部屋のどちらかを選ぶとは思えない。でも、ルンデンの寝室というのはありうる。メイドがシーツを替えたり、新しい水を運んだりするとき、パンドラはそっと入ったのかもしれない。

扉の前で立ち止まったアメリアは、左右をさっと見て誰もいないことを確認した。ノックをするべきだろうか？　ルンデンが彼女の知らないうちに戻ったとは考えにくい。ハイドパークでは、彼が見えなくなるまで馬車の窓からじっと見ていた。そのあいだ、ルンデンはのんびりとハデスを自分の乗ってきた馬車につないでいた。それにさっきスペンサーに尋ねて、彼がまだ帰っていないことを確かめてある。

アメリアはわずかにためらいながら真鍮《しんちゅう》製のノブをまわし、こっそり中に入った。全身の神経が抗議の叫びをあげる。客、それも独身男性の部屋に勝手に入るのは、貴婦人として学んだあらゆる規則に反している。彼女はいらだちの鼻息を吐いた。パンドラは常にアメリアを困った立場に追い込むのだ。

舌を唇に当てて小さな音を出した。いつもこの音を出すとパンドラはやってくる。なのに今日は現れなかった。アメリアは好奇心に駆られ、先ほどまでの不安を忘れて、硬木の床を踏んで足を進ませた。

寝室はまったく乱れていない。ルンデンが長期滞在するつもりでないのは知っているけれど、この部屋は誰も使っていないかに見える。すべてがあるべき場所にあり、見えるかぎりでは個人的な持ち物はほとんどない。あるのはベッドの足元近くに置かれた黒革のブーツ一足と、きちんと蓋を閉じて隅に置かれた革の旅行かばんだけだ。

アメリアはさらに内部まで踏み込んだ。深く息を吸い、大胆な行動を取った高揚感で肺を満たす。シダーとベルガモットの香りをかぎ、男らしいにおいに魅了された。足が勝手に動いて、衣装戸棚の前まで行った。白いタオルの上にひげ剃《そ》り道具一式とブラシが置いてある。シェービングカップの横には小さな石けんのかけらがあった。アメリアはそれをつまみあげ、手の甲にこすりつけてみた。森を思わせる香りをかぐと全身があたたかい快感に包まれ、石けんをもとの場所に置いたあともすぐに手を離さず、指先で撫でていた。

パンドラのことはすっかり忘れ、振り返って大きな客用ベッドを見つめる。カーテン付きのリネンの天蓋が、マホガニー材の柱の下にあるマットレスに影を落としていた。ルンデンはここで眠ったのだ。アメリアを乗馬に連れていき、彼女が危険にさらされるのを恐れて乱暴に救ってくれた、謎めいた人。驚くほど美しくて、暗く禁じられた秘密を持ち、圧倒的な存在感がある人。豊かな情緒は、彼のかばんと同じようにしっかり蓋をして、心の底に閉じ込められている。この部屋の中にあるものは、彼本人と同じく、何も明かしてくれない。

目の前にはベッドがある。シーツにしわはほとんどなく、ルンデンがここに頭を置いたことを示すのは枕の浅いくぼみだけ。メイドはもうシーツを取り替えたのだろうか？　アメリアは見つかるかもしれないという恐怖を抑え込んだ。好奇心に負けて、じりじりとベッドに近づいていく。

そう遠くない将来、結婚式の夜に男性とともにベッドに入ることになる。そこでどんなことが行われるのかはわからない。もちろん、夫と妻のあいだの行為、男女の体の仕組みは理解している。何年も前、アメリアはマシューの書斎からそれについて書かれた本を持ち出して学んでいた。

無垢だと見なされてはいるが、何度かキスをされ、抱きしめられたことはある。けれど、誰も盗み聞きしていないと思ったときに女性たちがささやく肉体的な歓喜や禁じられた快感については、なんの経験もない。行為から快楽を得られるという話は聞いているものの、やはり男女の交わりはアメリアにとって縁のない概念だ。

残念ながら、シャーロットはディアリングとの交わりについてひとことも話してくれない。それは究極のプライバシーなのだろう。でも楽しいものかどうかくらい親友が打ち明けてくれたなら、アメリアの不安も解消されるのに。初夜に無知なままベッドへ行き、体だけでなく最も秘めた不安までむき出しにされるのかと思うと、改めて結婚に反抗したくなる。

性的な興味や貪欲《どんよく》な好奇心以上のものに突き動かされて、アメリアは部屋の奥へと進んでいった。男女の交歓について知りたいと同時に、情熱に屈したとき無防備になり、自分を制御できなくなるのが怖い。そこに葛藤がある。そして情熱は――その禁じられた果実を実際に味わったことはないけれど――血管に血が流れているのと同じように、彼女の中に流れている。アメリアの体のみならず心にも触れたいと思わない男性との結婚を、強制されたくはない。

シーツに覆われた無人のベッドを眺め、そんな重苦しい考えを押し殺した。頬に落ちたひと筋の巻き毛を後ろに払ったとき、手の甲から漂ったシダーの芳香に勇気づけられ、アメリアは大胆な行動に出た。震える指でシーツを撫でつけたあと、気が変わる前にマットレスに横たわり、靴で寝具を汚さないよう注意して頭を枕に置いた。

きっと頭がどうかなったのだ。今ルンデンが入ってきて、自分のベッドにアメリアが横になっているのを見たら、なんと言うだろう？　さっきのように怒り狂うのか、それともベッドに彼女がいるという突拍子もない光景に不意を突かれて笑うのか？

あるいは、わたしも彼の秘密のひとつになるの？

そんな常軌を逸したみだらな疑問が禁じられた欲望を呼び覚まし、下腹部がうずいた。どう名づけていいかわからない快感が体の中で波打って、脚のあいだが熱くなる。アメリアは陶然として息をあえがせた。わけがわからず混乱しながらも、その快い感覚を逃がさないよう両脚をぎゅっと寄せ、横を向いて頬を枕にこすりつける。ほんの一瞬、目を閉じた。

マットレスはアメリアのものと同じ感触だったが、昨夜ルンデンがここで眠ったと思うと、ひどく官能的に感じられる。そんな新たな発見がうれしくて微笑み、柔らかな羽毛の枕にさらにしっかりと頭を押しつけた。

窓の外の私道から聞こえる音にはっとして、アメリアはあわててベッドから出た。二度見直して、入ってきたときと同じく何も乱れていないことを確認する。震える脚で出入り口まで行き、扉を小さく開けてそっと出た。廊下に人はおらず、彼女は破廉恥な行動を見つからなかったことをありがたく思いながら、逃げるようにその場をあとにした。

ルンデンはハデスに乗ってダウニング・ストリートを渡り、ベルグレイブ・スクエアを抜けた。遠くの雷鳴が嵐の訪れを告げている。雲から落ちてくる悲しげな雨粒は、彼の気分にぴったりだ。アメリアの乗馬レッスンのあと、ルンデンは馬車を厩舎に送り返し、ロンドン郊外の安酒場へ向かった。その〈血まみれの狼〉亭はいかがわしく怪しげな店で、素面《しらふ》の客も酔った客も、ルンデンが何者かはわからなかっただろう。薄暗い隅の席についた彼は酒をひと瓶買い、今夜はどう過ごそうかと思案した。

今は、夜の闇に紛れて昔の自宅へ向かっている。こんなふうに過去をのぞき見るのは賢明な選択だったのか、と思いながら。

このあたりの様子は昔と違っていた。ロンドンはいろいろな意味で変化しており、ルンデンもそうだった。それでも、彼の中にあふれる感情は同じだ。後悔、絶望、罪悪感。それらの感情は決して弱まらない。

公爵位など欲しいと思ったことはなかった。だからこそ、公爵の地位を強く求めるあまり兄の死を画策したと見なされていることに、いっそう腹が立つ。〝殺人〟という言葉が面と向かって口にされたことはないものの、ばかげた想像力によって紡がれた、悪事を伝える噂話やささやきは承知している。詮索好きな愚か者の集まった部屋で語られる扇情的な秘密というのは、驚くほど速く広く浸透するものだ。

兄が死んだ日はルンデンの人生最悪の日だった。ロンドンの連中は、よくも彼が兄の死を歓迎しているなどと言ってくれたものだ。実のところ、こんなみじめさをもたらしたのはルンデンの判断力の欠如だった。ポケットに手を入れ、兄の懐中時計をおさめた袋を指先でなぞる。時間を巻き戻す力さえあれば……。

点灯夫が、ハデスに乗ってオックスフォード・ストリートを進むルンデンをいぶかしげに眺めた。彼は安心させるように点灯夫にうなずきかけた。子ども時代の家は懐かしく思えるだろうと考えていたが、近づくにつれて緊張に包まれていった。後悔で満ちている日にここへ来るのは正しい決断だと思えたものの、遠くから三階建ての屋敷を眺めたとき胸にこみあげた感情には心の準備ができていなかった。窓に明かりは灯っておらず、道路は記憶にあるとおり静かで暗い。心臓は、これが夢でないことを思い出させるかのように激しく打っている。あの夜のことは、兄の墓石に刻まれた碑銘のごとく、いつまでも変わらず記憶に深く刻まれていた。ルンデンは最後にもう一度屋敷を見て、あらゆる部分を目に焼きつけたあと、ハデスを蹴ってギャロップさせ、近くの路地に入っていった。

クリーブランド・ロウまで行き、時間をかけて馬の世話をし、もつれた思いを解きほぐしたあとマシューの屋敷に入って部屋に戻ったのは一時間ほど経ってからだった。すっかり疲れ果て、今日一日で積もり積もった感情を脱ぎ捨てるかのように服を脱いで下着姿になった。マットレスに横たわって頭を枕にのせ、両手で顔をごしごしこすって目を閉じる。精神的に消耗しきっていた。

長い脚をぴったりした鹿革のズボンにおさめたアメリアの姿が脳裏に浮かび、ルンデンの体に火をつけた。彼は大きなうなり声をあげた。もう眠れそうにない。自分はいったいどうしたというのだ？　親友の妹に欲望を抱くなんて最悪の裏切りだ。彼女がもつれた黒髪をあらわな肩に落としてルンデンにまたがり、首をのけぞらせて快楽にふけるところを想像するなんて。

くそっ、こんなことばかり考えていたら、やがて悪魔の仲間になり果てるぞ。

アメリアが美しいのは間違いない。だが彼女の何か、実体がなく漠然とした何かが、ルンデンの五感を刺激して欲望を喚起するのだ。彼の皮膚を貫いて、心まで入り込んでくるかのように。アメリアをひと目見ただけで、田舎にこもっていたあいだに築いた心の防御壁がひび割れ、傾き、崩れそうになる。ルンデンは寝返りを打った。今でも彼女のにおいをかぐことができる。ジャスミンと魅惑的な美しさ、明るい笑いとふっくらしたピンク色の唇を感じさせるにおい。下腹部がこわばり、妄想を実現させたいという衝動に駆られてしまう。いや、妄想で満足せねばならない。妄想と秘密。自分を常に悩ませている秘密。ルンデンはふたたびうなり声をあげた。快楽ではなく苦痛のうめきだ。なんとか楽になりたくて、彼は仰向けになった。

マシューは、右手に握りしめた紙に走り書きされた住所の玄関前の階段をのぼっていった。もう片方の手はしっかりと杖をつかんでいる。段はふつうよりかなり急で、悪天候の中で足を引きずる彼にとっては歩きにくい。降りつづく雨による湿気で脚が痛む。そのせいで、かなり不愉快な気分になっていた。それでも今夜の会合に参加できる機会を歓迎している。とはいえ、直前に会場が変更されたために遅刻しそうだった。時間厳守なのが自慢なのにと考え、マシューは鼻息を吐いた。悪い印象を与えたくない。とりわけ選挙が近づいている今は。会長の座を狙うマシューにとって、目標はすぐ手の届くところにある。

〈知的優秀者協会〉はロンドンの学術界におけるエリート団体として高い評価を受けていた。マシューは一〇年近くのあいだ協会の会員で、新入りから尊敬される幹部へと昇格してきた。過去の立候補では破れてきたが、今度の選挙では必ず会長になると心に決めている。引退を表明している現会長のコリンズとは盟友であるため、今回目標が達成できる可能性はこれまでよりも高い。コリンズから推薦の言葉を得られればいいのだが。

なんとか階段をのぼり終え、静かな玄関に足を踏み入れた。執事が雨に濡れたコートと帽子を受け取るために待機している。ブーツも脱げればいいのに、とマシューは思った。苦労して階段をのぼっているあいだに雨が革に染み込み、靴下までぐっしょり湿っている。それでも急いで部屋に入っていった。

「よく来たな、ストラスモア。きみは欠席なのかと心配していたんだ」マシューが進み出ると、ウィンスロップが手を出してしっかりと握手をした。男たちは部屋のそこここで小さな集団に分かれて話をしている。ある者たちは静かに、ある者たちは活発に。会合が始まる前に到着できたことに安堵して、マシューはふうっと息を吐いた。

「場所が変更されたと聞いたのは今夜になってからだった。伝言が届くのがあと一分遅かったら、知らずに出かけるところだったよ。でも、結局は無事に来られた。この緊急の会合の理由はなんだい？　なぜぎりぎりになって場所が変更された？」

ふたりは書棚のそばの、もっと人目につかない隅に移動した。本音を言えば、マシューは座りたかったのだが。滑りやすい大理石の階段をのぼってきたせいで、脚がずきずきと痛む。彼は顔をしかめて部屋を見まわした。空いている椅子を見つけなければならない。

「大変なことになった。きみの有利に働くかもしれない話だよ」ウィンスロップはマシューの苦痛を察して腕を軽く叩き、暖炉のそばの空いたばかりの袖付き椅子二脚のほうへ導いた。「コリンズの身辺に大きな変化があったようだ。マンチェスターの兄夫婦が悲劇的な事故に遭ったんだよ」

「それは気の毒に」腰をおろしたマシューは暖炉の炎のほうに脚を伸ばした。あたたかさで痛みがましになり、今夜の気分が湿っぽくならずにすむことを願って。「彼にお悔やみを言わないと」

「話はそれだけじゃない」ウィンスロップが秘密を打ち明けるように顔を近づけてきた。といっても、部屋じゅうの人々がコリンズの不幸についてひそひそ話し合っているようだ。

「お兄さんの遺言によって、コリンズは残された子ども六人の後見人に指名された。コリンズは独身だし、家庭を持つ気はなかったが、彼が金を好きなことは誰もが知っている。お兄さんの遺言で定められた条件は、コリンズは莫大《ばくだい》な遺産を相続し、子どもたちはマンチェスターの領地にとどまって教育を受けつづける、その他もろもろだ」ウィンスロップは空中で手を振った。それが口にしていないことすべてを説明するとでもいうように。「コリンズは協会の問題が片づきしだい会長の座をおり、マンチェスターに引っ越すつもりだ。彼はこの状況を、ぼくが思うほどには不愉快に感じていないし、できるだけ早く妻を見つけることに尽力する気でいる。使用人や家庭教師なら金でどうにでもなるが、妻の協力なしに子どもの養育に取り組むのは難しいと踏んでいるんだろう。まだ幼い子どもたちには母親が必要だ、悲惨な事故で親を失ったとあればなおさらね」

マシューはどう応えようかと考えた。もちろん、コリンズが突然生き方を変えざるをえなくなったことには同情している。しかし、この変化によって思いがけず有利な状況に立てたことも否定できない。自分はなんとしても協会の会長になりたいのだ。その目標を早期に達成できる機会がめぐってきた。コリンズを説得して、マシューが次期会長にふさわしいとはっきり推薦してもらうだけでいい。コリンズがロンドンを離れねばならないことを考えれば、そう難しいことでもないだろう。コリンズには必要なかぎりの手助けをしてあげよう。彼に妻を見つけてやればいいかもしれない。思わずマシューの口元がほころんだ。最近はよく人の縁談をまとめる必要に迫られる。

「とてもいい知らせだな、ウィンスロップ。もちろん、人が亡くなったのは悲しいことだが」慎重に話しながら、マシューは室内に視線をめぐらせた。「それにしても、会合が始まる前にもっと具体的に話を詰めておきたい」

しかし、この件についてそれ以上話し合う時間はなかった。小槌《こづち》が木製の机を叩く音が部屋に響き渡り、会合の開始が告げられたのだ。長い会議用テーブルの前に椅子を置き直すとき、マシューはもはや脚の痛みを感じていなかった。気分はすっかり高揚し、濡れたブーツの不快感も気にならないくらいだ。

7

「急いでちょうだい、メアリー」歩幅が倍もある主人に追いつこうと必死の侍女を尻目に、アメリアは歩道をずんずん進んでいった。昨夜はすぐ眠りに落ちた。興奮ですっかり疲れ果ててベッドに倒れ込み、今朝は気持ちのいい夢の途中で目が覚めた。手に置いていた頬には、シダーとベルガモットの香りが残っていた。

シャーロットと落ち合ったあと、いつものようにふたりで歩いた。だがアメリアははやる気持ちを抑えられず、レディらしい挨拶もそこそこに最新の知らせをまくしたてた。

「ねえ、話したいことが山ほどあるのよ」シャーロットと腕を組んでいつもと同じ道を公園まで歩きながら、横を向いて話しかける。

シャーロットは興味津々で目を大きく開き、アメリアをちらりと見た。「早く教えてちょうだい」

「どこから始めていいかわからないわ」一瞬黙り込んだあと、アメリアの口から勢いよく言葉が飛び出した。「昨日の午後、ルンデンは乗馬をさせてくれたの。またがって乗ったのよ。生きているということを、あれほど強く実感したのは初めて」

「あなた、その方を洗礼名で呼んでいるの?」

シャーロットの戸惑った口調にアメリアの熱意が薄れかけたが、夫婦は正式な肩書きで呼び合うというディアリングの定めた規則に反対意見を述べるのはやめておいた。会話を白けさせたくない。だから高揚した口調のまま話を続けた。

「無礼というわけではないのよ。子どもの頃からの知り合いだもの。兄はときどき彼をレイクビューに招待したの。だからすごく自然なのよ。それに今はそんな細かなことを気にしている場合じゃないわ」ふたりは木の下のベンチに腰をおろした。「馬の力強さを脚の下に感じて草原を駆けるのは素晴らしかった。横乗りとは全然違う。男性が女性をつまらない馬車に閉じ込めておきたがる理由が、よくわかったわ。すべての女性が乗馬で得られる自由を味わったなら、淑女がなすすべもなく結婚生活にとらわれているなんて恐ろしい話を聞くことはなくなるでしょうね」アメリアは声高に言い終えると、自分の演説に満足して颯爽と顔をあげた。

「わたしにも、あなたの何分の一かでも勇気があればよかったのに。あなたはリストの項目を成し遂げるつもりだと話してくれたし、実際うまくいきつつあるのよね。あなたが誇らしいわ。わたしも同じ喜びを味わえればいいのだけれど」シャーロットは笑顔を崩さなかったものの、その言葉にうれしそうな響きはなかった。

「あら、あなたにもできるわ。教えてあげる。ルンデンがしたことは、ふさわしい馬を選ぶことだけよ。たしかに馬にギャロップをさせたとき、彼はうろたえたけれど、わたしは長年殿方が馬に乗るところを見て、その動きを観察してきたわ。簡単よ。今度の週末一緒に田舎へ行ったら、わたしが教えてあげられるし、誰にも知られずにすむわ」アメリアは友人の手を握った。「旅行のことを、もう一度ご主人と話し合ってみた？」

シャーロットは表情を曇らせ、膝の上でつないだふたりの手に視線を落とした。「残念だけれど、事情は変わっていないわ」

沈黙が流れた。だがアメリアにはこの問題について言いたいことがいろいろあり、長く黙ってはいられなかった。

「もう一度、がんばってみて。今日は火曜日、わたしは土曜日のお昼前に出発する予定よ。田舎へ行ければ楽しいし、病に苦しむわたしの父を見舞うこともできる。そう言って、ディアリング卿を説得する時間はまだあるわ。あの方があなたを見るときの顔つきからして、道理のわからない人ではないと思うの。まだ望みはある。こんな親切なふるまいに反対できる人がいると思う？」

「親切かどうかなんて、彼にはどうでもいいのよ」シャーロットの口調は陰鬱だった。「またその話題を持ち出すのは無理だと思うわ。あなたはわたしの頭に不届きな考えを吹き込んでいる、って主人は言うの。最初は猫を飼うように言い、今度は週末の旅行に誘って」

「ばかばかしい。おかしいわ、そんなの」アメリアは友人の手を放し、スカートをひるがえして立ちあがった。「わたしたち、同じ考えを持っているじゃない。わたしはただ、それを声に出して言うように促しているだけ。ディアリング卿はひどく強情なのね。わたしが直接話しましょうか？　あなたが一緒に来てくれたらどんなにうれしいか、あなたが田舎の領地でどんなに歓迎されるかを説明するの」

「だめ」シャーロットがいきなり勢いよく立ちあがったので、アメリアはびっくりしてあとずさりした。「そんなの、とんでもない考えよ」

「わかったわ」話を変えて友人をなだめようと、アメリアは常に頭から離れない話題を持ち出した。「ルンデンはものすごい美男子だけれど、にこりともしないのよ。昨日、彼が気づいていないときにじっくり顔を見たの」目を閉じて、彼の険しい表情を思い起こす。あのように荒々しくて整った容貌であれば、微笑んだらさぞ魅力的だろう。彼から笑いを引き出すにはどうすればいいだろう？　まぶたを開けると、シャーロットがいぶかしげにこちらを見ていた。

「ルンデンには好奇心をそそられるの。それだけよ。彼がロンドンを去った事情は秘密に包まれているわ。そして戻ってきた今は、兄の頼みを聞くために、わたしのリストの要求を満たそうとしてくれている。不思議な人。とても親切なのかもしれないけれど、何か別の動機があるみたいでもある。気になるわ。彼の行動は興味深い謎よ」

「だけど、あなたがスカーズデイル卿と一緒に乗馬へ行ったことを知ったら、お兄さまはそのあたりの行商人にでもあなたを嫁がせるわよ。馬にまたがって乗っただけでも問題なのに、高貴な女性がまともなシャペロンもつけずに独身男性と危険なことをするなんてとんでもないわ。あなたはあらゆる規則を破っているのよ」

アメリアは笑いを押し殺そうとした。「メアリーを連れていったわ」

シャーロットは目を丸くしたが、アメリアは友人の非難の表情を無視した。

「規則は破られるためにあるのよ」笑みでその発言を強調する。「わたしは何も悪いことなんてしていない。世間の時代遅れな考え方を根拠に、わたしの行動を判断しないでちょうだい。上流社会の決まりなんて、ばかみたい。あなたの結婚がいい例よ。機会さえ与えられれば、あなたは自分で夫を見つけ、便宜ではなく愛による結婚をして、ご家族を助けることもできたはず。なのに、あなたは自分の家族の経済状況を知らされないまま、心の準備も警告もなく結婚に追い込まれたじゃないの」

「そうね。だけど、もっと悪い相手に嫁がされた可能性もあったのよ」シャーロットは広場の中央にある噴水の向こうに目をやった。「文句を言ってはいけないわ」

アメリアはシャーロットを慰めようと肩に手を置いた。「言うべきよ。わたしには、いつでもなんでも話していいの」横目で侍女たちを見ながら、友人に顔を近づける。「安心して、あなたを見捨てはしないから。ディアリング卿に、あなたがどんなに素晴らしい人かをわからせましょう。この件についてはじっくり考えてみる必要があるわね」アメリアは一歩さがり、指で自分の唇を叩きながら思案した。「あなた、お小遣いはどれくらい貯めているの？」

「少しもないわ。主人はとても倹約家なの。彼はしょっちゅう、わたしの父の借金を清算するためにかなり金銭的負担を強いられたと口にするのよ」

アメリアはいらだちのため息をこらえた。「もう少し考えてみるわね。きっと解決策はあるわ。まだ見つけていないだけ。愛し合って結婚したわけではないとしても、愛情が育つこともあるのよ」

遠くでヨタカが鳴く声を聞きながら、ふたりは黙り込んだ。アメリアはほかに何を言えばいいのかわからなかった。

するとシャーロットが目をきらめかせてアメリアのほうを向いた。「彼はどんな人？　スカーズデイル卿のことだけど」

アメリアは微笑んだ。「とても美男子よ、悪魔的なほどに。彼が話しかけてくると、わたしは変な気分になるの。きっと神経質になるのね」洗礼名で呼んだときにシャーロットが衝撃を受けたことを考え、昨夜ルンデンのベッドに横たわった話をするのはやめておいた。でも、それを告白することを考えただけで興奮の波が体を貫く。アメリアは秘密めかして微笑んだ。

「あら、あなたは神経質になったりしないでしょう」シャーロットはアメリアの笑みには言及しなかった。

「たぶん結婚の話ばかりしているからでしょうね。父があれほど熱心にわたしの結婚を望まなければいいのに。それなら幸せな将来を約束してくれる男性に出会うまで、自立した女として満足して生きられるはずだわ。わたしは契約によって売り渡されるのではなくて、恋に落ちたいの。土曜日に実家に帰ったら、そう言って父を説得してみるつもりよ」

シャーロットが首を横に振った。「だけど、子どもや家庭は持たなくていいの？　あなたは昔から、赤ちゃんに囲まれたいと言っていたじゃない」

「ええ、それは本当よ。難しいことかもしれないけれど、愛のない結婚は絶対にしないつもり」


ドブソン家の外で馬をおりたルンデンは、待機する従僕にハデスの手綱を渡した。ドブソン伯爵ジョン・ケンダルは昔からの知人だ。正直な男で、今のところ頼れる可能性が最も大きい。何よりもドブソンは狩猟家であり、武器の扱いに詳しいのだ。

ルンデンは執事に名刺を渡した。自分の存在を明らかにしなくてはならないのは不都合だが、ほかにどうすることもできない。拳銃を使う必要があるのに、彼自身は持っていないからだ。借りて任務を果たすのがいちばんいい。拳銃を購入したら、またもや不愉快な憶測がめぐらされる。不用意に武器店に姿を見せれば、ルンデンが一〇年間懸命に隠そうとしてきた秘密を掘り起こしたがっている噂好きな人々が、ふたたび活気づくだろう。

可能なら、ドブソンにこの件を内密にするよう頼むつもりだ。ドブソンは信頼できる人間であり、世間の噂話に巻き込まれたことはない。とはいえ、兄の死後の日々の記憶はあいまいで、誰がルンデンの潔白を信じ、誰が疑いを投げかけたかはよく知らない。推定相続人だったルンデンに爵位が譲られたことが噂や疑念を呼び、やがて彼は兄への恨みを晴らして爵位を手に入れた狡猾《こうかつ》で無情な次男と非難されるようになった。その誤った認識に加えて、兄を亡くした悲しみ、葬儀の手配、慣例的な弔問の応対、そしてどんどん強くなる罪悪感に翻弄されているうちに、ルンデンはすべてに関心を失って抜け殻のようになり、ついにはロンドンを永遠に去ることにしたのだった。

絶望が風のように彼の中を駆け抜ける。

アメリアとの約束に縛られていなければ、そもそもドブソン家に来ることもなかった。あのひねくれ女はルンデンにとんでもない迷惑をかけていた。しかし心の奥底では、なぜか彼の暗い世界に小さな明かりを灯してくれるアメリアを面白がっている。彼女は矛盾だらけの女性だ。長い脚、短気、途方もない美貌を持つ、折り紙つきの問題児。美しきトラブルメーカー。

自ら志願してアメリアの辛辣な物言いに耐えようとする人間は、国いちばんの愚か者だろう。ルンデンはその愚か者となり、約束を果たして去っていくつもりだった。

「ドブソン卿がお会いになります」

無表情な中年の執事が興味もなさそうにルンデンを見た。もしかすると自分が大げさに考えすぎているだけで、ルンデンがロンドンに戻ったことを誰も気にしていないのかもしれない。

いや、それはありえない。

執事の後ろについて、さまざまな大きさの獲物の剥製《はくせい》が飾られた不気味な客間に入っていく。ドブソンは地元の剥製師をかなり儲《もう》けさせているようだ。興味を引かれたルンデンは部屋をぐるりとまわり、子熊から大型の猫まで、種々の死んだ動物を見て歩いた。猫を眺めているとき、ドブソン伯爵が現れた。

「美しい生き物だよ、オオヤマネコは。めったに現れず、なかなか捕獲できない。神話上の動物だと信じている文化もある」ドブソンがにやりとして手を差し出した。「きみの訪問と同じくらい稀有だな。元気かい？」

「ああ」ルンデンは握手をした。ドブソンに頼みはあるものの、過去について話すつもりはない。「会ってくれてうれしいよ。わたしの名刺を見たときは驚いただろう」

「有能な狩猟家は、どんな予想外の状況にも心の準備ができているものだ」ドブソンはルンデンをじっと見つめ、訳知り顔でうなずいた。「とはいえ、きみに再会できるとは思っていなかった。少なくとも、この街では」

「わたしも同じだ。しかし、事情があってね」

「ブランデーかい？　ウィスキー？　何がいい？」ドブソンは自立式のガゼルの剝製の後ろにある酒のキャビネットまで行った。「法の目を盗んで、スコットランドから最高級のウィスキーを買った。これ以上、喉ごしがなめらかなやつはない」

「いや、けっこうだ。会ってくれただけでも充分うれしいんだが、頼みがある。必要以上にきみの時間を無駄にさせたくない」

「わたしは遠慮なく一杯やらせてもらうよ」ドブソンはポケットから鍵がいくつかついたリングを取り出し、小さな鍵を外した。手早くキャビネットを解錠して琥珀色の液体をグラスに注ぎ、高窓に面して置かれた椅子を手で示す。ルンデンはためらいなく座った。

「長らく不在だったきみに会えるとはね。一〇年前とほとんど変わっていないな」

おそらく表面的には。だが、内面はすっかり変わった。

「田舎の空気のおかげかな」ルンデンが身じろぎすると、ポケットの中の袋が抗議するように腰をつついた。彼は姿勢を正して訪問の目的を告げた。「拳銃を借りたい」

ドブソンが応える前にルンデンは続けた。隙を見せて、過去について尋ねられたくない。

「おかしな頼みなのはわかっている。だが、ある友人に拳銃の使い方を教えてくれと頼まれて、愚かにも承知してしまった。約束を守らなくてはならないんだが、わたしは拳銃を持っていない。街に出て、銃を買う理由について好ましくない憶測を招くよりは、きみを訪ねようと思ったんだ」

「なるほど」ドブソンがグラスをゆっくりと傾けた。「うってつけの人間のところへ来たな。さまざまな武器を収集しているが、きみが借りたいのは紳士用の拳銃だね。この裏で練習できるよ。ここに住んでいると、外国へ出ていく前に腕を磨くことができる」彼は立ちあがり、屋敷の裏に通じる両開きの扉まで歩いていった。「射撃練習にはもってこいの日だ。薄曇りだが穏やかな陽気で。すぐに始められるよ」

相手の熱心さに驚きつつ、ルンデンは立ちあがり、ドブソンについて板石敷きのテラスに向かった。ドブソンが理由をしつこく尋ねることなく、頼みを聞き入れてくれたのはありがたかった。もっとも、ドブソンがグラスの酒を飲み干したあとで拳銃を二丁持ってくるよう執事に命じたときは不安を覚えたが。

ドブソンは午前中の時間のほとんどを使って、火打ち石銃の正しい使い方を指導してくれた。おかげでルンデンも、同じようにアメリアに教えられるという自信を持った。あのわがまま娘がこんな突拍子もないことをなぜ学びたがるのか、さっぱり理解できない。やはり興奮を求める性質のせいだろう。アメリアが今まで出会った女性とまったく異なるのは間違いない。それが好ましいことなのかどうかは、まだなんとも言えなかった。

「それでいい。一〇回連続して的の中央に当てることができた。きみには生まれつきの才能があるようだ。しかし……」

ドブソンは言葉を濁したが、そのぎこちない発言が何を意味しているか、ルンデンにはわかっていた。気を強く持ち、冷静な口調を保って言う。「兄は馬から投げ出され、首の骨を折って亡くなった」さっと姿勢を変え、的のほうを向いて最後の一発を放つ。ど真ん中に命中した。ドブソンの探るような視線を避け、ルンデンはそそくさと銃弾の袋、掃除用の布と溶剤をまとめた。

「わたしは噂など信じない」ドブソンは注意深く自分の拳銃を箱に戻した。「まあ、気にしないでくれ」

ふたりは黙ったまま道具を片づけた。

「わたしは木曜日にアフリカのガーナへ向けて出発する。お知り合いに射撃を教えるなら、自由にここを使ってくれてかまわない。きみの求めに応じて新しい的と火薬を用意し、拳銃を出すよう執事に言っておこう。執事には鍵を渡しておくよ。しかしわたしが海外にいるあいだ、執事以外の使用人には休みを与えている」

ルンデンはうなずいて手を差し出した。「感謝する、ドブソン。これについては口外しないでもらいたい。旅先での幸運を祈っているよ」

「たしかに幸運が必要だ。大物を狙っているからね。サイだよ。どういう動物か知っているかい？」

「いや、まったく」

「では、ぜひまた訪ねてきてくれ。客間の中央に飾る、その角のある野獣を見るためだけにでも」

8

アメリアはパンドラを腕に抱いてマシューの書斎に入っていった。兄と話し合いたいことがたくさんある。最近、彼がよく屋敷を留守にすることにはいらだちを覚えていた。パズルにかがみ込む兄に歩み寄ると、アメリアは腕をおろした。パンドラが優雅に窓枠まで跳んだ。

「その忌まわしい動物を書斎から出してくれ。なぜ言われたとおりにできないんだ、トラブルメーカー？」マシューは仏頂面になった。

「あらゆる規則に従っていたら、人生はひどく退屈になるわ」アメリアは、兄の椅子で体を伸ばしているパンドラを見つめた。猫が重要な書類をずたずたにしたり、さらに悪いことに革張りのクッションを破いたりしませんように、と心の中で祈る。「お兄さまと話したかったのに、近頃あまり家にいないのね」

「ぼくは協会の会長の座を狙っている。それにもちろん、ほかの仕事もある。おまえから見れば、ぼくは一日じゅうパズルにかかりきりなんだろう。しかし言っておくが、おまえがシャーロットとの朝の散歩に出る前から、ぼくは仕事で忙しくしているんだぞ」

「わたしは週末レイクビューに行くつもりで、シャーロットも誘ったの。だけど、意地悪なご主人は許してくださらないのよ。ねえ、お兄さま、どうして男の人は偉ぶるのが自分の義務であり生きがいでもあると考えるの？　シャーロットがわたしと一緒に行くのをディアリング卿が許さない理由は、ひとつも思いつかないんだけれど」

「ぼくには見当がつく」マシューは嘲笑を浮かべてアメリアのほうを向いた。「ディアリングは子爵だから、偉ぶって物事を決めるのは当然だろう。とはいえ、ぼくだってディアリングがシャーロットにとって理想的な相手だとは思わないがね。もちろん、彼女の両親が大きな借金を抱えていたからしかたない面もある。持参金のない花嫁を受け入れて、彼女の家族を苦境から救うと同意した自負があるせいで、ディアリングはそんな態度を取っているんだろうな」兄はピース二個をパズルにはめ、右に一歩動いて、その部分を日光のもとで眺めた。

アメリアは話題を変えた。「どうしてルンデンはここにいるの？」

マシューがぱっと顔をあげ、険しい顔でにらみつけてくる。「おまえには関係のない話だ。あいつがここにいることは誰にも言うんじゃないぞ。おまえが問題を起こしやすい性質なのは全世界が知っているし、ルンデンはこれまでさんざんいやな目に遭ってきた。あいつとはかかわるな。単に、おまえの結婚相手を探してくれているだけにすぎない。相手が見つかったなら、彼を称《たた》えてパーティを開こう」

「お兄さまは冷酷なのね」アメリアは腕組みをして、不満もあらわにマシューを見つめた。「恋愛結婚を望むのは、そんなに間違ったこと？」

「いや、そうじゃない」

今回ぱっと顔をあげたのはアメリアのほうだった。きっと聞き間違えたのだ。だが、兄は話を続けた。

「しかし、ほかの事情も考えなくてはならない。父上の健康はもちろんのこと、レディらしくするようにという助言をことごく無視するおまえの反抗的な性格、そして言うまでもなく、おまえが目の前に現れた求婚者をひとりも自分の相手として検討したがらないこと。何を恐れているにしろ——」

「恐れてなどいないわ」それは事実だ。

「何をためらっているにしろ」マシューは表現をやわらげて妹と正面から向き合った。「そんな気持ちは忘れて、どうせ結婚しなければならないことを自覚するんだ。父上と母上は永遠に生きているわけではないんだぞ」

その指摘に、アメリアは言葉を失った。めったにないことだ。

「だが、絶望しなくていい。おまえが思うより早く、ぼくが解決策を提供できそうだ」

彼女が反論する時間はなかった。ルンデンが現れ、注意がそちらに向いたからだ。彼はとても凛々《りり》しく見える。豊かな髪は風で乱れ、顎にはうっすらとひげが生えていた。アメリアはひげが嫌いだ。一般的には。なのに今は、彼の肌に頬ずりしたらどんな感じだろうと考えてしまう。たぶんパンドラの舌と同じような感触だろう。でも、もっと官能的かもしれない。

不意に鳥肌が立ち、彼女は腕をさすって落ち着かせた。

「ああ、ちょうどいいところに来てくれた。今、妹にふさわしい候補者が現れそうだという話をしていたんだ」その言葉に含まれた兄が妹をからかう調子は、誰も聞き逃さなかっただろう。

「ここでは、物事はめまぐるしい速度で変わるんだな」ルンデンが部屋に入ってきた。「わたしは田舎で長く過ごしすぎたのかもしれない。逆に、田舎へ帰ったらのんびりした環境に落ち着かなくなりそうだ」パズルが置かれたテーブルのそばで立ち尽くすアメリアのほうに目を向ける。「それで、そいつの名前はわかっているのか？」

その質問をしたとき、ルンデンの胸の中で何かがざわめいた。不意に動揺を覚えたのは、マシューとアメリアそれぞれへの約束を果たしたかったのに、それがかなわなくなったからかもしれない。とはいえ、マシューがアメリアの結婚をそれほど簡単に取り決めたのなら、ルンデンが約束を果たす義務はなくなる。それでも午前中かかって射撃の練習をした以上、緑色の目をした妖婦に拳銃の正しい使い方を教える機会は持ちたい。

「いいえ。兄はいつものように、そういうことをわたしに教えてくれないの」アメリアがマシューを見据える。

「生意気なことを言うな。無礼だぞ」マシューは険しい口調で叱りつけ、妹をにらみつけた。たいていの女性なら顔を伏せるだろう。だが、アメリアは逆に顔をあげた。そのちょっとした仕草を、なぜかルンデンは誇らしく思った。

「街なかで用があるから失礼するよ」マシューは机に立てかけた杖をつかんだ。「メアリーをここによこす」アメリアのほうを向く。「父上が礼儀作法のレッスンを受けさせたのは金の無駄だったな。もっと行儀よくしてくれよ、とくに、ぼくが縁談をまとめるときには」彼はふたりにうなずきかけて部屋を出ていった。

ルンデンはそのやりとりを見つめ、結婚について言及されたときにアメリアの澄んだ緑色の瞳が失望で曇ったことに気づいた。その気持ちは理解できる。彼も結婚する気はない。愛も、結婚を成功させるために必要などんな種類の感情も、ルンデンの人生には不要なものだ。アメリアの結婚相手を見つけることにマシューがあれだけ努力していることを考えると、彼女の運命はすでに決まったようなものだろう。彼女自身は、便宜結婚ではなく恋愛結婚なら幸せになれると言っている。しかし、それが実現できる可能性は低い。気の毒に。操られたくないというアメリアの気持ちはよくわかる。ある意味では、ルンデンも運命に操られてきたのだから。

「二番目の要求をかなえるのに必要な場所と道具は確保した」

アメリアの表情がやわらぎ、目がいたずらっぽくきらめいた。よかった。彼の言葉に元気づけられたようだ。

「要求ではなくて、お願いよ」そう訂正したものの、口元には楽しげな笑みが浮かんでいる。

「いつ一緒に行けるの？」

その質問にルンデンは心が乱れたが、やがて彼女が射撃のレッスンの話をしているにすぎないことに気がついた。それでも、彼はアメリアの頭から爪先まで視線をさまよわせた。服を着た彼女はとても美しい。着ていないときはどうなのか？　アメリアの何かが、女帝や女神を連想させる。挑むように胸を張った姿勢や、ほっそりした首の線かもしれない。けれども逆に、言うことを聞かない奔放な髪、いたずらっぽい目、ふっくらした唇は勇猛さを思わせるどころか、みだらな空想をかきたてる。

そんな禁断の思いから、ルンデンはなんとか自分を引き離した。

「木曜の昼間はどうだい？」声はかすれ、胸の鼓動が激しくなる。アメリアがやすやすと彼の欲望を刺激することに悩まされながら、暖炉まで歩いていって薪《まき》をついた。

「ええ、いいわ。土曜日にはレイクビューへ行くの。わたしたちの取引は予想より速く進んでいるわね。兄の計画もそうだけれど」

アメリアの目はルンデンの一挙手一投足を追っている。興味深げにきらめく緑色の瞳に魅せられ、彼の手が止まった。火かき棒をもとの場所に戻し、分厚い東洋風の絨毯を踏んで、兄の机のそばに立つアメリアに歩み寄る。メアリーが部屋の入り口に現れたが、アメリアは手を振って侍女をさがらせた。アメリアが顔を向けてくると、ルンデンは彼女が侍女を追い払ったのを見とがめて眉をあげた。けれどもアメリアはそんな保護者ぶった態度を意にも介さず、なめらかな笑い声をあげた。

なかなか愉快な妖婦だ。

「射撃については、一からちゃんと教えてもらわないといけないわね」

ルンデンはすぐに返事ができなかった。なぜかふたりは先ほどよりもかなり接近している。

両開きの扉は大きく開いているにもかかわらず、室内の空気は緊張でぴりぴりしていた。

「きみならちゃんと習得できると思うよ、銃口をわたしの胸に向けないかぎりは」胸はもう、一生分の痛みを味わってきたのだ。

「わたしは覚えが早いのよ」

その声はかすれている。何かを求めていると同時に恐れてもいるかのようだ。すでに速くなっているルンデンの脈拍が、ますます速度をあげた。彼が近づくと、ふたりの目が合った。互いの体のあいだに隙間はほとんどない。

女性が結婚を忌み嫌い、強い決意で拳銃の撃ち方を学ぼうとするのには、いったいどういう理由があるのだろう？　その興味深い疑問から、アメリアも自分と同じくひそかな秘密を胸の奥に抱えているのだとルンデンは確信した。

「そうだろうな」彼は突き出されたアメリアの唇に目を凝らした。どんな人間も、これほど抵抗しがたい魅力を持っているべきではない。執拗《しつよう》な欲望に従ってルンデンがさらに一歩足を踏み出したとき、彼女のまなざしが揺らいだ。視線が彼の口までさがり、また目まであがる。「乗馬や射撃を学んだからといって、きみが求める主導権を得られるわけではないぞ」

「そうかしら」アメリアが顔をあげた。目は頑固にきらめいている。「結婚すると女性は行動の自由を奪われる。でも、あのリストはわたしに与えてくれるの――」

「安心感を？　力を？」低い声でなされたその質問に、彼女は動揺しているようだ。

「自由を。選択肢を」最後の言葉で、アメリアの声は喉につかえた。頬がさっと紅潮する。

なんと魅力的なのだろう。

「うまく立ちまわれば、女性は主導権を握ることができるぞ。なまめかしい目つき、思わせぶりな言葉……女性は自覚している以上の力を持っているというのに、主導権を手放し、あらゆる機会を失ってしまうんだ」

アメリアが唇を開いた。それが賛成するためか反対するためか、ルンデンにはわからなかった。ふたりは見つめ合い、時間が止まった。彼女の顔から笑みが消え、挑むような表情が取って代わる。

魅惑的な唇を湿らせようとアメリアの舌先がのぞいたとき、ルンデンは強烈な欲求に襲われた。彼女はどんな味がするだろう？　言葉と同じく辛辣、それとも誘惑のように甘いだろうか？

「お嬢さま？」

執事の声でわれに返り、ルンデンはしぶしぶアメリアから視線を引きはがした。ふたり同時に扉のほうへ目を向ける。

「ああ……スペンサー」

彼女の返事はうわの空だった。言葉と言葉のあいだの短い時間に、エメラルド色の瞳がきらりと光る。

「どうしたの？」

アメリアはいつもの口調に戻った。ルンデンは口の端をあげて笑みらしきものを浮かべたが、すぐに大きく息を吐いてそんな表情を消した。

「お邪魔して申し訳ございません。玄関前に手紙が置いてありました。そちらの紳士に宛てたもののようです」

スペンサーがこちらを向いたので、ルンデンは進み出て手紙を受け取った。彼がここにいることを知るのは、ごく少数の者だ。射撃のレッスンに関して、ドブソンの予定が変わったのだろうか？　ルンデンが封を切ると、アメリアは執事をさがらせて近づいてきた。

手紙に目を通したとき、ルンデンの心を後悔が襲った。胸の中に重苦しい悲しみが広がる。ジャスミンの香りやアメリアが腕に触れた優しい手つきも、彼の絶望をやわらげてはくれなかった。

「なんなの？」

「ちょっと失礼する」その声は奇妙に響いた。厄介な感情のせいだ。そんなものは必要ないのに。

ルンデンは急ぎ足で部屋を出て、自分の寝室に向かった。握りしめた紙は、早くも汗で濡れている。寝室の扉を蹴るように閉め、窓際の肘掛け椅子に座り込み、狭い側庭に植えられたトネリコのねじれた枝を見つめた。

困ったことに、事態は予定どおりに進んでくれない。手紙を送ってきた匿名の人間は、なぜ秘密裏に会うことを望み、兄の屋敷について銀行や弁護士に調査させるのをやめるよう求めているのか？　これ以上何も起こらなくとも、兄の過去は充分に厄介なのに。問題をさっさと解決して、屋敷を手放してしまいたい。この手紙は不吉だ。長年の平凡な暮らしと後悔の下にうずめてきた記憶を呼び覚まそうとしている。苦痛に満ちた記憶を。

ルンデンは椅子のクッションに頭をもたせかけて目を閉じた。眠ってしまえば逃げることができる。内側から彼を貪る陰鬱な絶望感に屈することができる。暗闇の中にいれば安らぎを得ることができる。少なくとも、しばらくのあいだは。

9

「おわかりでしょう、コリンズ」マシューはできるかぎり礼儀正しい口調を保った。「これで双方の問題が解決するんです。ぼくは妹に立派な夫を探していて、あなたは妻を探している。考える必要もありません。協会で解いている毎月の問題くらい簡単ですよ」あえてのんびりと言う。丸め込まれようとしていると感じたら、コリンズは絶対に同意してくれないだろう。

「予想外だが興味深い提案だ。妹さんのことをもっと教えてくれ。子どもは好きかな？　大家族の所帯を切り盛りすることはできるかね？」コリンズはグラスの酒を飲み干し、薄暗い酒場の革張りのソファにもたれた。「田舎に引っ越したら、六人の子どもを養育することになるんだ」大声をあげて笑う。「その仕事は若い妻のほうがうまくできるだろう」

「ご安心ください、アメリアは子どもが大好きです」妹と厄介なペットの姿がマシューの脳裏に浮かんだ。わずかに顔をしかめて話を続ける。「明るく陽気なので、子どもたちからも好感を持たれるに違いありません」彼はエールをひと口、ふた口と飲んだ。妹が子どもに興味を示すのを見たことはないが、それは家族に小さな子どもがいないからであって、アメリアが子どもをいやがっているせいではない。それにコリンズから、なんとしても次期会長に推薦してもらう必要がある。その目的に集中すべきだ。

「失礼だが、ストラスモア、妹さんは騒ぎを起こしたことがあるんじゃないか？　最近誰かに火をつけなかったか？」

マシューは咳払いをこらえた。「それはひどい誤解ですよ。実のところ、あれはぼくの責任です。飾り皿を倒したのはぼくでした。なのに、面白おかしく言い触らされてしまって。ところで、急に協会を去らねばならなくなったせいで、新しい会長の選出が気がかりなのではありませんか？」バリトンの声で重々しく言う。

「たしかに早急に決定せねばならん」コリンズはゆっくりと深呼吸した。「協会の仕事がこれほど忙しくなかったら、会長にとどまったのだが」

「でも、田舎に引っ越されるのでしょう？」マシューはさりげなさを装って尋ねた。コリンズの個人的な事情を調べたことは知られたくない。

「ああ、それが相続の条件だ。ときどきロンドンに戻ってくるつもりではあるがね。生活が変わったからといって、愛人と別れたくはない」コリンズが鋭くマシューを見据えた。「わたしの後釜に座りたいんだろう？」

マシューの魂胆は見え透いていたのかもしれない。コリンズは腹立たしいほど頭がいい。

「そうなれば大変な名誉です。あなたの推薦さえいただければ、誰も反対する者はいないと思うのですが」こうなったら遠まわしに言う必要はない。マシューは大きくため息をついた。

こういう会話は気詰まりだし、どんな結果が待っているかはわからない。だが、今が大事なところだ。すでに二度会長に立候補して破れたせいで、笑い物になりかけている。規約によれば、立候補できるのは次が最後だ。誇りと野望をかけた挑戦。これまでの人生では妥協ばかりしていたが、会長になりたいという望みだけは、まだあきらめていない。マシューにとって重大な問題がふたつ同時に持ちあがったのは、幸運以外の何物でもなかった。

「そうだと思ったよ」コリンズが微笑むとは、マシューは夢にも思っていなかった。「協会での地位を手に入れるために妹を差し出すとは、まさに会長にふさわしい野心的な性質だ」彼は小槌で机を叩くときと同じように、こぶしでテーブルをドンと叩いた。「アメリアと会って、従順かどうか見きわめねばならないという問題は残っている。しかしそれを除けば、今回の話し合いでわれわれ双方の望みはかなえられたと言えるな。段取りを進めてくれ、ストラスモア。わたしも自分のほうの段取りを進める」コリンズは立ちあがると近くのフックにかけた帽子をつかみ、早足で去っていった。

「シャーロット、ご主人にそんなふうに言わせてはだめよ。ああ、わたし、あなたの役に立てなかったのね。いいわ、こうしましょう」アメリアは決意をかためてたたずんだあと、勝ち誇った顔で公園のベンチに向かった。「あなたを田舎まで一緒に連れていくわ。ご主人に何ができるというの？　犯罪者を追跡するみたいに追いかけてくるとでも？　あなたは彼の妻であって、持ち物じゃないのよ。そして友達であるわたしが、あなたの協力を必要としているの」彼女は唇を噛み、頭の中で忙しく考えをめぐらせた。

「夫には逆らえないわ。誓いを立てたんだもの。それに正直なところ、女は安楽椅子や旅行かばんと同じで、持ち物なのよ。わたしが怒らせたせいで、彼がわたしの家族の借金を肩代わりするのをやめたらどうするの？」シャーロットはおびえている。

「まさか、そこまではしないでしょう」アメリアは小石を踏んで早足で歩いた。「ご主人はだめな理由をおっしゃった？　そんなにわたしがお嫌いなの？」

「いいえ。そんなわけないわ」シャーロットはベンチから立ちあがり、アメリアと腕を組んだ。「そのことをぐずぐず考えるのは、もうやめましょう。機会ならまたあるわよ。それにご両親はあなたをひとりじめしたいはず。田舎で土曜日を過ごせるなんて、すてきでしょうね」

「そうよ。だからこそ、あなたにも来てほしかったのに。今日は木曜日ね」アメリアは表情をやわらげ、口元に小さな笑みを浮かべた。「一一時にルンデンと約束があるの」

「約束？　どんな？　その方はもう、あなたに夫を見つけたの？　あなたは当面いいようにあしらうつもりだと思っていたのに」

突然こみあげた笑いを、アメリアは抑えられなかった。「どの質問から答えればいいの？」今日という日はいつもより明るく感じられる。ルンデンの話をしたこととはなんの関係もない。射撃を習えると思って、そわそわしているだけだ。「どんな質問にも答えてあげるわ、あなたがご主人に対してきっぱりした態度で臨むと約束してくれるなら。ご主人だって、常にぶっきらぼうというわけではないでしょう。たっぷりの食事のあとで話をしてみて。男の人はたいてい、満腹のときのほうがご機嫌だから」アメリアが空いた手で友人の腕をぎゅっと握って微笑むと、シャーロットはうなずいた。「じゃあ、今日のことを詳しく話すわね。わたしがこんなにわくわくしているのも当然だと思うはずよ」

ルンデンは興味深くアメリアを見つめた。馬車の席についた彼女は、わざとらしいほど丁寧にスカートのしわを伸ばしている。そのあとルンデンの手を借りて乗り込んだメアリーはアメリアのスカートを踏んで座り、せっかくきれいに伸ばした生地をしわくちゃにした。ルンデンは苦笑いしそうになったが、ぐっとこらえた。彼は微笑まないし、微笑みたくなることもほとんどないのだから。

続いて乗り込んだルンデンは天井を叩いた。

ほどなくアメリアのジャスミンの香りが漂ってきて、彼の体は熱くなった。興奮を静められることを願い、ベルベットのカーテンをかき分けて窓をわずかに開ける。ルンデンのそわそわした様子をいぶかしむようにアメリアが優美な眉をあげたものの、口はつぐんでいた。その表情が、彼女の伝えたいことすべてを語っている。ルンデンの頬がぴくぴくした。ああ、アメリアの目のいたずらっぽい輝きを見るのは楽しい。

「目的地にはすぐに着く。メアリーには応接間にいてもらえばいい。ドブソンの家にいるのは執事だけだ。メアリーは読書でも刺繍《ししゅう》でも、なんでもいいから女性が人を待つときにすることをしていられる」

「あなたはそういうことも知らないくらい、世間から離れていたの？」

アメリアが探るように見つめてくる。その質問にルンデンは腹立ちを覚えた。彼がロンドンにいなかったことや、逃げざるをえなかった理由について、話すつもりはない。少年のときに街を離れ、世間知らずのまま大人になって戻ってきたのだ。だからこそ、花嫁を娶《めと》ることなどばかばかしく思える。ルンデンは花婿候補者に要求される性質のリストが入ったベストのポケットを手で押さえた。秘密を守るだけのために、あまりに長いあいだ都会を離れていた。罰としては、もう充分だろう。「仕事を終えたあとのメイドと密会したことはないし、一緒に外出する姉妹はいない。だから、女性がふだん何をするか知らないんだ」

無愛想な口調から、いらだちを必死でこらえているのは見え見えだろう。アメリアの目がきらめいた。

「友情というのは、堅苦しい社交界におけるうわべだけの態度とは違うのよ。わたしのことは果たすべき義務の対象ではなく、友人として考えてほしいわ」彼女はまじめな口調で言ったが、そのあとにやりとした。その表情をルンデンはとても気に入った。

アメリアがもたらすのは危険と誘惑だけだ。今、彼の胸が後悔と思慕でうずいているのが、その証拠だった。どんなに時間が経って記憶が薄れ、一〇年前の事件が風化したとしても、彼女が象徴するものをルンデンが持つことはできない。醜聞は常に彼をおびやかしている。アメリアには、彼が提供できる底の浅い幸せ以上のものがふさわしい。

「きみの優しさには感謝する」欲望が体を貫き、ルンデンは彼女の官能的な唇に視線を移した。無理やり先を続ける。「しかしわたしは、さっさと兄の屋敷の問題を片づけて、ロンドンを去ることしか考えていない」なぜか目はふたたびアメリアの唇へ向かった。返事を待っているからに違いない。

いや、キスしたくてたまらず、体がうずいているからだろう？

咳払いをして、そんな思いを頭から追い出す。

「わかったわ」彼女は不満げにルンデンの発言を受け入れた。「わたしの夫探しも、さっさと片づけるつもりなんでしょうね」

「夫を見つけるのはきみのお兄さんじゃないかな」アメリアの目に浮かぶ感傷を見たくなくて、彼は景色に視線を戻した。「わたしは今、きみのリストの項目を成し遂げるほうに集中している。それがかなえられたら、きみは永遠の幸せを見つけられるんだろう」彼女をからかってやろうと思ったのに、その意思とは裏腹のよくわからない感情に突き動かされ、ぶっきらぼうな言い方になってしまった。

「幸せを求めるのは悪いことなの？」アメリアが声をあげる。「男性はすごく強い力を持っている――」

「だが、判断力は非常に貧弱だ」

彼女のまなざしが暗くなり、馬車は気まずい沈黙に包まれた。

ルンデンの脳裏に少しずつ記憶がよみがえってきた。声高な口喧嘩はしたものの、兄が恋しい。両親が亡くなる前、いや亡くなったあとも、幼く愚かな自分は兄を崇拝していた。そんな思いがつらい後悔や混乱とせめぎ合っている。これからもずっとダグラスを愛しつづけるし、彼の早すぎた死を悼みつづけるだろう。兄の選んだ生き方がどれだけ型破りであっても。ダグラスが爵位を得たのは、まだ一六歳のときだった。しかし父が早世したとはいえ、跡継ぎとして生まれ育っていたダグラスは心の準備ができていた。一方ルンデンは、次男として気楽で無責任に生きていた。次男というのは無価値な存在だ。思いがけず爵位を継いだせいで、ルンデンが実際無価値な人間だという否定しえない真実が証明されるとは、なんと皮肉なことだろう。

向かい側に座っていつになく静かにしているアメリアをちらりと見たとき、ルンデンの心は休まった。追憶は心を乱す。田舎に帰ったら、彼女のことは思い出さないようにしよう。思い出すとしたら——思い出すときは——途方もない寂しさをやわらげるため、それだけの理由だ。

とりあえず今は、なんとしてもアメリアに対する性的な欲望を押し殺さねばならない。かわいい鼻、魅力的な顎、優雅な曲線を描く首。馬車が揺れるたびに乱れた巻き毛が四方八方にはねて、触れてくれと懇願しているかのようだった。今日のアメリアは静かな嵐だ。おとなしくしているときでも、内に力を秘めている。彼女がその気になれば誘惑で人をどん底に突き落とすであろうことは、誰も疑わない。口にできない欲求をルンデンが消し去るには、友情や忠誠心について長々と説教されないといけないだろう。

馬車がゆっくりと止まった。

ルンデンはメアリーを応接間に残し、アメリアを連れて、屋敷じゅうに展示されている興味深い剥製のあいだを歩いていった。彼女がルンデンと同じくオオヤマネコを気に入ったことには、不可解な喜びを覚えた。どうでもいいことなのに、なぜかうれしい。

砂利道を歩いて、先日ドブソンと執事が射撃練習のためにしつらえてくれた、広く開けた場所までやってきた。ルンデンはあの午後へと思いをはせた。ドブソンはルンデンの風聞など信じないと言ってくれた。ロンドンの人々がみな同じように考えてくれたなら、ルンデンは先日昔の自宅まで行ったときのように、無人の家や暗い路地のまわりをこそこそせずにすんだのだが。彼は突然の怒りに襲われた。

「ねえ、これをどうやって使うの？」

ルンデンはアメリアに目をやった。彼女の手のひらには、火打ち石銃が銃口をこちらに向けて置かれている。「それを放せ」怒りに駆られて叫び、銃身をつかんでアメリアの手から取りあげる。「わたしの地獄への旅を早めなくてもいいだろう」

「どういう意味かわからないわ」

「そうだろうな」アメリアがつんと顎をあげて歯を食いしばるのを見たとき、この癖を彼女は意識しているのだろうかとルンデンは思った。彼は意識していた。アメリアのほかの特徴も。人を侮辱するような言動、胸を張った姿勢、日光を受けて青みがかった黒色に輝く乱れた巻き毛。力強さと生命力できらめく彼女の瞳を見ていると、とんでもないことを考えてしまう。

ああ、人生が違った展開をしていたらよかったのに。

そんな思いを振り払い、ルンデンは先ほどの怒りにしがみついた。「わたしが射撃を教える以上、きみにはわたしの指示に従ってもらう。武器を扱っているときは、乗馬のレッスンのときのような勝手な行動は許さない」装塡《そうてん》していない拳銃を低いれんがの壁に置き、かがみ込んでアメリアに顔を近づける。「わたしが教師だ。きみは生徒。いいな?」

目を合わせるために、彼女は見あげなければならなかった。アメリアが答えようとしないので、ルンデンは彼女の頰に落ちた巻き毛を吹いて払い、自分に注意を向けさせた。

「わかったわ」その返事に挑むような調子はなく、アメリアは唇を引き結んだ。

「では、始めるぞ」ルンデンは火薬袋が置かれたところまで進んだ。「まずは適切な量の火薬を量る」一度実演したあと、厳密な監督下でアメリアに同じことをやらせた。彼女は上手にこなし、不安そうにしたのは妙な形の火薬入れを持つときだけだった。

「次に銃弾と布を詰める」ゆっくりと慎重な動きで装塡したあと、アメリアにも同じようにさせる。「最後に火薬をしっかり押し込む」

指示に従って、彼女は装塡を完了させた。ルンデンの中で説明のつかない誇らしさが頭をもたげ、彼は銃弾のような激しさでそれを叩きつぶした。

「ちっとも難しくないわ」アメリアが高らかに言って胸を張る。「男の人って、なんでもかんでも大げさに難しそうにするのよね。女だって、ひとりで乗馬や射撃をするのを許されるべきよ。わたしは簡単にあの的を撃ち抜けると思うわ」彼女は自信たっぷりに目をきらめかせた。

アメリアが口元に笑みを浮かべたとき、ルンデンはうめき声を押し殺した。あのなめらかな唇で熱いキスをされることを夢に見、アメリアは愛の営みもほかの活動と同じく熱心に行うのだろうかと考えて、長い時間を過ごしていたのだ。彼は低く悪態をつぶやき、嘲るように鼻を鳴らした。早くレッスンをすませてしまおう。さもないと、明日の朝いちばんに罰として心臓に銃弾を受けねばならないようなことをしてしまいそうだ。

「どこに立てばいいの?」アメリアは腕組みをして、いらだたしげにテラスの灰色の板石を爪先でトントンと踏み鳴らした。その姿勢は豊満な胸を強調し、ルンデンはうっとりと見入らないよう歯を食いしばってこらえた。

「ここだ。的の真正面に立つ。わたしはすぐ後ろに立って、引き金を引くのを手伝おう。最初は――」

「ひとりでできるわ」

ルンデンの頭から誇らしい気持ちが消え失せた。このわがまま娘は乗馬のレッスンから何も学ばなかったのか? 彼女の強情な性質は面倒しかもたらさない。「アメリア……」

「ああ、そうよね。あなたは教師。わたしは生徒。忘れるところだった」残念そうな笑みと嘲るような口調から、心から言っているようにはまったく聞こえない。

「さあ、ここに来るんだ」ルンデンは、ドブソンが彼に教えるときに使っていた場所を指し示した。その教え方はわかりやすかったし、今のところ、アメリアが反抗的な態度を取っているわりにレッスンは順調に進んでいる。「まっすぐ的を見て、足を広げろ」地面に目をやり、靴の先で彼女の靴を軽くつつく。「もう少し」近づきすぎないよう気をつけて、すぐ後ろに立ち、慎重に銃を体の前に持っていってアメリアの手に握らせた。両腕を伸ばして彼女の手を支え、引き金が引けるようにする。銃声は予想もできないほど大きく響くだろうから、彼女におびえたり怪我をしたりしてほしくない。

余計なお世話とばかりにアメリアが彼の手を振り払い、引き金に指をかけた。

「どういうつもりだ？」ルンデンの声が彼女の耳たぶの柔らかな皮膚をかすめる。

アメリアが右肩のほうに顔をねじって見あげると、唇が彼の顎に触れそうになった。ルンデンはあとずさりしたいのをぐっとこらえた。なぜ彼女はこんなにも魅力的なのだ？　愚行の代償なら、すでに悪魔に支払ったではないか？

「自分で引き金を引きたいの」アメリアの視線が銃から的へ、そしてまた銃へと戻った。「射撃を充分楽しむには、そうしないといけないでしょう」

彼女の声が体に響き、ルンデンの困惑が深まった。アメリアの反抗的にこわばった顎、目のきらめきを見て取る。虹彩《こうさい》は非常に珍しい色合いの緑色だ。アブサンのように人を病みつきにする。強烈で、驚くほど明るい。ふたりは黙り込み、彼女は強いまなざしでルンデンと目を合わせた。眉根が寄り、唇が開く。またしても口答えしようとするかのように。

「自分が何をしているのか、よく考えろ。でないと、ふたりとも怪我をしてしまうぞ」低くうなるように口にした忠告は、彼自身に向けられたものだった。

アメリアが拳銃を握り直し、しっかりと的を見据えた。そのあいだルンデンは激しい動悸を抑えようとしていた。裏切り者の心臓は言うことを聞いてくれない。視界の端で、アメリアが勝ち誇った笑みを浮かべるのをとらえた。彼女は何もわかっていない。

10

発砲した瞬間、アメリアは反動でルンデンの胸にぶつかった。欲望でぼうっとしていた彼には何がなんだかわからず、ふたりは後ろに飛ばされた。もつれ合ったまま低い壁を越え、草むらに倒れ込む。まずはルンデン、その上にアメリアが大の字になった。シルクのような髪が彼の顔を覆う。

「銃はどこだ？」ルンデンに言えたのはそれだけだった。心臓は激しく打ち、全身の筋肉が背中の下の地面と同じくらいかたくなっている。

「銃？　落としたわ」

言葉とともに吐き出されたアメリアの熱い息が頬にかかり、彼の体はさらにこわばった。これ以上かたくなることはありうるのか？　彼女が視界をはっきりさせようと頭を振ると、柔らかく魅惑的な体がさらにルンデンに押しつけられた。真っ黒な髪が彼の顔を撫で、何本かの髪が顎の短いひげに引っかかる。

「どこか痛むか？」彼は苦しげに言葉を絞り出した。アメリアはなかなか立ちあがろうとしない。足首をひねったのかもしれない。

「いいえ。あなたは？」

痛むのは、女性の前ではとても言えない部分だ。ルンデンは胸板に押しつけられた乳房の重みを超人的な努力で無視し、アメリアの顔を見つめた。いつもの自信たっぷりの表情は消え、目には口にできない疑問、あるいは感想が浮かんでいる。彼の胸に不可解な感情がこみあげた。力強く、なじみのない感情。彼女の困惑した表情はルンデンの心を乱す。キスをしたいという衝動、アメリアの肩に腕をまわして互いの唇を押しつけ合いたいという衝動が、彼の全身を包んだ。

だめだ。

こんな状況につけ込むのは悪魔だけだ。

そんなことをするつもりはない。

自分は人が思うよりも善良な人間なのだ。

アメリアの舌先がのぞき、下唇を湿らせた。その誘惑が事態のなりゆきを決めた。

アメリアはすっかり当惑していた。発砲の反動で後ろに飛ばされたとき、全身から空気が抜けてしまったに違いない。それ以外に、呼吸がもとに戻らない理由があるだろうか？

ルンデンがわたしの下にいるから。

脳が納得できる答えを提供した。

ルンデンが彼女の下にいる。熱く、かたく、コルセットと同じくらいぴったりと密着して。

この人はまるで岩だ。倒れたときにスカートはめくれあがっていて、薄いペチコート越しにたくましい太腿の輪郭が感じられた。下腹部に熱く心地よい感覚がわき起こる。

アメリアは目を上に向けた。ルンデンの強い視線を受けて、息ができなくなる。

彼が手をあげたとき、アメリアはきゃっと言ってあわてて右に転がり、低い壁に手をついて立ちあがった。ドレスを直して振り返ると、ルンデンが拳銃を拾っていた。その怖い顔つきからすると、拳銃を使いたがっているように思える。

「わたしはただ――」

彼は拳銃から発射された弾丸さながらに勢いよく前進してきた。一歩一歩が力強い言葉を強調する。

「そうだ、アメリア。きみの好きな言葉が〝わたし〟なのは誰もが知っている。〝わたし〟は兄の言うことを聞かない。〝わたし〟は結婚したくない。〝わたし〟は馬を走らせたい。〝わたし〟は銃を撃ちたい。わたし、わたし、わたし。自分の行動の結果を考えたことはあるか？〝わたし〟を満足させようとする試みがどれほど周囲の人間に危険をもたらし、悪影響を及ぼし、迷惑をかけるか考えたことは？きみを大切に思う人間に？」

ルンデンは彼女の前まで来ても足を止めず、ふたりは同じ歩幅で動いた。アメリアは後ろにさがり、彼は前に進んで。

「きみのお兄さんはわたしに不可能な任務を託した。きみの果てしない要求に応じてわが身を犠牲にしてくれる男など、見つかりっこない」

アメリアは彼の頰を平手打ちした。ピシャッという音が、ひとけのない場所に響き渡る。

彼女ははっと息をのんだ。ルンデンが怒りを爆発させたことよりも、その発言に含まれた真実に衝撃を受けていた。そして自分の反応にも。今、何をしてしまったのだろう？　どうしたら今の行動を取り消せる？

ふたりは無言で立ち尽くしていた。やがてルンデンが進み出て彼女との距離を詰め、唇を重ねた。

熱い紅茶に入れた砂糖のごとく、アメリアの抵抗は溶けてなくなった。

ルンデンの傲慢さをとがめ、あつかましさを罵るべきだ。ところが脚と同じく、その主張もぐらついている。アメリアにできるのは、彼の攻撃に屈することだけだった。

キスは激しかった。ふたりの口論が言葉を使わずに続いているかのようだ。ルンデンが彼女の髪に手を差し入れると、髪を留めていた数本のピンが地面にばらばらと落ちた。そして彼の舌は……アメリアの柔らかな口の中を探っている。秘密を探るかのごとく。彼女はたくましい体に寄りかかった。頼りにならない背骨がこれ以上、身を支えてくれるとは思えない。ルンデンが彼女の背中に腕をまわした。

彼は深く息をつくあいだだけ口を離したものの、すぐに顔を左に傾け、口を開いて熱いキスをしてきた。アメリアはこんなふうにキスされたことはなかった。こんなふうに貪られたことは。ルンデンは危険と秘密の味がする。白昼夢のような、真夜中の夢のような、禁じられた誘惑のような、言葉にならない幻想のような、そんな味が。

快感で満たされたアメリアは体の芯から震えた。その反応に気づいたのか、ルンデンが唇を離してうつむいた。彼の熱い息を冷たい空気が吹き飛ばす。

「当然の報いよ」

「当然の報いだ」

ふたりは同時に言った。ひとりは平手打ちについて、ひとりはキスについて。

やがてふたりのあいだに穏やかな空気が流れ、気まずさは消え失せた。まるでアメリアは許可なく発砲したりせず、ルンデンは情熱的なキスなどしなかったかのように。彼は不可解な表情で腕をおろした。アメリアが自分の脚でしっかり立っているのを確認したあと、そそくさと道具をまとめはじめる。彼女はルンデンの動きのひとつひとつを目で追った。ルンデンはキスの激しさや魔法のような素晴らしさに関して何も言わないが、アメリアは彼がまだ動揺しているのを感じ取っていた。彼の体のすべての部分にそれが現れている。

ふたりは心地よい沈黙に包まれて屋敷に戻った。家の中では、安楽椅子に座ったメアリーが毛むくじゃらの茶色いクマの尻に頭をもたせかけて居眠りをしていた。馬車に向かうとき、自分たち三人は秘密を共有しているのだと考えて、アメリアは笑みを浮かべた。

マシューは不満げに指でテーブルを叩いた。そのリズムに合わせてパズルのピースが振動する。

「アメリアのやつ、どこにいるんだ?」その質問は彼ひとりしかいない部屋に響いた。いらだちは募り、妹と話をするまでは地図のパズルに集中できそうにない。次期会長への推薦は、もう少しで手が届きそうなところに賞品のようにぶらさがっている。コリンズが妻を探しているのは実に好都合だ。ついに幸運の女神がマシューの頼みを聞いてくれた。コリンズと結婚して田舎へ行き、新しく家族となる子どもたちの世話をするよう、なんとしても妹を説得しよう。だが結婚を強制されたなら、アメリアはコリンズを地獄に突き落とすだろう。マシューはいらだちの息を吐いた。策略が必要だ。計画を立てて、沈着冷静に実行しなくてはならない。

パンドラが凶事の前触れのごとく書斎に入ってきた。だが、その後ろからアメリアがついてきた。やはり幸運の女神は微笑んでくれたのかもしれない。さっそく地ならしを始めよう。これは時間との闘いなのだ。

「どこにいたんだ？　スペンサーやほかの使用人にもきいてまわったが、誰もおまえの居場所を知らなかったぞ。誰にも知らせずに姿を消すのは、おまえのような地位の人間がすることじゃない」

「わたしがいないことを、お兄さまは喜んでくれると思ったわ。わたしが家にいたら文句を言うくせに、今度は外出したら文句を言う。どちらかはっきり決めてちょうだい」

なぜ妹はこんなにつむじ曲がりなのだ？　コリンズはこういう生意気な言動を決して許さないだろう。「おまえに話があったんだ。できるだけ早く結婚してほしいという父上の願いについては、じっくり考えたのか？」

「考えずにはいられないでしょう、お兄さまがしつこく言うんだから。今週末に田舎へ行ったとき、お父さまと話をするつもりよ」アメリアはかがんでパンドラを抱きあげたが、それ以上は何も言わなかった。

「解決策が見つかったんだ。この件はぼくに任せてくれ」マシューは平静な口調を保とうと努めた。

アメリアが片方の眉をあげてマシューのほうを向いた。口角をあげてにやりとする。彼は怒りに歯を食いしばった。妹は面白がっているのか？　それとも彼をずたずたに切り裂こうとしているのか？　妹の心を読めないことで、怒りがさらに募った。

「どうぞおかまいなく、お兄さま。これはわたしの問題よ。それでなくとも、お兄さまがスカーズデイルに花婿探しを懇願したという屈辱に耐えているんだから。次は何をするつもり？『ロンドン・タイムズ』紙に、わたしの結婚相手を募集する広告でも出すの？」

「いいか、時間は残されていないんだ」父親の健康状態を考えると、それはある意味真実であり、その理屈でマシューは良心の呵責《かしやく》を抑え込んだ。「あと一、二年もすれば、おまえは売れ残りと見なされるようになる。そして父上は……」彼は不安を隠して言葉を濁した。

「お父さまの望みは尊重するつもりよ、たとえそれがわたしの望みと違ったとしても」

アメリアの声が震えた。マシューの胸にわずかな同情が芽生えた。妹が結婚を無理じいされたくないのは知っている。だが感情に負けて弱気になったら、求めるものは得られない。物事が計画どおりに進んだなら、彼はふたつの目標を同時に達成できるのだ。それでみなが得をするのではないか？

「いいだろう。明日の夜、会ってほしい紳士がいるんだ。コリンズ卿が夕食をともにする。いちばん上等なシルクのドレスを着るんだぞ」マシューは話し合いが終わったというしるしにうなずき、反論を予想して身構えた。ところがアメリアは黙って部屋を出ていった。彼はいぶかしげに目を細め、背筋をぴんと伸ばしてまっすぐ顔をあげた妹の後ろ姿を見送った。

11

朝食室に入ったアメリアは、悄然《しょうぜん》としてトーストにバターを塗った。金曜日はシャーロットと朝の散歩ができない。ディアリングが、週末になる前に家の用事や手紙の処理をするよう妻に命じているからだ。親友の厳密に定められたスケジュールや現在の不幸を思ったとき、ナイフを持つ手が止まった。シャーロットをみじめな生活から救い出す方法を考えなければならない。それでこそ友人ではないだろうか？

アメリアは無理やり思いをシャーロットの不幸に向けた。そうしなければルンデンとの熱いキスの思い出に浸ってしまうからだ。昨夜から今朝までずっと、最高にすてきなキスのことばかりを考えて過ごした。その記憶が頭から離れないもっともらしい理由を考えたり、月並みな言葉で自分を慰めたり、銃を撃った喜びで高揚して自制心を失ったのだと思ったりしようと努めたけれど、すべて無駄だった。認めようと認めまいと、彼のキスが素晴らしかったのは事実だ。純粋な罪と永遠の天国の味がした。

これまでにもキスをしたことはある。でも、どんな想像も現実も、ルンデンとのキスには遠く及ばない。

今度会ったとき、彼の顔をまともに見られるだろうか？　見られそうにない。

銀器と磁器のぶつかる音がした。誰かがいる。サイドボードに目をやると、まさに今思い浮かべていた人物が皿に食べ物を盛っている。アメリアの思いが呼び寄せたかのように。

「おはよう」ルンデンは彼女にうなずきかけ、テーブルに置かれた湯気のあがるブラックコーヒーのカップをつかんだ。「なぜこんなに朝早くからご機嫌斜めなんだい？　太陽は燦々《さんさん》と輝き、きみの要求は順調にかなえられているというのに」

アメリアを笑わせようという彼の試みは失敗に終わった。彼女の思いは現実に戻り、今夜のコリンズとの晩餐を考えて憂鬱になった。「兄はとても行動が早いわ。今夜の夕食に候補者を招待したのよ。いつも以上に真剣みたい」

「残念だな、わたしがその場にいられないのは」

その口調はちっとも残念そうではない。求婚者のズボンに火をつけたり、気絶させたりしたことを蒸し返さないよう、アメリアは警告のまなざしでルンデンを見つめた。「あなたも出席してくれなくちゃ。味方がひとりもいなかったら、兄の悪巧みからどうやって身を守ればいいの？」いったん言葉を切り、彼の琥珀色の瞳によぎった感情を見きわめようとした。「わたしたち、取り決めをしたでしょう。握手して合意したわよね」燃えるようなキスが思い出され、鼓動が激しくなる。

「もちろんだ」ルンデンは声を低めた。「だが大事な約束があって、延期するわけにはいかないんだ」

「お願い、助けてちょうだい」アメリアが必死に隠そうとしている絶望が、彼には聞き取れるだろうか？

「きみの欲張りな要求のリストに、〝人助け〟が含まれていたという記憶はないんだが」

ルンデンが挑発するように黒い眉の片方をあげた。口角がわずかにあがってひそかな笑みが浮かび、ぬくもりのある澄んだ目の奥が愉快そうにきらめいていることにアメリアは気がついた。次の瞬間、彼が折れた。

「予定を変更するよ」

「ありがとう」まだ不安を感じながらも、アメリアはにっこりした。「早くも気分がよくなったわ。あなたのおかげよ」とはいえ、状況が好転したわけではない。マシューがコリンズとの縁談を進めたなら、どれだけ反対してもほとんど意味はない。彼女の運命は決まってしまう。

「わたしを英雄だと勘違いしないでくれ」その声は険しく冷淡で、思いやりは感じられない。愉快そうな様子は消え失せていた。「そういう役割は似合わない」

アメリアはルンデンを見つめ、同情の色が浮かんでいないか探したものの、彼は仮面でもかぶったように無表情だった。なんらかの感情を示すものは、顎のぴくぴくした動きだけ。

彼女は頬の内側を噛んで質問をのみ込んだ。

「それと、忘れないでもらいたいんだが、わたしの目的もマシューと同じだ。きみを無事に結婚させること。お兄さんはわたしに協力を求めた。わたしは彼との約束を果たすつもりだ」

アメリアにふさわしい夫の条件を、自分がひとつしか満たしていないのは残念だ。彼女を見つめながら、ルンデンはにやりとしたいという珍しい衝動を抑え込んだ。なぜかアメリアは彼を愉快な気分にさせる。笑うことは何年も前にやめていた。ロマンティックな思いは追求しないほうがいい。アメリアには真実の愛がふさわしい。彼の心にそんな感情が入り込む余地はないのだ。冷静な表情の下では、自らへの怒りが沸騰している。誘惑に負け、不適切な欲望に屈してアメリアにキスしたことへの激しい怒り。キスをしたからといって、いいことは何もない。一夜明けた今朝、ふたりの抱擁によって生じた情熱は押しやり、同じ過ちは二度と繰り返さないとルンデンはかたく誓った。

今、アメリアは向かい側に座っている。スミレ色のシルクに身を包み、奔放な巻き毛を片方の肩にかけて、自分の紅茶をじっと見ている。男顔負けの技術を学んでも、どれほど辛辣で反抗的な態度を取っても、柔らかな象牙色の肌と対照的な長く黒いまつげが、この娘が美しく女らしいことを示している。ルンデンは救いを求めて彼女から視線を引きはがした。あまり長いあいだ見つめていたら、息ができなくなる。

今夜は、先日受け取って以来頭を悩ませている手紙について調べるつもりだった。しかしアメリアが今夜の晩餐会で真剣に助けを必要としているのなら、自分のことは明日に延ばしてもいい。この身に押しつけられた彼女の体の感触や、目の奥できらめく官能の光を、忘れられればいいのだが。ルンデンは自己嫌悪に陥り、アメリアの魅惑的な姿を脳裏から追い払った。

今は事務弁護士との面会が迫っている。それは先延ばしにできない。ダグラスの問題は解決せねばならない。予想外の邪魔が入らないかぎり、タウンハウスの売却は簡単にできるだろう。そうしたら、この忌まわしい街での用向きを終えてしまえる。

三〇分後、ルンデンはボルスター・ハムが弁護士事務所を開く地味な建物に到着し、すぐに執務室まで案内された。頭の中では、さまざまな疑問が渦巻いている。誰が謎の手紙を送ってきたのか、なぜダグラスのタウンハウスの売却を阻止したい人間がいるのか？　これはあの夜の悲劇的な事故と関係があるのだろうか？　ルンデンはポケットに手を入れ、兄の懐中時計をおさめたスエードの袋に触れた。

手持ちぶさたなので、部屋の中を観察した。壁四面のうち三面は床から天井まである書棚で占められている。大きさや色もさまざまな革装丁の本がぎっしり詰まっているが、物知りなハムなら、情報を得るためこうした本を参照する必要に迫られることは多くないだろう。優秀な事務弁護士は非常に貴重な存在だ。問題が都合よく解決できるのであれば、金を惜しむつもりはない。

残りの一面には窓が三枚あった。ルンデンは窓辺まで行って眼下の景色を眺めた。道路は人々の往来があってにぎやかだ。ひとりの少年が曲がり角で商品を呼び売りしている。元気いっぱいの子どもがぴょんぴょん跳ねながら、甲高い声で呼び売りの声をまねていた。着飾った女性の集団が店のウィンドーに飾られたドレスを眺め、うんうん言いながら荷車を引く魚屋が、その女性たちに見とれている。これが、かつてルンデンが背を向けた世界だった。ふたたび背を向けるのも難しくはないはずだ。

誰かが入ってきた物音に、彼は振り返った。四〇代半ばの体格のいいボルスター・ハムが進み出てルンデンと力強く握手をし、自分の机の向こうにまわって腰をおろした。

「お待たせして申し訳ございません。お兄さまのタウンハウスの売却の問題解決に向けて努力しておりますが、閣下のお手紙によると、別の問題が持ちあがったとか。わたくしでお役に立てることがございますか？」

ルンデンは咳払いをして、先日受け取った手紙を差し出した。ハムは中身をさっと読んで返した。

「いたずらかもしれませんね。醜聞はとんでもない事態を引き起こすことがあります」

噂についての講釈など聞きたくない。噂好きな連中など地獄へ行けばいい。世間は真相のかけらも知らないのだ。ルンデンは眉をひそめてうなずいた。

「もしかすると、お兄さまが未解決の問題を残していかれたのかもしれません。もっと深く探ってみることはできます。これまでも徹底的に情報収集はしてきたのですが」

「きみの能力は疑っていない」暗い気分を反映して、声が低くなる。ルンデン自身も探偵を雇ってひそかに調べさせてきたが、何も成果はなかった。「ダグラスは立派な貴族だった。世間から眉をひそめられるような行為にかかわっていたとは思えない」つき慣れた嘘がなめらかに口から出た。

「これは失礼を。そういう意味ではございませんでした」弁護士は額に手を当てた。適切な言葉を考えているようだ。「あらゆる方面に探りを入れると申しあげて、ご安心いただきたかっただけで」

「いいだろう」ルンデンの頭の中ではつらい記憶が渦巻いていた。ダグラスは恐ろしいほど厳格で、また秘密主義者でもあった。だがルンデンは、どれだけ口喧嘩をしても、兄を心から愛していた。まだ子どもだったので、兄がプライバシーを強く求める気持ちは理解できていなかった。年齢は大きく開いていたが、必死で兄をまねようとしていたのだ。次男という役割には満足しており、爵位を求める気持ちはみじんもなかった。ところが運命は爵位をルンデンに与えた。彼には似合わない肩書きだ。そんな不愉快な結論を振り払うかのように、彼は姿勢を正した。

「わたしは指定された時刻に指定された場所で相手と会うつもりだ。つまらんゲームに付き合うつもりはない。いたずらだとわかったら、予定どおり売却の手続きを進めよう」ルンデンは立ちあがった。

ハムも腰をあげ、握手を求めて手を差し出した。「わかりました。何かお手伝いできることがありましたら、どうぞお知らせください」

貸馬車に乗り込んで天井を叩いたとき、ルンデンの頭には暗い思いが広がっていた。馬車はがたがた揺れながら混雑した道を進んでいく。彼はロンドンの景色を視界からさえぎるためにカーテンを閉め、すり切れたクッションにもたれた。今の面会はなんの成果ももたらさなかった。ハムはダグラスの屋敷に興味を持っていたり、売却を妨害したりする人間に心当たりがないらしい。だとしたら、どういうことだ？　指示されたとおり、夜の闇に紛れて相手と会おう。しかし何をしても、心に宿る悲しみは消えないだろう。ルンデンは意地悪な運命に対する悪態を押し殺した。ローマ神話によれば、ロームルスは双子の弟レムスを殺し、生涯後悔して暮らしたという。兄弟を失った心の傷は一生消えないのだ。

馬車がラム・ストリートの角で止まったとき、ルンデンは真っ赤なカーテンを開けて窓から外を見た。向かい側、午後の日陰になったところに兄の屋敷がある。金持ちや学者の住む区画にひっそりと立つ家だ。兄が亡くなった夜まで、この住所のことはまったく知らなかった。兄が生きていたなら、現在も知らないままだったはずだ。しかし、今やすべてが変わった。望もうが望むまいが、時間は生活環境を変える。あのとき兄のあとをつけず、夜の予定を邪魔しなければよかったのに、と悔やむばかりだ。

スエードの袋を開け、兄の懐中時計を取り出して手のひらに置く。今となっては問題解決は不可能で、許しは決して得られない。それでも、ダグラスやあの夜に関することならなんでもいいから知りたくてたまらない。亡き兄を慕う気持ちは、胸が痛くなるほど強かった。

コリンズについて少しでも情報がないかと思い、アメリアはマシューの書斎に入っていった。コリンズはあと一時間もしないうちにやってくることになっている。机の上の紙ばさみを調べたあと、横目で扉を見た。今、物音がしなかった？　心臓の激しい鼓動を、廊下の絨毯を踏む足音と錯覚したのだろうか？

いちばん上の引き出しを引いたが開かない。髪からピンを一本抜いて、鍵穴に差し込んだ。パンドラがのんびりと入ってきた。猫の影にびくっとしたアメリアは、間に合わせの鍵を落としてしまった。ぶつぶつ言いながらピンを拾ったが、そこでかたまった。今度は間違いなく足音だ。

どうしよう、マシューに首を絞められてしまう。

アメリアはピンをつかむと、スカートをつまみあげて走りだした。子ども時代の思い出がよみがえり、口元がほころぶ。昔はよく書斎のクローゼットに隠れて、アメリアに聞かせないつもりの会話に耳を傾けたものだ。今夜もそうしよう。机をざっと調べただけではわからないことが、盗み聞きによってわかるかもしれない。

扉の開く音がして、絨毯を踏む小さな足音が近づいてきた。耳を澄ませたが、声はしない。聞こえるのは紙のガサガサいう音と、机の引き出しの真鍮製の持ち手が引っ張られる鈍い音だけだった。

マシューは何を探しているのだろう？　さっき引き出しを開けられたらよかったのに。兄がすでに書類を用意しているのだとしたら？　結婚契約書を。結婚のことは週末に父と話し合おうと思っていた。わたしの自由は今夜、奪われてしまうのかしら？　マシューはそこまで性急に行動するつもり？

耳の中で血管がどくどくと音をたてる。気持ちを静めないと、部屋の中の話し声など聞き取れるわけがない。アメリアは耳をそばだて、木製の扉に体をぴったり押しつけた。部屋が静かになると、彼女の呼吸もおさまった。マシューは部屋を出たらしい。コリンズは七時に来ることになっている。彼女はふたたび扉の裏側に耳を押しつけた。誰もいないことを早く確かめ、クローゼットから出て自分の寝室に戻りたい。ところが、マシューの声とは違う、もっと低い声が扉を通して聞こえてきた。そして近づいてくる声とは別の方向からの、あわてたような足音。クローゼットのノブがガチャガチャと音をたてる。息をのんだアメリアは急いで奥の隅に引っ込み、陰に隠れた。

ルンデンは罰当たりな悪態をつきながら、音をたてないようにしてクローゼットの扉を急いで閉めた。書斎に入ってきた男性ふたりの声を聞き、間に合ったことにほっとしてため息をもらす。あれはマシューとコリンズに違いない。危うく、友人の個人的な書類を探っているのを見つかるところだった。人の机に手を置いているのを見つかったら弁解はできない。友人の妹の体に手を置いているのを見つかるのと同じくらい危険だ。

アメリアに。

あのわがまま娘はルンデンを困らせてばかりいる。けれども同時に、長らく失われたと思っていた好奇心、ユーモア、生きる情熱を彼の中に呼び覚ます。できるかぎり早く用事をすませてロンドンを去らないと、アメリアへの思いに屈してしまいそうだ。暗闇の中にいても、真っ黒な髪、ふっくらした魅惑的な唇、体の美しい曲線は脳裏に鮮やかに浮かんでくる。

ルンデンはまたしても悪態をつき、うめき声を押し殺した。

もう手遅れだ。

アメリアは彼の心に住みついてしまった。

ジャスミンと、間違えようのない女性の香りに襲われ、ルンデンはぎゅっと目を閉じて深く息を吸った。気が変になったのか？　このかびくさいクローゼットの中にいても、アメリアのにおいを鮮明にかぐことができる。まるで恋人と密会しているかのように。彼は闇の中で罵りの言葉を吐いた。それでもアメリアの香りは、枕についた彼女の残り香をかいだ夜と同じくらいはっきりと漂ってくる。あの美しい妖婦に魔法をかけられてしまった。彼女を求める気持ちで頭がどうかなってしまいそうだ。欲望を消し去ろうとこぶしを握り、闇の中で姿勢を変える。

そのとき、体じゅうがこわばった。

またジャスミンの香りだ。

「アメリア」ルンデンのささやき声は空気を鋭く切り裂いた。

「ええ」

その声を聞いたとたん、彼は紐で引っ張られたかのように身を乗り出した。体は岩よりもかたくなっている。次の瞬間、興奮で心臓が激しく打ち、血液が奔流となって全身をめぐり、めまいを起こしたみたいにふらふらとなった。立派な紳士なら、友人の妹への不届きな思いは抑えつけるだろう。ルンデンが立派な紳士に分類されていなくて幸いだった。

「なぜクローゼットにいるんだ？」当たり前の会話をすることで、欲望を消し去らねばならない。

「兄に見つからないように隠れているの。兄が来るのが聞こえたと思ったから……」小さいながらもしっかりしたアメリアの声は、闇の中でもよく聞こえた。「さっきの音はあなただったのね」

彼女は隅でもぞもぞと動いている。揺れる巻き毛、挑むように突き出した顎、シルクのストッキングに包まれた長い脚が、ルンデンには見えるかのようだ。

「あなたこそ、どうしてクローゼットにいるの？」好奇心と憤慨のまざったアメリアの口調に、彼は思わずにやりとした。

「まあ、いいわ。しばらく静かにしていれば、ここから解放されて夕食に行けるでしょう」アメリアが小さくため息をつく。ルンデンには彼女が微笑む音が聞こえた気がした。

扉の向こうでは活発な話し合いが始まっていた。主に話しているのはマシューだが、内容はよくわからない。耳を澄ませていると、語句が断片的に聞こえてきた。知識人の団体の話が頻繁に出てきて、コリンズの低いバリトンの声はその話題に何度も言及している。やがて、アメリアとともに同じ場所に閉じこもり、腕を伸ばせば届くところに彼女がいるという拷問にルンデンが耐えられなくなったとき、〝結婚〟という言葉がクローゼットの扉越しですら明瞭に聞こえた。アメリアが会話を聞き取ろうと進み出て、ルンデンのすぐ隣に立った。

しばらくのあいだ弛緩《しかん》していた筋肉が——とりわけあの部分が——今、目覚めた。残念ながら、その部分は常にアメリアの存在を意識しており、ますますかたくなっていく。欲望がルンデンの体の隅々にまで広がり、血流が激しくなった。自分はいったいどうしたのだろう？

アメリアが姿勢を変えると、スカートがルンデンの腿をかすめた。彼の脳が離れろと命じた。体は拒否した。ここにふたりきりで閉じこもっているという思いが宙を漂う。静寂の中、彼女がいらだたしげに爪先で床を叩く音だけが時間の経過を示していた。ルンデンは自分のブーツの先端で彼女の靴を探し当てて押さえた。

アメリアが彼の顔に向かって、熱い息とともに悪態の言葉を吐く。その驚くべき語彙の豊かさに、ルンデンはわずかに唇を曲げてにやりとした。彼女は本当に口が悪い。ルンデンはその口をもう一度味わいたくてしかたなかった。オレンジの皮の砂糖漬けよりも甘いキスを。

「なんなの？」アメリアは怒りに満ちている。

「きみがそわそわしていたら、ふたりとも見つかってしまう。じっとして、透明人間のふりをしろ」ああ、自分自身もそうできたらいいのだが。アメリアが欲しい。奪い、味わい、わがものにしたい。そんな思いをルンデンは振り払った。アメリアは、愛していない男、彼女を愛してくれない男とともに一生を過ごすのを恐れて頑固に反抗している。一方ルンデンの未来は暗く、彼の胸は無人の墓地のように空っぽなのだ。

いや、空っぽだと信じていた。一〇年間、自分の心を無視してきた。いずれしなびて枯れることを願って、心を胸の奥深くにうずめていた。ところが今、心は生き返った。胸の中で活発に拍動している。

「なんにもわかっていないのね」衣《きぬ》ずれとともに、アメリアの険しいささやき声が聞こえた。「この扉の向こうで、わたしの将来が決められているかもしれないのよ。なのにわたしは臆病者みたいに隠れている。扉を開けて兄に説明を求めたい。それを必死でこらえて、なんとか冷静になろうとしているの」

「我慢しろ」腹立ちを抑えて声を平静に保つ。「わたしのような世間の除《の》け者と結婚させられることだけは避けたいだろう」実際のところ、ルンデンは除け者以下だ。人殺しの大ばか者。彼は口調をやわらげた。「扉を開けたら、実際そうなってしまうぞ」

アメリアはしばらくその場に立ち尽くしていた。やがて動揺したかのように息遣いが激しくなる。彼女が近づいてきたので、ルンデンはしぶしぶ一歩横に動いた。警戒で本能が目覚める。

「残念だわ、ルンデン」

小さな声が彼の心の真ん中を射抜いた。とはいえ、アメリアが何を残念がっているのかはわからない。ルンデンの評判が地に落ちたことか、それとも外聞が悪くて花婿候補になれないことか？　戸惑いで彼の胸が締めつけられた。

彼女の手がルンデンの頬に当てられた。彼は横を向いてアメリアのぬくもりに浸りたいと思った。手のひらに口づけ、指と指の合わせ目に舌を走らせたい。いらだちでルンデンの顔がゆがんだ。紳士として正しいふるまいを尊重する気持ちが少しでもあるなら、今すぐこんな狂気の沙汰に終止符を打つだろう。だが、彼は罪悪感や良心の呵責を押しのけた。いや、激しく突き飛ばした。そしてアメリアのほうに手を伸ばした。

　彼女が小さくため息をつき、ルンデンの腕の中におさまった。

「トラブルメーカー」

彼はアメリアの反論に身構えた。

ところが彼女は言い返さず、ふっくらした唇をルンデンの唇に押しつけてきた。彼の体の奥から激しい欲望がわきあがる。アメリアはじゃじゃ馬かもしれないが、天使のようにキスをする。ルンデンの中で抗議しようという気持ちは消え失せた。アメリアは彼女の言葉と同じ味がする。ほろ苦く、それでいてさわやかだ。アヘンのように癖になる味。

たちまち溺れてしまう。

そのことに気づいたとき、ルンデンは心の底から震えた。彼も激しい感情を抱くことはある、自らにそれを許したときは。それでも恋愛感情とは無縁のはずだった。

だがアメリアの甘いキスは、油断していたら彼の心を粉々に打ち砕くだろう。彼女がなめらかな手のひらでルンデンの頬を撫でた。そのとき、長いあいだ埋もれていた得体の知れない感情が息を吹き返した。そんな感情は消し去るべきだ。ところが本能が主導権を握り、彼はキスを深めた。アメリアを抱いたまま、壁まであとずさりしていく。押しつけられた彼女の体は熱くて柔らかい。暗闇の中でキスをしているあいだ、ルンデンの視覚以外の感覚はあらゆるものを感じ取っていた。アメリアの唇の味、淡いジャスミンの香り、上着に押しつけられた乳房、ふたりの荒い息遣い。

心臓はますます速く、激しく打っている。ルンデンは彼女のウエストをつかみ、スカートの生地を撫でおろした。なめらかなシルクの感触は、邪魔な服の下に隠された花びらのごとく柔らかな肌と同じくらい官能的だ。彼は片手をアメリアの背中に当てて引き寄せた。彼女が喉の奥でたてる喜びの声を聞いて息をのむ。ここでやめるべきだ。本当にやめないと。体を離さねばならない。

アメリアがほんの少し顔を後ろに引いた。「ルンデン」

彼女にはわたしに欠けている強さがあるのか？　なめらかなささやき声を聞いたとき、ルンデンの中で背徳的な快感が渦巻いた。強烈な所有欲にとらわれて、彼女をいっそう強く抱きしめる。「なんだ？」

12

これほど気持ちのいいことが禁じられているのはわかっている。けれどもアメリアは理性を忘れ、ルンデンに体を押しつけた。かたい胸板に自分の鼓動が響くのが感じられる。書斎に駆け込み、秘めた感情を琥珀色の瞳にたたえた彼を見たあの朝からずっと、疑問がアメリアの口まで出かかっていた。絶えずわたしを挑発するこの人は、いったい何を隠しているの？　どうして人里離れた地でひっそりと暮らしているの？　なぜ喜びを厳しく抑制しているの？　ルンデンは慎重にキスを返してきた。まるで彼女が解くべきパズルであるかのように。でもアメリアのほうこそ、彼の秘密をひとつずつ解き明かして、心に到達したいと願っている。

先ほど低いテノールで〝トラブルメーカー〟と呼ばれたとき、アメリアは欲望に駆られた。体が心地よく震え、肌がかっと熱くなった。ルンデンの口から発せられたその言葉は愛情の表現であり、ひとつひとつの音は愛撫だ。彼と親密になり、心の奥に隠された謎を探る絶好の機会が訪れた。これ以上に楽しいことはない。

ルンデンの魅力的な笑顔を想像しながら、アメリアは深く息を吸った。ふたりが同じ空気を吸っていることが、このうえなくうれしい。こうしてクローゼットにこもっているけれど、ルンデンは外気のにおいがする。さわやかで新鮮、午後の太陽にあたためられた男らしいにおい。そこで遅まきながら、彼がアメリアの言葉を待っていることに気がついた。

「とくに何か言おうとしたわけでは――」

突然、楽しそうな笑い声が響いた。アメリアは扉の向こうに注意を引かれて口を閉ざした。マシューとコリンズが書斎を出ようとしているらしく、笑い声は遠ざかっていく。息を止めていれば、マホガニー材の振り子時計が七時を打つ音が聞こえてくるだろう。晩餐会に出席しなければならない。でもそれより、ルンデンのたくましい腕に包まれていたい。衝動的なのはアメリアの欠点だ。けれど今回、彼のキスを求めたのは衝動からではない。目に見えない、不思議な力に操られていた気がする。

気まずさで雰囲気が壊れ、アメリアはルンデンのゆるんだ腕から身を引いた。ぎこちなく扉のほうを向いてノブに手をかける。汗で湿った手のひらが真鍮製のノブの上で滑った。扉を開けて室内を見まわし、ランタンの明かりに目を慣らそうとする。ルンデンが一歩前に進んだ。目が合ったとき、アメリアは彼の瞳になんらかの感情を探したが、そこには何もなかった。

「きみが着替えているあいだ、わたしがふたりの気をそらして時間稼ぎをしよう」

どうしてルンデンは、あんなキスのあとも平然としていられるのだろう？　わたしのようにわれを忘れたりしなかったの？

「ありがとう」アメリアは無理に口角をあげ、感謝のしるしに微笑んだ。

ルンデンの目がやわらぎ、くすんだ琥珀色になる。まだ何か言いたそうだが黙ったままなので、彼女は逃げるように書斎をあとにした。


ルンデンは颯爽と食堂に入っていった。乱れた感情は抑制し、当面の課題に意識を集中させる。マシューは何かたくらんでいるようだ。

「こんばんは」マシューに紹介され、ルンデンはコリンズに挨拶をした。

「スカーズデイル」コリンズが非難するように眉間にしわを寄せる。「ロンドンに戻っていたとは知らなかった。昔、不愉快な事件があっただろう。きみがふたたび姿を見せるとは思わなかったよ」

その無遠慮な物言いにルンデンは動揺を覚えた。自分の問題よりもアメリアの苦境のほうに注意を向けていたので、初対面の相手から過去に言及されるとは思ってもいなかったのだ。

「人生には予想外のことがあふれているものです」彼は平静な口調を保った。

「そのとおり」マシューがブランデーを勧めた。「あなたの現在の状況を考えてください、コリンズ。まさに予想外の変化の格好の例ですよ。一カ月前なら、お兄さんご夫妻を亡くして子どもたちの後見人になるなど、想像もしなかったでしょう」

ルンデンはブランデーをゆっくり飲みながら、新たに発見した事実を念頭にコリンズを見つめた。それでマシューは縁結びをしようとしているわけか。見返りはなんだ？　年配のコリンズがアメリアにとって理想的な結婚相手であるはずはない。マシューがコリンズから望んでいるのはどんな代償だろう?

「たしかにそうだ」コリンズは率直だった。「だが、きみはわたしの問題に素晴らしい解決策を提示してくれた」扉に目をやる。「ところで妹さんはどこかね? 時間を正確に守るのは妻に求められる性質だよ。それに従順さ、愛想のよさ、素直さ。子どもたちには厳しく、寝かしつけるときには優しく接してもらわねばならない」

ルンデンは咳払いをした。「彼女が遅いのはわたしのせいなんです」アメリアをこの尊大な愚か者に嫁がせるつもりなら、マシューのもう片方の脚も撃ってやる。「ちょっとした事故のために時間がかかってしまいまして。でも、もうすぐ来るでしょう」ブランデーを飲み干し、勢いよくグラスを置く。

「ああ、やっと来ました」マシューが進み出て、アメリアを紹介した。

一同は食事のテーブルに向かった。マシューがコリンズをアメリアの隣に座らせたが、ルンデンはいらだちを見せまいとした。コリンズとマシューは共謀している。頻繁に目配せを交わしていた。あたかも晩餐の席での会話が陰謀の一部であるかのように。

気持ちを落ち着けようと、ルンデンはテーブルの向かい側に座るアメリアを見つめた。淡い黄色のドレスをまとった彼女は息をのむほど美しい。今は従順な妹を演じているものの、兄の魂胆を見抜いているのは間違いない。必要とあらば、アメリアは非常に巧みに不満を隠すのだ。

コリンズが天候について口にしたつまらない冗談に彼女が笑うのを、ルンデンは見守った。あの男はそんなことしかできないのか？　雨と季節外れの気温について話すだけ？　アメリアとの熱く官能的なキスで、ルンデンの血は今なお沸騰している。問題は彼女の唇だ。あの唇をひと目見るだけで全身に欲望が走る。そして、おずおずと彼の顔に触れたアメリアの手つき。クローゼットの中は真っ暗だったが、あの手で触れられたとき、ルンデンは空で星が炸裂《さくれつ》したように感じた。あの親密な仕草によって、アメリアは彼の心に触れたのだ。それに素晴らしいキスによって。アメリアの唇がコリンズのたるんだ頬に触れることなど絶対に許せない。ルンデンがローストビーフを切るとき、ナイフが皿に当たって大きな音をたてた。

三人がいっせいに話をやめて彼のほうを向いた。

「スカーズデイル、きみは口数が少ないな。戻ってきたロンドンはどうだね？」

「去ったときと変わりませんね」ルンデンは努めて不機嫌な口調になるまいとしたが、顔はしかめたままだった。「大義に貢献するよりも私的な利益の追求を優先する、見苦しい男たちであふれている」

コリンズが目を丸くしてマシューを見る。マシューは騒ぎを起こさないよう懇願する目つきでルンデンを見据えた。

「お兄さんの死にまつわる事情を考えると、きみの辛辣な態度も理解できる。だが、それによって上流社会全体を悪く考えるのは不公平だよ」コリンズの悦に入った表情は、その発言に誠実さが欠けていることを示していた。「真実が明白にされないとき、醜聞は生まれる。

いずれにせよ、きみは公爵位を得たんだ。その肩書きがもたらす特権を享受したほうがいい」

「兄が亡くなったのは個人的な事柄です」それ以上、言うつもりはない。コリンズが礼儀を無視して無神経な発言をしたいなら、させておけばいいのだ。ルンデンは目の端でアメリアのつらそうな表情をとらえた。マシューが咳払いをして、みんなのワイングラスにおかわりを注ぐよう従僕に合図する。

「未来に目を向けているときに、過去を振り返らなくてもいいでしょう」マシューは明るい口調でそう言うと、グラスを掲げた。「さて、食事も終わったので、アメリアに庭園を案内させましょう、コリンズ。今年はアナカンプティス・ピラミダリスの花がよく咲いたんです」

一同が立ちあがる。ルンデンは険しい顔でアメリアの後ろ姿を見送った。コリンズがシャペロンもつけずにアメリアを連れて庭園を歩くのは気に食わない。「メアリーが付き添うべきじゃないのか?」

「おい、いったいどうしたんだ?」マシューは脚が悪いのも忘れたようにルンデンに詰め寄った。「この件に関して、きみは味方だと思っていたのに」

「無知を装うと誓ったつもりはない。コリンズは気取り屋の俗物だ。おそらく一日じゅう、自分の得になることばかり考えながら偉そうにしているんだろう。あんな男と一緒になって、アメリアが幸せになれるとは思えない」ルンデンは大きく息を吐き、声を低めた。「独身男の中にも、もう少しましな人間がいるはずだ。もっと努力して探してみるよ」そう言ったとき、胸の中で何かの感情がこみあげたが、なんとかしてそれを無視した。

「コリンズには立派な爵位と豊富な財産がある。言葉を飾らず率直にものを言うが、そういう性質のおかげで〈知的優秀者協会〉の会長を務めてこられたんだ。ぼくは会員になって以来、コリンズの悪い評判を聞いたことがない。彼なら、アメリアの衝動的で軽率なふるまいをいましめてくれる。妹には波風を立てずにおとなしくしていてほしい」

　窓辺まで行って庭園を眺めていたルンデンは、マシューの最後の言葉を聞いて振り返った。

「きみは自分の妹のことを何もわかっていないのか？　平凡な暮らしを強いられたら、アメリアはしおれて枯れてしまうぞ。彼女が反抗的な態度を取るのは退屈のせいだ――」そして恐怖のせい。彼はその言葉をのみ込んだ。「結婚相手は慎重に検討しろ」

「しているさ。安心してくれ」マシューも窓まで来て隣に並んだ。「妹を結婚させるのは簡単なことじゃない。少なくともコリンズは、母のつくったリストの項目に合致している。この縁談を進めるべきでない理由は見当たらないよ」

「それで、きみへの見返りは？　きみとは長い付き合いだ、今日の晩餐に下心があるのはわかっているぞ」ルンデンはうさんくさそうに眉をあげてみせた。

　マシューは急に首元が苦しくなったかのように首巻き《クラヴァット》に手をやった。「そういうほのめかしは不愉快だ。まるでぼくが自分の利益を追求しようとしているみたいじゃないか。侮辱だぞ」

「侮辱ではない」ルンデンは口調をゆるめた。「とにかく早まらないでくれ。どうしてもこの縁談をまとめたいのなら、状況を受け入れられるよう、アメリアに時間をあげてほしいんだ」そして自分には、彼女がリストに挙げた要求をかなえるための時間を。

「きみは一刻も早くこの街を出たいんだと思っていたが」

「もちろんそうだ。自分の問題を解決したら、すぐにでもここを去るつもりだよ。永遠に。ロンドンには忘れてしまいたい思い出があふれている」いったん口を閉じる。次の言葉を発するとき、ルンデンは喪失感に包まれた。「わたしをこの地に押しとどめるものは何もない」

思いはアメリアとのキスに向かった。もう何百回も、なぜ彼女はキスをしたのかと考えている。なぜわたしはキスを許した？　〝許した〟だと？　嘘つきめ。自分からキスを求め、心ゆくまで味わったくせに。

アメリアがコリンズと結婚？　とんでもない。それならわたしは彼女の要求をすべてかなえよう。そうしたら、たとえマシューがこのばかげた縁談を推し進めたとしても、彼女はコリンズを撃ち殺して馬に乗って逃げられる。そんな突拍子もない想像に、ルンデンは危うく笑い声をあげそうになった。もしアメリアがそれを実行したなら、自分はベックフォード・ホールで逃亡犯をかくまおう。

テラスの扉から声が聞こえてきたので、それ以上の話し合いはできなかった。アメリアは無事に戻ってきた。けれどもコリンズの好色そうな目つきは、彼の関心の対象がアナカンプティス・ピラミダリスではなかったことを示している。

時計が九時を打った。ルンデンは深夜の約束を思い出し、アメリアについて考えるのをやめた。丁重に挨拶をして自室に戻る。自分の人生におけるほかの問題に取り組めるよう、今こそ謎の脅迫者と会って話をつけるのだ。

13

ルンデンは二日前に届いた手紙で指示された時刻にロットン・ロウに到着した。馬車の窓を開けて待つ。相手が何者かわからないまま真夜中に会うのは危険だが、自らの身の安全に関心はない。何年ものあいだ、兄ではなく自分が死ねばよかったと思って生きてきたのだ。明日の朝にルンデンの死体が発見されても、世の中にどんな違いが生じるだろう？　彼を悼む者も、彼が守るべき者もいない。借金はなく、使用人にはちゃんと給金を払っている。この世から消えても、どこにも悪影響は及ぼさないはずだ。

時間は遅々として進まず、後悔が好ましからざる影のようにルンデンを覆った。いずれ絶望の重みで心が押しつぶされるとわかっていながら、緑色の瞳を楽しそうにきらめかせるアメリアの姿を思い浮かべたものの、その幻想は長持ちしなかった。代わりに、兄が死んだ夜の記憶が心の暗い奥底からくっきりとよみがえった。月に照らされたダグラスの遺体は、恐怖に満ちた悪夢のごとく鮮明だ。

人がどんな相手と密通するかは私的なことだ。ダグラスの秘密に鼻を突っ込む権利など、ルンデンにはなかった。兄があんなふうに逃げる必要もなかったが、その気持ちは理解できる。事情を打ち明けられていたら、自分は受け入れただろうか？　今考えても、はっきりした答えが出せるわけはない。だが馬による真夜中の無謀な追いかけっこではなく会話がなされていたら、兄が今も生きていたであろうことは間違いない。その追いかけっこを引き起こしたのはルンデンだ。故意でなかったとはいえ、やはり責任はある。

兄の死後、彼は何週間も口をきかなかった。あえて沈黙を選んだ。孤独の中に安全を見いだした。昔の生活に戻った今も、何ひとつ変わっていない。暗い記憶は深刻な心痛に織り込まれたまま存在している。

いらだちに、ルンデンは髪をかきむしった。仮定や結果論をいじくりまわすのは愚かなことで、そこからは何も得られない。もう何年も前に、すべての責めを受け入れたのだから。

あきらめのため息をつきながらポケットからスエードの袋を取り出し、兄の懐中時計を手のひらに置く。時計が示しているのは、今とほぼ同じ時刻。その不吉な事実に気づいたとき、近づいてくる馬の足音が聞こえて、ルンデンはさっと顔をあげた。

二分もしないうちに、馬車が彼の馬車の横に来て止まった。互いの窓は同じ高さにある。それが開いたので、ルンデンは首を傾けて相手の馬車の暗い内部をのぞき込んだ。謎の人物の正体を知りたい。しかし相手は明かりを消しており、中は見えなかった。

「約束を守ってくれてありがとう」

聞き覚えのない、よく響くバリトンの声。ルンデンは隣の馬車の中がちらりとでも見えることを願って、ランタンを窓に近づけた。

「当然だろう、兄に関することなのだから。手紙には非常に重要な話だと書いてあったが」

床の上をこする靴音がする。相手は姿勢を変えながら考え込んでいるようだ。

「そうだ。きみがラム・ストリートの屋敷を売るつもりであることを知った。わたしが相応の金額で秘密裏に買い取りたい」

ルンデンは愕然《がくぜん》として息をのんだ。「あの手紙はめくらましだったのか？　兄が死んだ夜について情報があるとほのめかしていたじゃないか。あれはわたしをここに呼び出して怒らせるための策略か？　だったら目的は果たせたな」

相手はしばし黙り込んだ。ふたたび口を開いたとき、声の調子はやわらいでいた。警戒をゆるめ、自分のやり方が間違っていたと悟ったかのようだ。「お兄さんのことはよく知っていた。亡くなった夜も会った。正確には、その夜のもっと早い時間だ」

それ以上は何も言おうとしないので、業を煮やしたルンデンは勢い込んだ。「それだけか？そんな無意味な情報で、わたしが感謝するとは思っていないだろうな」

また相手の馬車の中から床をこする音がした。数分が経過する。ルンデンが出発の合図に馬車の天井を叩こうとしたとき、謎の人物がまた話しだした。

「ダグラスはその夜、ある人物に会う予定だった。きみに密会を邪魔されてうろたえ、全速力で馬を走らせて逃げた。きみはあとを追った。馬がつまずき、お兄さんは投げ出された。きみの後ろからは別の馬が追いかけていた。邪魔が入ったことに怒り、ダグラスの身を案じて。きみがお兄さんの遺体とともに家へ帰るとき、銃声がした。誰かが負傷した。脚を撃たれたのだ。きみは喪に服し、喜びもなく新たに得た爵位による義務を負った。きみはその後ロンドンに戻らず、あの夜お兄さんが密会した相手の正体はわからないままだったが、状況は正しく理解していた。以来、きみはお兄さんの死について自分を責めつづけている」

責めて当然ではないか。後悔で息が詰まりそうになり、ルンデンは懸命に呼吸をしようとした。

「きみたち兄弟の不仲に関して噂が広まった。ダグラスが亡くなるほんの数時間前、人目もはばからず言い争っているところが目撃されていた。世間はきみが兄殺しによって公爵位を奪ったと考えた。お兄さんの思い出に傷をつけないため、そして噂好きな連中とかかわらないため、きみはロンドンから逃げた」

ルンデンは強いて冷静さを保った。その秘密を守るために大きな代償を払ったのだ。ところがこの謎の人物は、あの夜のことをはっきり記憶している。それが真実であることはルンデンがよく知っていた。こいつはその話をほかの人間にしただろうか？　ダグラスの評判や思い出が傷ついて過去が暴露されるかもしれないと思うと、ルンデンはひどく狼狽した。真実を知るのは自分ひとりではなかったのだ。

「もう帰らなくては」相手の言葉にはいらだちが聞き取れた。「わたしの申し出について、よく考えてくれ。さもないと、きみがどれだけ秘密を守ろうとしても噂が広まるぞ。わたしがその気になれば、ロンドンの人間はみな、きみが戻ったことを数時間以内に知るだろう。それでもきみの気が変わらないというなら、きみだけが知る事実を遠慮なく広めさせてもらう」

「待て」ルンデンは歯を食いしばった。「おまえはなぜそういうことを知っている？　次はいつ会える？」

相手が無言で窓を閉めて馬車を出し、ルンデンの過去とのつながりは断ち切られた。

「言いたいことがありすぎて爆発しちゃいそうよ」ベンチでシャーロットの隣に座ったアメリアは、昨夜の話をしたくてうずうずしていた。「この前あなたとおしゃべりしたのが大昔みたい。わたしはレイクビューに行くから、どうしても今朝のうちに会いたかったの」

「朝早いからびっくりしたわ。主人だって、こんなに早く起きないわよ。彼は毎日の予定を厳密に守ろうとするの」シャーロットはうなずいて、その事実を強調した。

「なんとかディアリング卿に考え直してもらって、今日あなたと一緒に行きたかったのに。馬車でメアリーとふたりきりなんて、いやになるくらい静かな旅だわ」

「それは自業自得よ」友人があえて言葉の通じない侍女を選んだことを思い、シャーロットは苦笑した。「だけど到着したら、ご家族と楽しく過ごせるでしょう。あなたがいないと、わたしは寂しくなるわ。毎日の散歩を楽しみにしているのよ。それ以外に屋敷を出ることはめったにないから。主人はわたしに家にいてほしがっているし……」元気のない言葉が消えていく。

「本当に困ったものね」アメリアはシャーロットの両手を握り、いらだちの息を吐いた。

「ご主人は理由もなくあなたを閉じ込めているわ」自分の結婚問題に気を取られるあまり、シャーロットの不幸について考えるのを怠っていた。良心がとがめ、うきうきした気分が沈んでいく。「留守になるのは二日間だけよ。戻ったら、力を合わせてあなたの問題に取り組みましょう」シャーロットが反論しようと口を開けたが、アメリアは手で制した。「あなたの将来はわたしの将来と同じくらい大切なの。あなたはわたしのことを心配してくれている。当然よね、あんな人とわたしを結婚させることで兄が何を狙っているのか、まだわからないんだもの。だけどわたしはあなたに幸せになってほしいし、自分も幸せになりたいのよ」

「どうしてお兄さんは、そんないやなことを押しつけようとするの？　あなた、何か早合点しているんじゃない？」

友人の絶望的な口調を聞いたとき、アメリアは自分の不安を口にしたことを悔やんだ。

「そうかもしれない。だけどこの二、三日のことを考えると、そうは思えないの。兄が父からわたしを結婚させるように言われたのは、もう何週間も前よ。でも今までは、それほど無理やり話を進めようとはしていなかった。だから、この件に関して兄はもっと理解があるんだと思い込んでいたの。そうはいっても、兄が候補者を見つけて強引に話を進めるつもりだと知っていたら、ルンデンを巻き込まなかったのだけれど」不安のせいで、声の調子が弱々しくなっていく。「夕食のあと、コリンズ卿と庭園を散歩したの。彼はもう話は決まったというような態度で、縁談は兄のほうから持ちかけてきたと言ったのよ。兄が見返りに何を求めているのかはわからない。勝手に話を進められたのにはがっかりだわ。マシューなら、少

し は 思いやりを示してくれると期待していたのに」

「コリンズ卿はそんなにひどい方？　あなたはこの結婚にどうしても反対なの？」

「シャーロット、あの人はわたしの父くらいの年齢なのよ」アメリアは友人に向かって、大げさに目を見開いてみせた。「それに彼は感じのいい人に見えるけれど、この話には何か裏がある気がするの。コリンズ卿はどうしてそんなに急いで結婚したがっているの？　わたしの性格については噂で聞いたことしか知らないのに。生涯をともにするのに、それはしっかりした土台とは思えないわ。時間をかけてお互いを知るようにしたいとわたしが提案したら、彼はにべもなく断って、〝手早く物事を進める必要がある〟と言ったのよ」

シャーロットの唖然とした表情は多くを物語っていた。

「わたしはいや」アメリアはベンチから立ちあがった。「ルンデンの協力で、生き延びるための能力を身につけつつあるの。どんな男性にも自分の弱みはつかませない。わたしは便宜のためではなく、愛のために結婚するつもりよ」いったん口を閉じ、表情をやわらげてシャーロットを見る。だが、言葉には強い決意が表れていた。「あなたの結婚について言えば、ディアリング卿が不機嫌な理由はまだわからない。でも、必ず突き止めてみせるわ。男性があらゆる力を持つ社会に暮らしていても、わたしたちは幸せを見つけると決意している賢い女たちなのよ」

演説が終わったときには、女性の地位の向上を求める思いに勇気づけられ、ふたりは腕を組んで家に帰った。アメリアはシャーロットに、クローゼットにルンデンと閉じこもったときのことを逐一話すつもりだった。彼の肌の香り、押しつけられた体の熱さ、魔法のように素晴らしいキス。けれども思い直して、それぞれの結婚に関する話に集中することで満足していた。

それにキスはふたりだけの秘密にしておくべきものだ。あのときを思い出すたびに血管の中を快感がめぐることを考えると、話さなくてよかったと思う。

帰宅すると、アメリアの旅行かばんとメアリーが玄関ホールで待機しており、馬車はいつでも出発できるよう準備ができていた。マシューは書斎でパズルに集中していた。彼女はパンドラを抱きあげて窓辺に向かったものの、その前にクローゼットへちらりと目をやり、ひそかな笑みを口元に浮かべた。

「一刻も早くわたしを追い出したいみたいね。メアリーはもう玄関ホールで待っているわ」

「気を悪くしないでくれ。あまり遅くなる前に出発してほしいだけだ。もうひとり馬番を馬車に付き添わせることにしたが、もっとまともなシャペロンなしでおまえを行かせることについては心配がある。できればぼくが同行したいところだよ。だが協会で大事な会議があって、欠席はできない。おまえはどうしても今日父上のところへ行くと言い張っているから、ほかにどうしようもなかった」

「大丈夫よ」アメリアは不満げに身をくねらせるパンドラをしっかり抱いたまま、手を伸ばして人さし指でパズルのピースをいじった。「どうせ心配するなら、コリンズ卿と一緒に庭園へ出るときにしてほしかったわ」

「なんだ、彼が気に入らないのか？」マシューがパズルに取り組む手を止めて妹を横目で見た。

「まさか本気じゃないわよね？」彼女は思わず笑いだした。

マシューは目の前のパズルに注意を戻し、嘲るように鼻を鳴らしてその質問をしりぞけた。

「彼は学問的な成功をおさめた、裕福で尊敬される貴族だぞ。おまえが反対する理由がわからない」

「あの人、お父さまと同じくらいの年齢でしょう」コリンズの姿を思い浮かべ、アメリアは身を震わせた。パンドラが抗議するようにミャーと鳴く。

「それは言いすぎだ」兄の気のない返事は、妹の不満よりもエーゲ海のそばに置くピースのほうに関心があることを示している。

「わたしの目から見れば、言いすぎじゃないわ」アメリアは猫をいっそう胸の近くまで引き寄せ、その柔らかな毛皮で心の安らぎを得た。

「ぼくたちふたりとも、物事を新たな視点で見るべきかもしれないな」マシューはテーブルの角まで移動し、パズルを眺めた。「この部分を必死で探してみたが、合うやつが見つからない。いくつかのピースが欠けているみたいだ。わけがわからない」不満顔になり、眉間にしわを寄せてアメリアを見る。

彼女の世界はマシューの世界よりもはるかに重要だ。「それで、コリンズ卿はどういう環境で暮らすことになるの？　どんなご家庭か、お兄さまは知っているの？」

「人生とは妥協の産物だ」質問には直接答えず、マシューはテーブルから離れて進み出ながら険しい口調で言った。「レイクビューの草原を走りまわっていた少年時代、足を引きずって自由に動きまわれない障害者になる将来を、ぼくが想像したと思うか？　友人はみな結婚して腰を落ち着け、喜びや誇りをもたらす息子や娘のいる家族を扶養している。女はピクニックやダンスを楽しむもので、夫には、雨の日に階段をのぼるのにも苦労するようなやつじゃなく五体満足な男を求めることは、すぐに思い知ったよ。だから学者として成功し、別の分野で幸せを見つけたいと考えている。男であるぼくは、自分の将来を決めて世継ぎを残すために充分な時間を与えられているんだ。だが、おまえは違う。それでもこれまで、ぼくは妥協してきた。おまえも妥協しろ」

感情がこみあげ、アメリアはいつものような反論ができなかった。兄の憂いに満ちた告白に心を動かされていた。マシューの袖に手をかけたが、彼はそんな同情の仕草を振り払ってパズルに目を戻した。コリンズと結婚することへの嫌悪感が薄れたわけではないけれど、今知ったことの重みも考えて、選択肢を考慮すべきかもしれない。

それでも自分で配偶者を選ばせてほしいと父には頼むつもりだ。その気持ちは変わらない。早くレイクビューに行こう。改めて決意をかためたアメリアは姿勢を正し、深呼吸をした。

「お母さまには、お兄さまも近々訪ねていくと言っておきましょうか？　お母さまは心配しているのよ」真正面から兄と目を合わせたものの、しつこく聞こえないように気をつけた。マシューは母に何くれと世話を焼かれるのを嫌っている。

「ああ、そうだな」テーブル上のピースに気を取られたまま、マシューはうわの空で答えた。「協会の問題が片づいたら、もっと時間ができる。母上には、二週間以内に訪ねると伝えてくれ」

「じゃあ、わたしは行くわね」アメリアは背を向けたが、そこでためらった。「ルンデンに会った？　今朝はどこにいるか知っている？」

その質問に注意を引かれたように、マシューが彼女を見据えた。「なぜスカーズデイルがそんなに気になるんだ？　やつがどこにいるかは、おまえの知ったことじゃない。警告しただろう、トラブルメーカー、好奇心は抑えろと。彼がロンドンにいることは秘密なんだ」

兄の無愛想な口調をものともせず、アメリアは見当外れの叱責に腹を立てて舌を打ち鳴らし、パンドラを連れて部屋を出た。

居眠りをしている侍女とともに馬車の旅が始まると、アメリアはパンドラを撫でながら、父をどう説得すればいいか考えをめぐらせた。やはり夫は自分で選びたいし、それをわかってほしい。やがて思いはシャーロットの状況と、友人を助けてあげられない絶望感へ向かった。ディアリングは何を考えているのだろう？　イングランドで最も心優しい女性と結婚したことを自覚していないのだろうか？　あるいは、ディアリングにはシャーロットに知られたくない別の顔があるとか？　シャーロットの自信のなさと世間の風潮のせいで、結婚生活がうまくいかないのはシャーロットの責任だと見なされている。でも、ディアリングのほうに原因があるのかもしれない。その疑念が正しいかどうか確かめるには、さらに細かく問いただささなくてはならないだろう。シャーロットの将来をもっと明るくしてあげよう、とアメリアは決意を新たにした。たとえ自分の将来はどうしようもないとしても。

突然、馬車が急停止した。パンドラがアメリアの膝から飛びおり、離れたクッションの下の隅に縮こまる。彼女は何事かとカーテンを開けて、窓から外をのぞき見た。まだ出発して間もないのに、どうして御者は馬を止めたのだろう？

「お嬢さま？」乗馬従者が四角い窓の前までやってきた。若者の顔には動揺が見える。

アメリアは窓を開けて説明を待った。

「バーリーが足をくじきました」従者はさっと手を振って、栗毛の馬の横にいる黄褐色の牝馬を示した。「これ以上、歩けません。わたしがお屋敷まで戻って、新しいのを連れてきましょうか？　そんなに遠くまで来ていませんし」

日はまだ高い。正午をそれほど大きくまわっていないだろう。けれど元気な馬に引かせなければ、夜までにレイクビューに行き着けない。のろのろ進んで暗くなるまで旅を続ける危険を冒すよりは、しばらく道路脇で待っていたほうがよさそうだ。乗馬従者が新しい馬を連れて戻るのに、それほど長くかからないはず。

「ええ、そうしてちょうだい。馬車を道の脇まで動かすよう御者に伝えて。あの草むらのそばまで。そこであなたの帰りを待つわ」アメリアの視線は、予定が変わったことも知らず隅で幸せそうに寝ているメアリーに向かった。「お願いね」

従者はうなずき、馬車の前にまわった。アメリアは窓を閉めたが、使用人たちの会話は馬車の屋根を伝って聞こえてきた。馬車が道路脇に寄ったあと、馬具のジャラジャラという音がして馬が外されたことがわかった。やがて馬の足音が、栗毛の馬にまたがった従者の出発を告げた。

「急いでほしいわ」アメリアは不安げにつぶやき、身を落ち着けて待とうとスカートの下に脚を引き寄せた。

14

ルンデンはハデスに頭絡をつけ、鞍を手に取った。馬は固定されるのをいやがり、早く厩舎を出たいと言うようにいななく。ベックフォード・ホールでは、ハデスは地所内で放し飼いにされていた。力強く、従順で、解き放たれた秘密のごとく速く走る。乗馬はルンデンが自らに許した数少ない楽しみのひとつだった。自虐的な後悔の声ではなく風の音を聞いて走るのは爽快だ。ハデスが声をあげて、たてがみを振った。尾の動きがいらだちを表していた。ルンデンは低い声で話しかけてなだめながら、バックルを留めて革の手綱を取りつけた。

「入ります！」

乗馬従者が、この厩舎に属する栗毛の馬に乗って走り込んできた。懸命に駆けさせてきたらしく、帽子が斜めにずれている。ハデスが興奮して地面を引っかいた。

「失礼しました」従者は鞍から滑りおりた。手綱を柱にくくりつける時間も惜しいとばかりに握りしめたまま、入ってきたときと同じ勢いでまくしたてる。「レディ・アメリアの馬車が困ったことになりました。馬が一頭、だめになったのです。お嬢さまは、わたしが新しい馬をひと組連れていくのを待っていらっしゃいます」

「彼女をひとりで路上に残してきたのか？」ルンデンはそう言いながらハデスに飛び乗った。「場所を教えろ。それとスペンサーに、状況をマシューに伝えるように言ってくれ。牡馬を二頭、連れてこい。急げ、若造。おまえの首がかかっているぞ」

若者はうなずき、必要な情報を伝えたあと屋敷まで駆けていった。

ルンデンはハデスをギャロップさせ、砂利道を出て大通りを走りだした。自分の身の安全も顧みず、商店の並ぶ道路で駐車場所を探す馬車が渋滞している中を縫っていく。最も混雑した場所を数分で抜けて郊外に出ると、馬を疾走させた。四五分ほど走ったとき、街道脇にホイッティンガム家の馬車が見つかった。顔に冷たい風を受けながらハデスを促し、そちらに向かわせる。しかし馬車の中は無人で、足をくじいた馬は離れたところのニレの木にくくりつけられていた。誰か——知人、もしくは通りすがりの人——がアメリアを送ると申し出たに違いない。ルンデンはいらだちに歯を食いしばった。どこまで行ったのだろう？

風に向かって悪態をつきながら手綱を引き、靴のかかとでハデスの腹を蹴って走るよう促す。ところが馬は反抗していなないた。狭い道の中央に黒いヘビがいる。今にも襲いかかろうとするように頭をもたげ、くねくねした長い体で身構えていた。

黒いヘビ。悪い予兆。そして非常に危険だ。

ハデスは鼻息も荒く、そわそわしている。ルンデンは安心させるように小さく舌を打ち鳴らし、馬をあとずさりさせた。片手でしっかり手綱をつかんだまま、もう一方の手でたてがみを撫でて落ち着かせ、当面の危機から遠ざけさせる。彼は放置された馬車の御者台に目をやり、身を乗り出して手を伸ばした。席に置かれた鞭《むち》を取るとハデスに前を向かせ、手首を鋭くまわして鞭を振りおろす。ヘビの体はまっぷたつになった。

そのあとはヘビに目もくれることなく道路を進んだ。馬の足音がルンデンの暗い思いを反映して陰鬱に響いている。アメリアは面倒に巻き込まれたのか？　追いはぎは金持ちから金品を奪うことを何よりも楽しむ。アメリアと侍女を襲うのは簡単だろう。だが、馬車に争いの形跡はなかった。その考えを却下したとき、別の考えが浮かんだ。待つあいだ新鮮な空気を吸おうと思ったのだとしたら、アメリアはあの危険なヘビに遭遇したはずだ。胸の奥から不可解な感情がこみあげ、ルンデンはハデスを蹴ってさらに速く走らせた。

やがて遠くに一台の馬車が見えてきた。近づいていくと、扉に刻印された紋章が目に入った。ニルワース。別の種類の黒ヘビ、上流社会の汚点だ。怒りでルンデンの血が沸きたった。ニルワースは伯爵だが、だからといって高慢な性格が許されるわけではない。あの男はろくでなしだ。アメリアがあの馬車に乗っていなければいいのだが。

ルンデンは猛烈な速度で馬車を追い抜き、ハデスを道路の真ん中で止めた。そのため、馬車は追いはぎに遭ったかのように止まった。窓からニルワースの傲慢そうな顔が現れる。彼が怒っているのを見て、ルンデンは内心ほくそ笑んだ。

「何事だ？」ニルワースが御者台から前方の障害物のほうへと首をめぐらせる。ルンデンに気づくと目が光り、しかめっ面がつかのま驚きに変わったあと、軽蔑の表情になった。

ルンデンはじっと動かずにいた。ニルワースが制止する声にかぶせるように聞こえたのは女性の声だろうか？　食いしばった歯のあいだから、相手の男の名前を絞り出す。「ニルワース」

「スカーズデイル」ニルワースが吐き捨てるように応えた。

そのとき、ルンデンははっきりとアメリアの声を聞いた。あのおてんば娘、今度はどんな騒ぎを引き起こしたのだ？

「あの男を迂回していけ。こんな場所に用はない」ニルワースが御者に命じて、馬車の内部に引っ込んだ。

「だめよ。待って」

話し合いに続いて、おそらくは小競り合いがあり、馬車の扉が開いた。踏み台がおろされもしないうちにアメリアが現れた。

「公爵閣下」彼女の唇にいたずらっぽい笑みが浮かぶ。まるでルンデンに会えてうれしいかのように。後ろから出てきたニルワースにも、同じように愛想よく微笑みかけたが。「こんなところで何をしているの？」アメリアは急ぎ足でルンデンの馬の前までやってくると、明るい緑色の目を上に向けた。

ほかの人間に聞かれないよう、彼は声を低めた。「わたしも同じことをききたいよ。まあ、おそらくニルワースが助けを申し出て、きみはそれを受け入れたんだろう。少しでも早くレイクビューに向かいたい一心で」

アメリアが元気よくうなずき、伯爵のほうに目をやる。彼女の感謝の笑みを見て、ルンデンは胸が悪くなった。気をそらそうと馬車に視線を向けると、メアリーの小さな頭が窓からのぞいていた。

「大丈夫か？」ハデスを少し横に動かし、アメリアが五体満足であることを確認する。まったく、よくもニルワースなどに助けを求めたものだ。ニルワースはダグラスの死に関しても最も悪意ある嘘を広めた張本人だった。偽りを述べ、事故からかなりの日数が経過したあとでも上流社会に噂を流しつづけた。あの夜、早い時刻にルンデンが兄と口論したとき、ニルワースはその場にいた。聞こえた会話の断片に尾ひれをつけて、恨みに燃える弟による兄殺しの物語をでっちあげたのだ。噂好きな連中は喜んでその話を受け入れた。時間が経ち、スカーズデイル家の悲劇よりも社会の関心を引く事件が起こるたびに、ニルワースはわざわざ昔の醜聞を蒸し返している。

ありったけの敵意をこめて、ルンデンはニルワースをにらみつけた。

「ルンデン？」

アメリアの呼びかけでつらい記憶から引き戻され、彼は視線を下に向けた。また親しげに洗礼名を呼んでくれたのはうれしい。そよ風が頬のあたりで、彼女の黒い巻き毛を乱していた。アメリアの美しさによって怒りがやわらぎ、ルンデンは表情をゆるめた。「あの男に何か無礼なことはされていないか？　きみに代わって、わたしがあいつのはらわたを引きちぎってやってもいい」

「もちろんされていないわ」アメリアが目を合わせてくる。彼女の笑顔はルンデンの怒りを静めるどころか、さらにあおった。「彼はお行儀よくしていたわよ」

ルンデンは口から出そうになった辛辣な言葉をのみ込んだ。

「まさか今日の午後、きみに会うとは予想もしなかったな」会話から外されたのが不満なのか、ニルワースが割り込んできた。

ルンデンは相手を見おろし、邪魔された怒りをこめてにらみつけた。「わたしだって、こんな展開に喜んではいない。だが、わたしが気がかりなのはレディ・アメリアの身の安全だ」気まずい沈黙が広がる。「馬上の身では、レディとその侍女をエスコートするのは不可能だ。だから、きみの親切心に頼らざるをえない」彼は声を低めて危険な口調になった。「レイクビューまで、わたしは馬車の後ろをついていこう」

ちらりと目をやると、アメリアはうれしそうに顔を輝かせている。まさか、あの無作法な男に惹かれているのか？　たちまち激しい嫉妬に駆られたが、ルンデンはそんな感情を押しやった。爵位とわずかな品のよさを持つニルワースを、感じのいい人間だと考える者もいるかもしれない。だが、アメリアがこんな悪辣な人間と結婚するのは断じて許せない。

いや、論理的に考えよう。ニルワースが嘘や誇張によってルンデンにひどい苦しみをもたらしたことを、アメリアは知るよしもない。何が危険にさらされているか、彼女はまったくわかっていないのだ。ルンデンが結論に飛びつくのは不公平だろう。けれどもコリンズとの結婚を兄から強要されている今、アメリアが抵抗のためにどこまでするかは予想がつかない。

「何を心配しているんだ、スカーズデイル？　こちらのレディはわたしと一緒にいることに満足しておられるようだぞ。きみは引き返すがいい。過去という暗い片隅に」ニルワースはとげとげしい表情で、追い払うように道路のほうへ手を振った。

ハデスがいななき、ルンデンはかかとを馬の腹に食い込ませていたことに気がついた。あからさまな挑発を受けて、全身はこわばっている。ニルワースの言葉を聞いてアメリアの笑みが消え、悲しそうで物問いたげな表情が取って代わった。

ダグラスが死んだとき、彼女はまだ幼かった。そのため事故の詳しい経緯やロンドンの悪意ある噂を聞いたことはなく、ルンデンの過去を何も知らない。なのに今、ことあるごとに結婚に抵抗していたアメリアは一時間前に会ったばかりの、あらゆる意味でコリンズよりも悪いニルワースを結婚相手としてふさわしいと考えたのか？　いや、それは早とちりというものだろうか？

「わたしは馬車で送っていただいたほうがよさそうね」アメリアがルンデンの提案を承諾した。自分の意見を無視されるのがいやなのと同時に、おそらくは男たちのあいだの敵意を感じ取ったのだろう。

「そうだな」ニルワースが勝ち誇った様子で彼女に腕を差し出した。歩いて馬車まで戻りながら、彼の声は明瞭に響いた。「言いたくはないが、きみの兄上は悪い仲間と付き合っているようだ。スカーズデイルは怒りっぽいやつだよ。彼を癇癪《かんしゃく》持ちだと思っている人間もいる」

「わたしはそう思ったことはないわ。どうしてそんなことを？」アメリアの視線が好奇心たっぷりに、ルンデンとニルワースのあいだを行き来した。

ルンデンは腹立ちを抑えつけた。ここで怒りを爆発させたら、ニルワースの言葉が真実だと証明されてしまう。何より望ましくないのは、これから馬車の中でルンデンの過去が話題にのぼることだ。そうなっても、その場にいない彼には反論できない。

「走りだしたら説明してあげよう」ニルワースが背後に目を据えたまま、アメリアに手を貸して馬車に乗り込ませた。「スカーズデイルには興味深い過去があるんだよ」

15

ルンデンは馬車の後ろでハデスを駆けさせた。記憶は鮮明で、兄の死による過去の苦しみは放っておいてもはっきりとよみがえってくる。

あれは一五歳の誕生日だった。ルンデンは大人になった気分で、セントジェームズ・スクエアの端のほうにある、いかがわしい酒場へと繰り出した。〈のろまの羊〉亭でのお祝いには、マシューもルンデンと同じくらい心躍らせて不品行なふるまいに参加した。ふたりがエールをジョッキ一杯飲み終えたとき、ダグラスが現れた。めったに正しい判断をせず、しょっちゅう面倒に巻き込まれる弟を探して、こんなうさんくさい場所まで来なければならなかったことに怒り狂っていた。少なくとも兄は、ルンデンをそんなふうに見ていた。兄弟の話し合いはすぐさま口喧嘩へと発展し、ほかの客は貴族も平民も、公爵と弟が激烈な言い争いをしていることに気がついた。

口喧嘩では、何も考えることなく不用意な発言がなされるものだ。酒場を出ようとするダグラスに向かって酔いに任せて投げつけた言葉を取り消すことができればいいのに、とルンデンは心から悔やんでいる。

〝兄上が死んだら、人生はもっと素晴らしくなるだろうな〟

だが、時間を巻き戻すことは不可能だ。損害を修復する方法はない。

その後ルンデンはさらに酒を注文し、後味の悪い勝利を祝った。けれども内心では兄弟の絆に大きな溝をつくってしまったことを自覚して、良心の痛みを感じていた。

数時間後、マシューはいつもの無鉄砲ないたずら心から、ダグラスがよく人知れず夜を過ごす場所を突き止めろとルンデンをあおった。ルンデンは挑発に乗った。そうすることで兄と仲直りができる、と愚かにも思い込んだからだ。兄に謝罪して和解し、酒場でのひどい発言を取り消してやり直そう。秘密を知れば兄のことがもっとよく理解できるし、兄のよそよそしい態度の理由もわかるだろう。そんなふうに考えた。

今振り返ると、その結論が誤りだったことはよくわかる。感情が理性的な判断を曇らせていたのだ。しかし一〇年前のルンデンはその計画についてじっくり考えることもせず、無鉄砲に夜の闇へと走りだしたのだった。

アメリアが馬車の隅に腰をおろすなり、ニルワースは世間話を始めた。ルンデンの過去に関する疑問が、彼女の心に次から次へとわき起こる。ルンデンとニルワースのあいだに何があったにしろ、それは遠い昔の夜に関係があるようだ。ダグラスの死のみならず、その夜の出来事の結果に端を発したルンデンの不幸、アメリアの兄の怪我、ルンデンの深い後悔。それらはすべて一〇年前から絡み合っている。兄は誰にも明かされない重大な秘密のせいで脚に銃弾を受けたが、それでもルンデンを友と認めている。アメリアの胸が締めつけられた。ルンデンの苦しみをやわらげてあげたい。彼の過去がわかれば、苦悩を癒して笑顔を取り戻してあげられるかもしれない。

　向かい側に座る男性に目をやる。ニルワースは自分の話に夢中になるあまり、アメリアに観察されていることに気づいてもいない。細いもみあげには白いものがまじっているものの、彼を魅力的と考える人もいるだろう。言葉と同じく鋭くとがった鼻以上にニルワースを不愉快に思わせるのは、尊大な性格や大きく飛び出た目だ。いろいろなことを面白おかしく話す様子からは、噂好きという悪《あ》しき性質が透けて見える。ニルワースに話をさせておきたくない。彼は立派な紳士だと思っていたし、馬車が通りかかったのは幸運で、乗せていくと申し出てくれたのは寛大だと考えていた。でも、その判断は性急だったかもしれない。ルンデンはアメリアの名誉を守るために馬車の後ろをついていくあいだ、自分の過去が論じられるのをいやがるだろう。アメリアは彼を裏切りたくなかった。ルンデンが孤独と絶望の中で生きている理由を、どんなに知りたくても。

　その思いは単なる好奇心ではない。何かがアメリアをルンデンに引きつけている。何か、実体はないけれど力強いものが。これまでに経験したどんな感情よりも強い力。ルンデンとのキスは、あらゆる白昼夢に登場する。彼の感触は不変のエネルギーとして心の中にとどまっている。

　ふたりの人生が交わらないことを悟ったとき、アメリアの胸はちぎれんばかりに痛んだ。

ルンデンは自らの問題を解決して一刻も早くロンドンを去るつもりだし、彼女は望まぬ結婚を強いられる。どちらも自分たちを待ち構える未来を望んでいない。なのに運命の女神はふたりの選択の自由を奪い、幸せを求める気持ちをしりぞけて、寂しく悲しい年月を送らせようとしている。そんなことは許せない。

ルンデンとのキスは最高だった。唇が触れ合ったとき、外の世界は溶けてなくなり、信じられないほど素晴らしい快感と、もっと重要な意味を持つものだけが残った。それは、思い出すだけで体が震えるほど力強い絆だ。

暗い絶望に代わって決意が胸にあふれ、アメリアは座ったまま背筋を伸ばした。馬車が溝を踏んで急にがたがたと揺れ、彼女を現在へと引き戻す。しばらく前から意識が会話から離れていたことには、気づいてもいなかった。

「きみの兄上はよほどスカーズデイルを気に入っているようだね。どれだけ犠牲を払っても、彼との仲を断ち切れないのだから。きみも同じ判断の誤りを犯していなければいいのだが。彼らが奇妙なほど仲がいいのを見ると、何が長年ふたりを結びつけていたのかと不思議に思ってしまうよ。スカーズデイルは兄上の死によって不幸な状況に陥ったあと、ロンドンを去り、友人たちとのつながりを断った。彼がなぜ一〇年ぶりに戻ってきたのか、きみは知っているのかね?」

ニルワースに見つめられ、アメリアは居心地が悪くてもじもじした。彼は一見にこやかに会話をしているけれど、その射抜くような目つきにはぞっとさせられる。

「知らないわ。公爵閣下はあまり自分のことを話したがらないから」彼女は嫌悪感を隠して窓の外に目を向けた。

「そうだろうな。一〇年経った今でも、あの夜に起きたことの真相を突き止めた人間はいない。とはいえ、きみの兄上は誰よりもよく知っていると思うがね。わたしは〈のろまの羊〉亭で、スカーズデイルと公爵の口論を目撃した。スカーズデイルが脅しを実行に移したと思われてもしかたないだろう」

「わたしにはよくわからないわ」アメリアは戦慄を隠して返した。好奇心と裏切りのあいだの細い線を歩いていることは自覚している。「あなたは本当にそういう事実を知っているの？」心臓が暴れる。ルンデンは人殺しではない。そんな偽りのたわごとから生まれた突拍子もない話を信じる人が、真実を知るわけはない。

その質問に対してニルワースがためらいを見せたことに、彼女は不安を覚えた。話題を変えたほうがよさそうだ。ところがアメリアがもっと無難な話を始める前に、ニルワースが口を開いた。

「わたしは彼らが口論していたところから三つしか離れていないテーブルにいた。スカーズデイルの脅し文句を耳にしたんだ。その場にいた全員が聞いた。そして翌朝、公爵の死亡が発表された。天才でなくとも、どういうことか見当はつく」

ニルワースの声音には興奮が聞き取れた。一〇年前の出来事に強い関心を持っているらしい。アメリアは困惑し、彼をじっと見つめた。亡き公爵に言及するたびに、ニルワースの日には気まずさ、あるいは無力感に似たものが浮かぶ。

「あなたの推測が事実なら、兄は絶対にスカーズデイルと親しくしたりしないわ」アメリアは言葉に詰まりながら言った。この会話を続けるべきかどうかわからない。耳を澄ませると、馬車の後ろを走るハデスの規則正しい足音が聞こえる。それはルンデンを裏切っているという良心の呵責と同じくらい、強く彼女の心を乱した。

「きみの兄上にも隠すべきことがあるなら別だろうがね」

その言葉は返事を得られないまま宙に漂った。

ニルワースの発言は不愉快だ。アメリアは気を落ち着けて話題を変えようとした。「もうすぐレイクビューに着くわ。お天気が続いたおかげで、道がよかったわね」

ニルワースがうなずく。「好ましくない話題から話を変えようとするのは賢明だ。きみは旅の連れとしては最高だよ。ロンドンに戻ったら、きみをお訪ねしてかまわないかな？　わたしは妻を亡くして久しい。きみは夫を探していると思うのだが」

メアリーが座ったまま背筋を伸ばした。そういう露骨な物言いは、英語を解さない者にすら警戒心を抱かせるらしい。好きなことを言わせておいたらニルワースはどこまで無遠慮になるだろう、とアメリアは考えた。

「上流社会で話されたことをすべて信じてはいけないわ。でもたしかに兄は、なんとしてもわたしを結婚させようとしているわね」きっぱりとした口調は、それ以上詳しく話すつもりはないことを示している。ニルワースなど、地獄へ行って悪魔につまらない噂話でもすればいい。

「貴重な時間を無駄にしてはいけないよ。とりわけ、夫を見つける機会がかぎられている場合にはね」ニルワースが身を乗り出した。まるで当たり障りのない助言をしようとするかのように。

アメリアの全身が震えた。この男は下劣だ。ルンデンの懸念は正しかった。どうしてこの人を知的で親切だなんて思ってしまったのだろう？　ルンデンが現れなかったとしても、会話は同じように進んだだろうか？　それはわからない。けれどもアメリアの中の何かが、ニルワースは他人の感情に関心がなく、どんな状況であれ同じような質問をしただろうと告げている。

馬車は右に折れ、曲がりくねった道を進んでいった。ちらりと外に目をやったアメリアは、石の門柱と並木道を見てほっとした。レイクビューはもうすぐだ。

居間に落ち着いたアメリアはいれたての紅茶を飲み、実家に帰った安らぎを満喫しながら、愛情たっぷりにホイッティンガム伯爵の手を撫でた。父を心から愛している。また会えた喜びで胸がいっぱいだ。父も娘に会えて同じくらいうれしいのか、体の具合も少しよくなったようだ。アメリアが帰宅してから、ほとんど咳をしていない。顔色は依然としてよくないけれど、目の輝きは戻っていた。ロンドンにいるとき、父は土気色の顔をしていた。でも今はそれより元気そうで、アメリアの胸に希望が芽生えた。彼女を急いで結婚させようという兄の試みに、父が少しは介入してくれるかもしれない。

「気分がよくなったみたいね、お父さま」

父は青い目で娘の緑色の目を見つめ返した。アメリアの訪問を喜んでいるのは明らかだ。

「ああ、今日はかなり気分がいい。しかし、おまえがニルワースと一緒に旅をすることになったのは気に入らんな。もっと丈夫な馬を選ぶよう、おまえの兄に注意しておかねばならん。スカーズデイルが見張りを務めてくれてよかった」父は口にハンカチを当てて咳をしたものの、会話はとぎれなかった。「スカーズデイルにふたたび会えるとは思わなかったよ。田舎の領地に引っ込んでいたからな。ここに来たことは、彼にもいい影響を与えるだろう。おまえと一緒にいることも」

父は愛情をこめてアメリアの手を握りしめた。その力強さも、これから父に懇願しようとしている彼女に勇気を与えた。

「さて、教えてくれ、アメリア。おまえの兄は夫を見つけてくれたか？　ここへはいい知らせを届けに来てくれたのか？」

急に話題が変わったことに、アメリアは不意を突かれた。両親に挨拶したあと、ルンデンが退室していてよかった。ルンデンが部屋を出ていく前、アメリアは彼が何を考えているのか知りたくて顔を見つめたが、不可解な表情は真の感情を隠していた。家政婦との会話を盗み聞きしようとしたものの、彼がどの部屋を割り当てられたかはわからなかった。あとでそれを突き止めて、ニルワースの不愉快な態度についてルンデンと話さなければならない。ニルワースがマシューに、アメリアに求婚する許可を求めたらどうしよう？　耐えるべき重荷はコリンズひとりで充分なのでは？

父のしわがれた咳を聞いて、物思いにふけっていたアメリアはわれに返った。「まだよ」無邪気な口調を装いながらも、脳裏にはマシューの首を絞めているところを鮮明に思い浮かべる。どうして兄はコリンズが理想的な求婚者であるかのように言うのだろう？　「わたしが協力したら、お兄さまも助かるんじゃないかしら。わたし自身も夫選びに参加すべきじゃない？」

「でもこれまで何シーズンかそうしてきて、成果はなかったでしょう」居間に入ってきた母親の非難の声が響いた。「あなたはぐずぐず先延ばしにするだけだったわ。お父さまがこういう健康状態だから、あなたには結婚して腰を落ち着けてほしいのよ。なんでも好き勝手にふるまっていいと思っている娘への、単純なお願いじゃないの」

「単純なお願い？」アメリアは父の手を放して母に向き直った。「今話題にしているのは、わたしの残りの人生よ、靴選びではなくて。わたしの将来は、ひとつの決断で定まってしまうの。自分が関心を持てる人を見つけようと努力してきたわ。舞踏会に出て、ワルツを踊って、見目うるわしい紳士とおしゃべりをした。けれどいくら感じがよくても、わたしを特別だと感じさせてくれる人はいなかったの。誰に見つめられても胸はどきどきしないし、目がくらむほどうっとりもしない。わたしの心を動かさない人とは一緒になりたくないのよ」アメリアの心の中にあるひとつの答えは、口にできるものではなかった。「お兄さまが相手選びを間違ったら、わたしの将来はどうなるの？　不幸以外の何物でもないわ。それでいいの、お父さま？」スカートをひるがえして後ろを向き、ふたたび父の手をきつく握る。「自分で夫を選ばせてちょうだい。今シーズンで決めると約束するから。これまで時間を無駄にしてきたのはわかっているし、真剣に取り組まなかったことは後悔しているのよ」頭に取りついた不安を振りほどいて力を奮い起こすため、深く息を吸った。シャーロットの不幸な結婚、恐怖、心の揺れが、アメリアの口調から自信を失わせる。「わたし、お兄さまの判断力を疑っているの。お兄さまは求婚について何を知っているというの？　脚の傷が癒えてから、ひとりの女性もエスコートしたことはない。あれ以来、一度だって舞踏室に足を踏み入れたことも――」

「アメリア、もうたくさんよ。マシューが耐えてきた苦しみを考えれば、あの子に結婚を急《せ》かすことなどできないわ。あの子だって、いずれ世継ぎをつくるでしょう」

きつい口調で母に叱責され、アメリアは黙り込んだ。

「今、問題なのはマシューのことではないの。それと、お父さまを言いくるめようとしても無駄よ。あなたの幸せが大切でないなら、あなたが求婚者を見つけるのに何シーズンもかけるのを許さなかったわ。あなたには結婚してほしいの。早ければ早いほどいい。マシューはあなたに最善のことを望んでいるのよ」

「そうかしら」アメリアは父と鼻が触れ合いそうになるほど顔を近づけてささやいた。「お父さまも、お兄さまが気に入っている人を見るべきだわ。コリンズ卿は結婚式でワルツも踊れそうにないの。あんな人、最低よ」

「それは言いすぎだろう」父は面白がるような表情で低く笑った。「おまえはいつも極端な言い方をする。おまえの兄が間違ったことをするわけがない。それにおまえには早く身をためてほしいんだ、わたしの体調が悪化したときに備えて」

父は今一度、アメリアの手を握りしめた。最後の発言の重みを伝えるためか、その言葉の衝撃をやわらげるためかはわからない。

「おまえは結婚せねばならん。わたしが守ってやれなくなっても、おまえがちゃんと暮らせることを知っておきたい。おまえだって、家族を持ちたいはずだ」

「ええ、もちろんよ」アメリアは父の手を放し、ベルベット張りのソファにもたれた。「それから、この件に関して発言権も持ちたいわ」窓辺に立って花瓶に花をいけている母を一瞥する。「お父さまやお母さまからこんなに急かされるとわかっていたら、これまでの社交シーズンをもっと慎重に考えて過ごしたのに。今みたいになるとは予想もしていなかったの。殿方がわたしの目を引きたがっているとは思えないし」卑下した口調になる。父がそれに気づいたかどうかはわからなかった。

「ばかな。おまえの魅力に抵抗できるのは、よほど鈍感な男だけだ」父は慰めるように言い、娘の腕をつかんで引き寄せた。「しかしこれ以上何か決める前に、もう少しなりゆきを見守ろう。愛というのは気まぐれなのだよ」

父がアメリアの頭越しに母を見て、ふたりは笑みを交わした。単なる好意ではなく心からの愛情を伝える笑みを。両親が愛し合っているのはうれしいことだけれど、迫りくる運命の影は重苦しくあたりを覆っている。父が時間の猶予をくれたのはアメリアの願いを尊重するためではなく、単に彼女をなだめる方便のような気がしてならなかった。

16

割り当てられた部屋のベッドの足元で、ルンデンはせわしなく歩きまわった。客室はとても広い。だが気持ちを静めて、クラヴァットと同じくらいきつく胃を締めつけている緊張をほぐそうと大股で歩いていると五歩で端まで行ってしまい、またくるりと後ろを向くのだった。ニルワースのやつめ。怒りで心は荒れ狂っている。ルンデンはクラヴァットの結び目に指を差し入れてほどいた。ロンドンに戻る前から、自分の登場を長らく秘密にしておけるとは思っていなかった。楽観的になるのは難しい。それでもレイクビューまでの道中で不運にもニルワースに出会うとは、さすがに予想していなかった。

世間は日没までに、ルンデンがロンドンへ戻ったことを知るだろう。さらに悪いことに、古い醜聞がかけらまで掘り起こされる。想像や憶測に基づく仮説が、またささやかれるのだ。彼はリネンのクラヴァットを窓ガラスに投げつけた。過去の重荷も同じように投げ捨てられればいいのだが。

つらい記憶が、前回思い出したときと同じ圧倒的な激しさでルンデンを苦しめる。ダグフスは控えめな男で、自らの交友関係を明らかにしなかった。兄の死後に口をつぐんでいたせいでルンデンは疑われ、根拠なく非難されるようになった。愚かな行動がもたらした悲劇的な結果に直面した彼は、矢のように浴びせられる質問に如才なく答えられなかったのだ。真実は決して明らかにできない。だが未成年だったルンデンには、兄の突然の死を合理的に説明する嘘をついて、最新の噂話を求める上流社会の飽くなき欲求を満足させることもできなかった。

ほどなく、公爵位は血で穢《けが》れていると見なされるようになり、家名は傷だらけになった。何十年も維持されてきた紳士クラブの会員権は剥奪《はくだつ》され、催しへの招待状は届かなくなり、貸し切り席の契約は打ち切られた。ルンデンが兄の死について話す気がないことが明らかになるやいなや、父の盟友たちも背を向けた。たった一度の軽薄で愚かな決断によって、彼は自分が暮らしていた世界を破壊してしまったのだ。

アメリアには決して同じような冷たい仕打ちを受けさせたくない。彼女にはもっといい暮らしがふさわしい。豊かな暮らしが。

ダグラスの最後の行動について思いをめぐらせるのも、ここまでにしよう。

ベストを脱いだルンデンは胸ポケットからアメリアのリストを取り出し、女性らしい文字に目を走らせた。残る任務はひとつだけだ。ルンデンになんの慈悲も示さなかった街に彼をつなぎ止めている、たったひとつの絆。

寝室の扉が軽く叩かれたので、彼は何も考えることなく大きく開けた。ルンデンの思いが呼び寄せたかのように、アメリアが廊下に立っていた。髪は彼女の気質と同じく聞き分けがなく、美しさはいつもどおりだ。旅行服から着替えたピンク色のドレスは完璧に似合っている。ほてって輝く肌は、無垢と誘惑という矛盾を示していた。ルンデンの息が止まった。

「ルンデン。話があるの」アメリアが懇願するように彼を見つめる。「お願い」

その最後の言葉によって、拒む気持ちは消え失せた。ルンデンは横に動いて彼女を通した。アメリアを部屋に招き入れたという興奮に、良識が抗議の声をあげる。心の葛藤を落ち着かせるため、彼は部屋の奥まで引きさがった。

ランプの弱い明かりが、暖炉の消えかけている炎と争うように揺れる光を投げかける。ルンデンの過去のごとく暗く不吉な影が上方の壁で躍り、彼はそれを追い払おうとするかのように手をあげた。それからきっぱりとした足取りで暖炉まで行き、薪を足す。肌に当たる熱が、火遊びをしたら簡単にやけどすることを思い出させてくれた。

「あなたが必要なの」

優しいささやき声が聞こえたとき、抑えがたい欲求がルンデンに行動を促した。

ああ、アメリアが欲しい。

部屋を沈黙が覆った。彼女が唇を湿らせたが、ルンデンは気づかないふりをした。

「協力してくれる?」

彼は無表情でアメリアを見つめ、会話に集中しようとした。「もうしているじゃないか」

クローゼットでのキスが思い出されて、ルンデンはまた欲望に駆られた。キスをしたのは間違いだった――そんなことはよくわかっている――ものの、田舎の領地をあとにして以来、あのキスだけが心の安らぎを感じさせてくれたのだ。アメリアの何がそんな気持ちにさせるのだろう？　あの澄んだ瞳をひと目見ただけで、心の痛みはすっかり消え失せ、みじめな思いは癒される。

アメリアは手を伸ばせば触れられるところにいる。彼女を抱き寄せたいという思いがあまりにも強く、手が震えた。そんな願望を否定しようとこぶしを握りしめる。アメリアはルンデンのものではない。彼はふさわしくない。兄の意図や両親の願いがどうあれ、彼女は幸せな人生を送る権利があるのだ。ルンデンが彼女に与えられるのは絶望と落胆だけ。そんな苦悩に満ちた現実を消し去ろうとするかのように、彼は頭を振った。

「ええ、協力してくれているわ。それには感謝しているのよ」アメリアは話しながら両手を握り合わせた。

意地っ張りのじゃじゃ馬はどこへ行った？　彼女のそんな一面を、ルンデンは自分で認めている以上に楽しんでいた。

「わたしがこのレイクビューへ来たのは、父の計画は間違っていると訴えるためなの。わたしは自分で夫を見つけられる……必要なら、今すぐにでも」

アメリアの声が徐々に小さくなっていき、彼の心は同情でいっぱいになった。世の定めによって、彼女は望まぬ立場に追い込まれているわけだ。自分たちはよく似ている。ふたりとも自力で制御できない状況によって自由を奪われ、手も足も出なくなっている。

「どうするつもりなんだ？　きみの言いなりにできる愚かな男に嫁ぐのか、それとも脱走計画を実行するのか」ルンデンは、外したクラヴァットとともにベッドに置かれたアメリアのリストを手で示した。

「ええ、適当な相手を見つけるわ。それが無理なら脱走するつもりよ」

アメリアは自分の計画に満足しているようだ。しかしそんな方法では、彼女にふさわしい幸せは得られない。

「きみは臆病者だ」ルンデンは言葉を投げつけた。アメリアは相手に愛情を捧げるという難題に直面したくなくて、自分の気持ちを殺して死んだような人生を送ろうとしている。そのときルンデンの良心が、おまえは偽善者だとささやいた。

「違うわ」

スカートをしっかりとつかんだ手の動きが、それは嘘だと白状している。彼はアメリアの自信を装った様子を見つめた。恐怖のせいでそんな嘘をついている彼女はじゃじゃ馬ではなく、繊細でおびえた女性だった。

アメリアはルンデンの視線を感じて手をおろし、しばらく戸惑っていたが、やがて腕組みをして深呼吸した。その動きによって胴着《ボディス》のなめらかな生地がぴんと張り、彼の目を引いた。

心臓が激しく打ち、視線はベッドに向かう。アメリアを横たえ、その肌を味わい……彼女の心の美しさに安らぎを見いだしたい。

「わたしのリストね」アメリアが進み出て、上掛けの上に置かれた紙をつかんだ。「三番目をやってしまいましょう。明日の朝。夜明けに。ここの人間はそんなに早起きじゃないはずよ」

「ああ、きみの要求を忘れるわけにはいかないからな」ルンデンは笑いをこらえて息を吐いた。アメリアのいかにも女らしい複雑きわまる考え方によれば、このリストで挙げた技術を身につけたら自由になれると思っているらしい。

アメリアに歩み寄ると、彼女の目になんらかの感情がよぎった。アメリアは彼の顔に何を見ているのだろう？　ルンデンがアメリアを求め、彼女の慰めに浸りたいと思っているのがわかるだろうか？

「それは賢明ではないかもしれないぞ」からかうつもりだったのに、その言葉は心から気遣っているように聞こえた。そのときジャスミンの香りが漂ってきて、ルンデンは深く吸い込んだ。

「危険は承知のうえよ」アメリアが大きな笑みを見せる。

性的な緊張が高まり、重苦しい沈黙が広がった。彼女もクローゼットでのキスを思い出しているのか？　ルンデンと同じくらい強く、あのキスに影響を受けたのか？

「部屋に戻らないと」

アメリアが口から絞り出したささやきは、笑みとともに消えていった。

彼女をベッドに寝かせてキスを浴びせたい……シーツの上で互いの情熱をむき出しにして。だがそのとき、ルンデンの中で高潔さが頭をもたげた。アメリアを行かせるべきだ。ここから出さねばならない。魅惑的に髪を乱した妖婦としてベッドのそばでたたずむ彼女の姿を思い出すだけでも、充分な拷問だ。夜になってもアメリアの生き霊が部屋に漂っていたら、耐えられそうにない。

ルンデンは良識に従った。「そうだな」あとずさりして、ふたりのつながりを断ち切るように距離を置く。「きみは戻らないといけない」

つかのま、彼女はためらった。そのあと扉の閉まるカチャリという音が、おなじみの孤独という影となってルンデンを包んだ。

翌朝、夜明け前にアメリアが目覚めたとき、空は晴れていた。最後のレッスンのためにルンデンに会うのが待ち遠しい。英語をほとんど話せない侍女を選んでおいてよかった。地味な普段着を着て、メアリーに髪を編むよう命じるとき、どんな説明も下手な言い訳も必要ない。いつものように何本かの巻き毛が言うことを聞いてくれなかったが、気にならなかった。窓まで行き、メアリーが寝間着を持って部屋を出ていくのを待つ。太陽が黄金色の光線で空を染めていた。果樹園の向こうでは、霧が湖面を覆っている。水は冷たいだろう。でも泳ぎを習得したいという願望があれば、そんな問題は克服できる。これでリストのすべての項目がかなえられるのだ。

そう気づいたとき、アメリアは悲しみに襲われた。ロンドンでの用を終えたら、ルンデンはどこへ行くの？　ベックフォード・ホールでの孤独な生活に戻る？　それとも勇気を奮い起こして新たな冒険に出る？　わたしは彼にまた会えるの？　彼女の心臓がどくどくと打つ。

昨夜、ルンデンの寝室にいるときは意志の強さが試されていた。彼の腕の中に飛び込みたい、クラヴァットのない日焼けした喉元に唇を押しつけたい、上等なローン地のシャツ越しにかたい筋肉のぬくもりを感じたい――そんな願望に耐えていた。彼がアメリアを厄介な存在、果たすべき義務の対象としか見ていないのは残念だ。

クローゼットでのキスのあと、アメリアは愚かにも、ルンデンも謎めいた引力を感じたと思い込んだ。ふたりの人生は不可解な糸によって結びつけられたのだと。ところが昨夜、彼はあの抱擁について何も言わなかった。投げやりな調子で話し、体の動きはぎこちなくて、不快であることを告げていた。アメリアが部屋を出ていくのが待ちきれないかのようだった。失望で喉が詰まる。ルンデンの琥珀色の瞳や少しかすれた低い声に溺れるのは簡単なのに。そんなことを考えるのは無駄だとどれだけ知性が言い張っても、動悸は激しくなるばかりだ。

アメリアは窓に背を向け、足音を殺して屋敷の中を歩いていった。朝の仕事はまだ始まっておらず、使用人は誰ひとり起きていない。彼女は気づかれることなくテラスの扉をくぐった。夜露に濡れて滑りやすい敷石を注意深く踏んでバラ園を抜け、敷地の端近くにある湖へと向かう。

先に到着したと思ったので、ヤナギの木に寄りかかって靴とストッキングを脱ぎ、持ってきたタオルを横の草むらに無造作に放った。やみくもに野山を走りまわった、子ども時代の無謀な冒険の思い出が鮮やかによみがえる。あの頃は楽しかった。ドレスを汚さないで昼食に帰宅するという義務さえ果たせばよかったのだから。

湖は誘うようにきらきらと光っている。朝日に照らされた水面に波はなく、幼い少女の夢のごとく穏やかだ。水辺にはガマが生え、左端では背の高いアシが視界をさえぎっている。恐れを知らないトンボがいちばん高い茎の上におずおずと止まったあと自由奔放に飛びまわり、低木の枝々の中に消えていった。木の葉は静かな湖面をくすぐっている。アメリアは湖岸の砂地から冷たい水へと足を踏み出した。素足で底の地面を踏みながら、チャポチャポと水中に入っていく。

無邪気な日々は、はるか昔のことに思えた。アメリアは募る不安と闘った。深い湖は怖い。不幸な結婚ほど怖くはないけれど。ルンデンに泳ぎを教えてと頼むなんて、とんでもないことだ。誰かに見られたら身の破滅だろう。それでも彼女は気持ちを強く持っていた。無力で隷属的な結婚をする気はない。知識はどんな持参金よりも力と安心をもたらしてくれる。知識は将来を保証してくれる。家族がどんなに運命を操ろうとしても。

湖の向こうのほうで水面が動いた。波紋が広がり、波がすねを濡らして、アメリアは冷たさに震えた。湖面を見渡すと中央にルンデンが見え、心臓が早鐘を打った。彼は濡れた髪を後ろに撫でつけ、アメリアをじっと見据えている。なんてすてきなのだろう。夜明けの柔らかな日光に照らされたむき出しの肩を、水滴が流れ落ちている。彼の体はまるで、今この世に生み出されたばかりの自然からの贈り物だ。アメリアの鼓動が一瞬止まった。何を予想していたの？　ルンデンが服を着たまま泳ぐはずはない。でも、あの下には何を着ているのだろう？　さまざまな感情がよぎって、心は千々に乱れた。

「岸から見ているだけでは泳ぎは覚えられないぞ」マキバドリの鳴き声に負けないよう、ルンデンが声を張りあげた。

アメリアは小さく微笑み、さっきのヤナギの木まで戻った。長く伸びた枝々に囲まれ、木の葉が密集していて人目につかずにすむ。彼女はドレスを脱いで丁寧にたたみながら、どの下着を脱ぐべきか思案した。いろいろ着込んでいたら泳ぎを学ぶことなどできないと思い、シュミーズと長い下ばき《パンタレット》だけの姿となって出ていった。

ルンデンの奇妙な表情を見て、彼女は腕組みをした。彼は怒っているような、少なくとも不満そうな顔をしている。アメリアは腰まで水に入っていった。冷たさに背筋が震える。子どもの頃も、これ以上深いところへは行ったことがない。今、彼女は恐怖を克服して泳ぎを覚えたいという思いに背中を押され、足を進めた。水面が胸まで来る。ルンデンは遠く離れたところから動こうとしない。どうして黙り込んでいるのかと、アメリアはいぶかった。心臓が激しく打っていることは顔に表れているだろうか？　わたしは臆病者に見える？

「怖くないわ」決意につきまとう不安を振り払い、自分を励ますための言葉だった。

ルンデンがぶっきらぼうに応える。「怖がっているとは言っていない」

彼は泳いで近づいてきた。たくましい腕で水をかいても、水面はほとんど乱れない。一メートルほど先で止まり、目を細めてじっくりとアメリアを見つめる。彼女が腕をおろすと、ルンデンは視線をそらした。困惑したアメリアは膝を曲げ、顎が水につくまで体をさげたものの、それより深くまで入っていこうとはしなかった。

「手を出すんだ」怒っているような口調だ。顎はこわばっている。

ルンデンが手を前に伸ばすと、水滴が筋肉に沿って流れた。日に焼けた肌が朝日を反射する。アメリアは彼に触れたいと思った。手のひらを上腕に滑らせ、指先で輪郭をなぞって、冷たい水の下であたたかな肌を感じたい。

彼女は手を差し出したが、互いの指を絡めるためにルンデンは身を乗り出さなければならなかった。彼はアメリアをさらに深いところまで引っ張った。彼女の脈拍が三倍の速度にはねあがる。アメリアは息をのみ、地面を探して足をばたばたさせた。

何もない。

予想外の恐怖にうろたえ、ルンデンの肩をつかんだ。彼の肩の筋肉がこわばる。その反応に驚いて、彼女はルンデンの顔を見た。片方の口角がぴくりと動いたのは微笑みではないだろうか？　そうだとしたら、これが初めて見る彼の笑みだ。

「レッスンは浅いところで始めるべきよ」安全な岸まで戻してくれることを願って、アメリアは指摘した。

「そんな時間はない。きみはまだ、水たまりに足を突っ込んだだけだ。さっさと始めるぞ」

ルンデンが命じる低い声を聞いたとたん、歓喜で彼女の全身がぶるっと震えた。ルンデンのなめらかな肌に触れ、あらゆる動きを記憶に刻み込んだあと、居間で上等な服に身を包んだ彼とどうやって顔を合わせられるだろう？　脳から記憶をこすり落としでもしないかぎり、彼の裸体は決して忘れられない。

ルンデンの髪からしたたる水が、肩をしっかりとつかむ彼女の腕まで落ちてきた。濡れた波打つ髪に指を差し入れ、彼がよくそうするように顔から払いのけてあげたい。だが、アメリアは黙ってじっとしていた。これほど親密に男性と触れ合ったことはない。キスや抱擁は経験したけれど、服を着ていない男性とここまで近づいたことはなかった。

ルンデンの体はたくましい。

次の指示を待つあいだ、アメリアは彼にしがみついていた。

17

くそっ、まずいぞ。なぜこんな拷問を承知してしまったのだ？　冷たい水は興奮を静めてくれるはずではないのか？　ところが薄いシュミーズ越しにアメリアの胸の先端を見たとき、湖水は冷たいにもかかわらず、ルンデンの下腹部は熱くなった。

正直に言えば、アメリアが森の妖精のごとく神秘的な姿で水に入ってくるのを見た瞬間から自制心を失っていた。夜明けのスミレ色の中で、遠くから見る彼女はこのうえなく魅惑的だった。真っ黒な髪も、緑色の瞳もうるわしく、どこか野性的な美しさがある。

どれだけアメリアの手の感触に耐えようとしても無理だった。冷たい水はなんの役にも立たない。信頼をこめて肩をつかむ彼女の手、おずおずと撫でる指を感じると、欲望で全身がうずいた。どうしたら、威厳を保ったまま泳ぎ方を教えられるのだろう？　頭は混乱するばかりだ。

さっき、アメリアは正しいことを言った。ちゃんと泳ぎを教えるためには浅瀬に戻ったほうがいい。だがルンデンは愚かにも、彼女の美しい体を水中に隠しながら抱きしめていたかった。薄いコットンのシュミーズに包まれた柔らかな体を。今、アメリアがどんな姿かは想像するしかない。濡れた生地は豊満な乳房の輪郭をあらわにしているだろう。その先端はピンク色でかたくなっているはずだ。彼女が女神さながらに裸で湖から現れ、ルンデンを誘う姿が脳裏に浮かぶ。彼はごくりと唾をのみ込み、アメリアから体を離した。状況は刻一刻と悪化していく。

彼女は深い水を怖がり、上体を前に倒してもがいた。そろそろレッスンを始めねばならない。今すぐに。ルンデンの体が爆発する前に。

「体の浮かせ方を学んだことは？」

突然の質問にアメリアがびくりとする。首を傾け、緑色の目で彼を見つめたが、返事はしなかった。

「子どもの頃、仰向けに浮かんだか？　力を抜いて水の表面に浮かぶことはできたかい？」

ルンデンは大きく息を吐き、しかめっ面をつくった。会話をしていれば興奮のうずきは抑えられる。おとなしくするよう、自分の体に言い聞かせた。湖から出るとき、この愚かな反応を制御できなかったら、いったいどうしたらいい？　これではまるで、寄宿学校を卒業したばかりの未熟な少年ではないか。

「いいえ。それはしたことがないわ」アメリアが首を横に振ると、何本かの巻き毛が額にかかった。

ルンデンはアメリアが彼の肩にしがみついたまま顔から髪を払おうとする様子を見守った。彼女が頭を二度振ると、さらに巻き毛が落ちてきた。ルンデンは笑いをこらえた。水面から手を出してしたたる水を振り払い、なめらかな巻き毛をつまんで彼女の右耳にかける。そこで手を止め、手のひらをアメリアの頬に当てた。目と目が合い、彼女が何か言いたそうに唇を開いた。アメリアの官能的な口に顔を寄せたい、唇を舐《な》めたい、舌を味わいたいという衝動が襲いかかってくる。みだらな妄想で、ルンデンの下腹部がさらにこわばった。そのとき理性が介入した。何を考えている？　彼女は友人の妹だ。不適切な欲望など忘れて、レッスンを始めなければならない。

「では、浮く練習から始めよう」ルンデンはアメリアを連れて水中を歩き、浅瀬に向かった。

腰までの深さのところで底に足が着き、彼女はほっとしたように明るい笑みを浮かべた。肩から手が離れたので、ルンデンは寂しく感じた。視線を落としたとたん、うなり声がもれる。さっき空想した、アメリアが薄いシュミーズに包まれている姿が、予想以上の衝撃を伴って現実のものとなったのだ。うろたえた彼は世の中の貧困や窮状、兄に死なれた苦しみといったことを考えようとしたが、目の前の官能的な光景を意識から消すことはできなかった。

アメリアは最も忠実な友人の妹であり、手を触れてはならない相手だという思いは霧消した。長いあいだ真剣に考えたことのなかった真実が明らかになった。放置していたせいで冷たくなり、ときおりちらりと顔を出すだけの存在になっていた真実。今、ルンデンの欲望は白熱し、切迫して、どんどん強くなっている。

「アメリア」

「なあに？」美しい朝日を浴びて、彼女の肌は柔らかな光に包まれている。

「きみに泳ぎを教えることはできない」アメリアの反応を見きわめるため、そこでいったん言葉を切った。

「でも、約束したじゃない。そうしないと、あなたはわたしを厄介払いできないのよ。わたしたち、取引したわよね？」彼女は不満げに下唇を突き出した。目には怒りの炎が燃えている。

「わたしは……」

「もっとちゃんとやるわ。誤解しないで、さっき少しうろたえたのは、初めてだから躊躇《ちゅうちょ》しただけよ。泳ぎを覚える気はあるの」意欲を証明しようと、アメリアは彼の横をすり抜けて深みへと入っていった。「怖くないわ。平気――」

彼女が苔《こけ》むした湖底に足を滑らせた瞬間、ルンデンは沈む前に助けようと突進した。しっかりとつかんで胸に抱き寄せる。アメリアの編んだ髪が彼の肩にかかり、目は恐怖に大きく見開かれていた。彼女は強い力でルンデンにしがみついた。乳房がぴったりと自分の胸に押しつけられるのを拒みたくない。アメリアの体に腕をまわし、さらに引き寄せる。ふたりの体は密着し、唇と唇は今にも触れ合いそうだった。

「ルンデン」

アメリアが呼びかけた。優しく、うやうやしく。そのとき、ルンデンの中で自制心の糸が切れた。彼はアメリアの目を見つめ、流砂のごとく溺れていった。どれほど抵抗しても、甘美な誘惑からは逃れられない。

ああ、くそっ。

もうだめだ。

彼女の口をとらえ、唇を押しつける。自分の血管の中を駆けめぐる情熱を解き放った。

アメリア。

こんなことをすべきではない。それはわかっている。だが、その思いがいっそう欲望をあおった。彼女のヒップをつかんで、ぐいと引き寄せる。ふたりの体を隔てるのは濡れた薄い布だけだ。

アメリアの喉から小さな声がもれた。それは懇願でもないが、抗議でもない。ルンデンは低い声で応え、顔を傾けて彼女の口を貪った。アメリアも熱心に応じる。

キスは活気にあふれた刺激的な味と、女らしく甘い味がした。射撃のレッスンでの挑むように激しいものでも、クローゼットでの誘惑にあふれたものでもない。ルンデンが胸の奥に隠した秘密を突き止めようとするキスだった。アメリアの思いはまっすぐ彼の心に届いた。彼女がどうやって心を見つけたのかはわからない。アメリアの愛情はそれをずたずたに引き裂いていた。

血管の中を熱が駆けめぐり、下腹部へと向かう。ルンデンは水の中で冷えたアメリアのウエストをつかんだ。その手が彼女の肌に焼き印を押す。アメリアを求める気持ちは、経験したことがないほど狂おしかった。自分は愚か者だ。それでもやめたくない。一度だけ。ここで。今。将来の長く寂しい日々を過ごしていくために、ひとつでいいから思い出が欲しい。

きた。キスは飢えたように激しくなり、アメリアも奔放に応えた。彼女は熱をこめて舌を絡めてきた。いかにも挑戦的に、なんの遠慮もなく。

結果は考えまい。ルンデンは彼女に溺れ、理性を忘れた。アメリアは彼の肩に手を置いて、水で濡れた肌を撫でている。彼女はルンデンの髪に指を差し入れて頭をつかみ、唇と唇が離れないよう固定した。アメリアはこれを求めているのだ。そう知って、ルンデンの独占欲は満たされた。

彼は慎重に、生い茂るアシやガマが人目からさえぎってくれる湖の左側へとアメリアを導いた。ルンデンが泳ぐと、彼女は脚をばたばたさせた。その気になれば簡単に立てるはずだが、彼にぴったり寄り添っているせいで足が底に着かない。とがった胸の先端は、アメリアが身をゆだねていることを官能的に思い出させてくれる。そのあいだもキスは続き、舌が絡まるたびに快感がルンデンの体を貫いた。

唇を離して、彼女の頬から首、肩までキスを浴びせていく。歯でシュミーズの紐を引っ張ってほどき、なだらかな曲線を描く乳房に唇を近づけた。アメリアの荒い息遣いのせいで胸が大きく上下し、媚薬《びやく》のごとくルンデンの興奮をかきたてる。彼女にしがみつかれていると、非難と後悔の下の奥深くに長らく埋もれていた感情がよみがえった。そんな感情を無視して、彼はまたアメリアにキスをした。

アメリアはルンデンの口に向かってあえいだ。全身がとてつもなく敏感になっている。彼の情熱がもたらす甘美な歓びに、アメリアは溺れた。救助はいらない。何もかもが初めての経験、新たな冒険だった。血管をめぐる熱が、これは現実、楽しめばいいのだと告げている。彼女はルンデンの背中で指を広げた。たくましい体の線を探索したい、肩甲骨のとがった角を見つけたい。男性の体は謎だ。アメリアが触れると、彼はびくりとしてうめいた。その低い声は続けるよう促している。

ルンデンは唇を彼女の唇から離し、鎖骨から首の付け根の脈打つところまでたどっていった。舌を出してくぼみを舐める。その親密な愛撫にアメリアは震えた。

「寒くはないんだろう」耳元でささやかれ、ふたたび身震いする。

「ええ、ちっとも」彼の言葉は質問ではなかったが、アメリアは答えた。

ルンデンが薄いコットンだけに包まれた乳房まで唇をおろしていく。熱い息を吹きかけられ、彼女の期待が高まった。最初は優しく、徐々に激しくなっていく彼のキスは、しかしシュミーズの縁にとどまっている。ルンデンが急にためらいを見せたことを、彼女は不思議に思った。彼の髪に指を絡めて頭をおろさせ、許可を与える。ルンデンが素肌に向かって一瞬唇の端をあげ、喜びを表した。

彼はシュミーズの襟ぐりに指をかけて濡れた布をおろした。背中に手を当て、水と欲望が渦巻く中で、アメリアの体を自分の唇まで引き寄せる。快感のあまり、彼女は叫びそうになった。

ルンデンは唇で乳房をとらえ、敏感な先端を執拗に舌で愛撫した。冷たい水と熱い口のまざった感覚が、とてつもない奇跡となって極上の歓喜をもたらす。アメリアの心臓は狂ったように打った。全身がうずき、思わず小さな叫び声をあげる。これ以上、どれだけ耐えられるかはわからない。それでも心はやめないでと哀願していた。

湖に銃声が響き、ふたりの頭の中の靄《もや》を貫いた。

ルンデンがさっと顔をあげて彼女を胸に抱き寄せ、アシの茂みまで後ろ向きに泳いでいった。危険から彼女を守ろうと、きつく抱きしめる。アメリアは首をひねって上を向き、彼の表情をうかがった。ルンデンは目を伏せ、唇をきつく引き結んでいる。ついさっき感じていたであろう喜びは、影も形もなくなっていた。

「ルンデン？」

「静かに」彼は暗く険しいまなざしで見つめた。「今回はわたしに従うんだ」

「だけど――」

ルンデンは怖い顔をしてみせたが、アメリアは主導権を渡したくなかった。ルンデンの胸板を押し、シュミーズを直して、注意を引くために彼の頬に手を当てる。

「父がトラップ射撃をしているだけよ。心配いらないわ」

彼はしばらくアメリアを見つめた。相反する感情が次々と顔をよぎる。表情は徐々に変化していった。彼女を抱きしめていたときはぬくもりのある琥珀色だった目が、まったくの無防備から、明かしたくない秘密を奥深くに隠したものに変わる。

立てつづけの銃声が空気を切り裂き、その音とともに、ふたりをとらえていた魔法も消えた。

「風邪を引くぞ」ルンデンが体を離した。「家に帰れ」

「でも、レッスンがまだよ。終わっていないわ」

彼は遠くの岸のほうに顎をしゃくった。「もう終わりだ」

その声音にはわずかに不安が聞き取れた。説明を求めたいけれど、ルンデンはすでに彼女を突き放している。用心深い姿勢に不可解な表情。

さらにしばらく待ったあと、アメリアは岸まで歩きはじめた。タオルで体を拭いて服を着たときには、ルンデンは消えていた。

18

ルンデンはブーツについた泥を落としもせず、目をぎらぎらさせてボルスター・ハムの事務所に入っていった。ダグラスのタウンハウスに関してこの弁護士がさらなる情報をつかんでいないのなら、今夜、自らそこを訪ねて賃借人を問いつめ、問題の解消を図るつもりだ。ロンドンを去らねばならない。早ければ早いほどいい。解決のためなら実力行使も辞さない。

レイクビューからの帰り道は、官能的な空想と自己非難の争いだった。勝ったのは後者だ。裸に近いアメリアの姿を思い出すと血が沸きたち、熱はいつまでも冷めてくれない。彼女のため息やルンデンが口で感じた脈動は、鮮やかに記憶に残っている。彼女に触れた快感をどれだけ消し去ろうともがいても。

それでもアメリアはマシューの妹であり、兄殺しを疑われて暗い将来を運命づけられた男のせいで没落させてはならない。誘惑には二度と負けないつもりだ。

受付の前を通り過ぎ、ハムの執務室に通じる扉の真鍮製のノブをまわす。大きな足音と、あわてふためいて追ってきた秘書の制止の声がした直後にルンデンが現れたため、ハムは驚いたようだった。

「大丈夫だ、フラートン。公爵閣下にお目にかかるよ」弁護士は秘書を追い返し、机の右側にある革張りの椅子を手で示した。「こんばんは。突然のお越しについてお尋ねしたいところですが、そのお顔からすると、閣下は質問されるより質問なさりたいようですな」

ルンデンは勧められた椅子にいったん座ったものの、すぐに立ちあがり、落ち着きなく机から遠ざかった。部屋の端まで行って、くるりと振り返る。いらだちはあまりにひどく、きちんと話し合えばすべて片がつくとばかりに悠然としていることなどできない。わからないことが多すぎる。この忌まわしい街へ来た当初よりも、ルンデンの人生はさらに空虚感に満ちていた。不可解な感情によって安眠を妨害されている。未解決の法的な問題のせいだと考えるしかない。兄の遺言の意味不明な条項が、静かに生きてきたルンデンの心を乱している原因だ。ほかの可能性は考えたくない。

ルンデンのいらだった様子を見て、ハムは相手の発言を待つことなく続けた。

「お兄さまのタウンハウスに関して閣下がお受け取りになった手紙の差出人は、まだ判明しておりません。現在の賃借人は一〇年間、あの家に住んでおります。常に期日より前に家賃を支払い、一度たりとも問題を起こしたことはありません。閣下が売るおつもりだと知ったら、さぞやうろたえるでしょう。まあ、お兄さまが遺言でお決めになった条件を覆す合法的な手段が見つかれば、ということですが」咳払いして先を続ける。「わたくしが閣下に同行して、この手紙を書いた謎の人物に会いに行くこともできます。しかしながら、お兄さまの過去について徹底的な調査をしないかぎり、閣下がお求めの情報が得られるかどうかはわかりません」

「袋小路というわけか」ルンデンの口から思わず絶望的な言葉がもれた。ダグラスの遺言書の処理をするのがつらくて、問題をずっと先送りにしてきた。その身勝手な選択のせいで、余計に問題を難しくしてしまった。「よくわかった。きみがついてくる必要はない。手紙は単に、噂話に飢えた悪人のしわざにすぎないのかもしれない」いらいらと息を吐く。「遺言書の条件を回避する方法はないのか？」

「まだ見つかっておりません」ハムは革張りの椅子に背中を預けた。会話の焦点が、より扱いやすい問題に移って安堵しているようだ。「書類によれば、閣下はタウンハウスの賃借人が望むかぎりそこに住みつづけることを許さねばならない、とあります。どのような状況であれ、賃借人を無理に立ちのかせることはできません。したがって売却もできず、無人になった場合のみ所有権を移転することが可能です。賃借人のラッセル・スコッツは、契約条件の変更にはイエスと言わないでしょうな」

「その男が死なないかぎり、わたしは欲しくもない不動産の持ち主でいなければならないわけか？」本当は何年も前にこの問題に取り組むべきだったのだが、当時そんな心の余裕はなかった。問題の処理について考えただけで、あの夜の記憶がよみがえり、神経がぴりぴりした。ダグラスの屋敷を売るというのは、兄の死を決定的なものにすることだ。れんがとモルタルでできた建物があれば、ある人間の思い出を保てるというのは、ばかげた考えだった。今なら、その愚かさがわかる。「スコッツ？　聞き覚えのない名前だ。その男は議会に議席を持っているのか？」いらだちのあまり頭がぼうっとなり、知っている人間かどうかすら思い出せない。

「この一〇年間わたくしがお送りしてきた資料を、何もお読みになっておられないのですか？」ハムが立ちあがり、不機嫌なしかめっ面で窓の外に目をやる。「ラッセル・スコッツは閣下のお仲間ではございません。貴族名鑑に名前は載っていない。貴族ではないのです。何年も前にわたくしは懸念を記した手紙をお送りしましたが、閣下のご返事は、わたくしに任せる、問題はそっとしておき、現状のまま置いておけ、というものでした。その後も閣下のご利益を考えて、この取り決めの奇妙さについてご報告するたびに、閣下は放っておけとそっけない返事をくださるのみでした。そのため一〇年経った今もこの面倒な状態が続き、ここに住みつづけるというスコッツの決意はますます強固になっているのです」あいまいな対応は許さないとばかりに、弁護士はルンデンをしかと見据えた。

ルンデンも見返したが、口から出たのは聞こえるか聞こえないかというささやき声だった。

「わかった」言えるのはそれだけだ。心は年々積み重なって強くなる一方の後悔と闘っている。今となっては、自分の感情などどうでもいい。ロンドンとのつながりを完全に断ち切ってしまいたい。「放っておけるものなら放っておきたい。しかし、未解決の問題はいつまでもわたしの頭から消えてくれないだろう。それに、長らく放置していた問題の解決のため、この忌まわしい街に呼び戻される日が来るのを恐れながら生きていくことになる」

「賃借人と言葉を交わされたことはおありですか？　その男とお兄さまとの関係について、

お考えになったことは？　お兄さまが亡くなった際にこのような異例の条件が発動されるということは、その男はお兄さまとかなり親しかったに違いありません」ハムは吸い取り紙の端に肘をついて机に身を乗り出した。この問題に関して熱心に考えているかのように。

「その人物とは顔を合わせたこともない」ルンデンは立ちあがった。手のひらでシャツの袖を撫でつけ、部屋を出ようとする。「会ってみるのがいちばんのようだ」とはいえ、ただ同然で借りている家を賃借人が喜んで出ていくとは思えない。そう、スコッツが月々払う家賃が非常に低額なのも、この契約における不可解な点だ。兄はその男に借りがあったのかもしれない。金銭的な借りではなく——公爵家は非常に裕福だ——別の意味の借りが。その点は考慮に値する。ルンデンは考えをめぐらせながら扉に向かい、弁護士にうなずきかけた。

「また連絡する」

彼はまっすぐクリーブランド・ロウへ戻った。思考は乱れ、後悔、義務感、満たされない好奇心が複雑に絡み合っている。それにアメリアに会いたいという思いが心の中で沸騰し、自己主張していた。彼女が田舎にとどまっているのは幸いだ。必死で叩きつぶそうとしている感情は、いやでもよみがえってくる。アメリアが水中から現れるところは記憶に焼きついていて、思い返すたびに体が熱くうずく。困ったことに、頭はまともに働いてくれそうにない。

マシューと話をしようと玄関前の階段をのぼり、突然のルンデンの登場に仰天するスペンサーの横をすり抜けて、三階にある書斎へと向かう。

なんとかしなくてはならない問題がひとつ。

アメリアのことだ。

いつものように、マシューはやりかけのパズルの上にかがみ込んでいた。ルンデンの足音に振り返ってにやりとすると、またテーブル上のパズルに目を戻す。

「来たな。もうレイクビューから戻ったのか？　両親は元気だったか？　きみに会えて喜んでいただろう」

「では、わたしの伝言は受け取ったんだな。よかった」ルンデンは歩みをゆるめ、窓の近くまで行ってマシューと並んだ。「相変わらず、ご両親は感じのいい方たちだった。だが、きみの妹は別だ」その発言に感情はこめまいとしたが、良心の呵責で胸が痛んだ。

「ほう、アメリアにずいぶんてこずらされたと見える」マシューは咳で笑いを隠した。「心配するな。ぼくがちゃんと事態を掌握しているよ。あのおてんば娘にふさわしい夫を探すことは忘れてくれていい。コリンズとの結婚契約書が完成したんだ」得意げな笑みを見せる。

「しかも、あの男は母のつくったリストのすべての項目を満たしている」

「コリンズだって？　冗談だろう？」いったん脈拍が止まったあと、猛烈な所有欲に駆られて、ルンデンの血が激流と化した。「あの男はなんの面白みもない人間だし、父親と言っていいくらいの年齢だぞ。彼女の自由奔放な精神が、あいつの手に負えるわけはない」彼女の辛辣な物言いも、いたずら好きな性質も、野性的な情熱も。

「おいおい。コリンズが穏やかそうだからといって、だまされるなよ。彼は間違いなくアメリアに言うことを聞かせるさ」今回、マシューは笑いを隠そうともしなかった。「コリンズは兄の遺児たちを引き取ることになっている。アメリアは六人の子どもの世話で手いっぱいで、いたずらや騒ぎを起こす暇もないよ」ルンデンから殺意のこもった目で凝視されているのに気づきもせず、マシューはパズルに数個のピースをはめた。

「きみがそんなに残酷な人間だとは思わなかった。何を思って、あんな男との結婚を決めたんだ?」ルンデンは懸命に平静な口調を保とうとしたが、胸は奇妙なほどきつく締めつけられていた。

マシューが顔をあげた。表情は重々しい。「残酷なものか。この取り決めは妹のためになるものだ。アメリアは責任を引き受けなくてはならない。あいつはいつも問題を起こしてばかりいた。このままだといずれ世間の除け者となって、誰からも相手にされなくなってしまう。そのときになって打ちひしがれ、何シーズンも無為に過ごして機会をつぶしてきたことを悔やんでも手遅れなんだ。この縁談で、ぼくはアメリアを守っているんだよ。誤解しないでくれ」

マシューの率直な言葉に、ルンデンは顔をしかめた。「説得力のある持論だな」窓に背を向け、クローゼットの扉に目をやる。血が沸きたち、視線をそらした。くそっ。アメリアの姿を脳裏から追い出そうとするたびに、朝日を浴びて輝く豊かな美しい巻き毛の記憶がよみがえり、努力は水の泡になる。彼女にキスしたり、触れたり、愛を交わすところを想像したりする権利はない。永遠の絆など結びたくない。それなのに、アメリアはなぜか彼の心の大部分をつかんでしまっている。

「いずれにせよ、もうきみは気にしなくていい。そもそも、妹に夫を見つけてくれなどと突拍子もないことを頼むべきじゃなかった。きみはぼくの頼みを真剣に受け止めてくれた。だが、もう心配いらない。義務からは解放されたと考えてくれ。アメリアのことなど忘れて、きみ自身の人生を生きてほしい」

重苦しい沈黙が室内を覆う。ルンデンは暖炉まで歩いていき、炎を見つめた。右ポケットに入れていたリストをゆっくりと取り出して火の中に放り込む。アメリアに対する義務は果たした。ルンデンが三つのことを教えたらアメリアは結婚を考えるという約束だったが、今のマシューの発言によって、彼女の側の条件を実行する必要はなくなった。同意するように炎がパチパチとはぜる。ダグラスの問題を片づけて、さっさとロンドンを離れるべきだ。それなのに、何かがまだあきらめるなとルンデンを駆りたてている。彼は後ろに目をやった。

「アメリアの幸せは大事じゃないのか？」

「どうしてきみがそんなに気にするのかわからないな」マシューは戸惑った表情になり、何気なく脚をさすったあと足を引きずって、机の角に立てかけた杖を取りに行った。「妹は悪魔と取引して、きみの忠誠心を手に入れたのか？　そうだとしたら、きみを巻き込んだのは無駄な努力だったな。この件に関して、ぼくは絶対に折れない。アメリアはコリンズと結婚し、それで一件落着だ」

ルンデンは無言の非難をこめて唇を引き結び、反論をのみ込んだ。怒りを抑えて適切な言葉を選ぶのは難しい。だからこそ世間から遠ざかり、田舎でひとり引きこもって暮らしているのだ。複雑な感情を抱くことなく、誰からも頼み事をされたり助言を求められたりせずに。感情のもつれた糸は放っておくほうがいい。ようやく口を開いたとき、ルンデンの言葉には険があった。「よく考えて決めろ。妹さんは決してきみを許さないぞ」

「アメリアはぼくに反抗するのを楽しんでいる。それが得意なんだ」この会話の重苦しさを追い払おうとするように、マシューは無理に笑ってみせた。

マシューは真実に直面したくなくて、アメリアの抵抗を無視し、彼女が結婚をためらっているのを単なるわがままだと誤解しているのだろうか？　ルンデンの目には、そんな単純なものではないことが明らかだというのに。アメリアの考え方は結婚に対するもっと深い不安を物語っており、言葉はその表面をなぞっているにすぎない。ルンデンがこの問題にかかわったのはごく最近だが、あの緑色の目をのぞき込めば、知性、ユーモア、大いなる勇気を見ることができる。そして、それらの性質は別のものを隠しているのだ。恐怖を。そして無力感を。

「妹にも、いずれぼくの決断が正しいとわかるさ」マシューが視線をそらしたとき、ルンデンは友人の自信ありげな表情にかすかな陰りを見て取った。

「きみは間違っている」

ふたりが次に口をきくまでに、振り子時計は数分の時を刻んだ。

「そういうことなのか？　ぼくをさらなる過ちから守りたいのか？」マシューは右脚をかば

いながら数歩進んでルンデンとの距離を詰め、声を落とした。「あの夜のぼくたちの行動は浅はかだった。ふたりとも、若くて愚かだったんだ。あのときに生じた苦痛を消すことは不可能だ。だが、判断の誤りを恐れて生きていくことはできない。人はそのとき目の前にある事実に基づいて、最善と思われる決断を下す」自分の脚に目をやる。そこにある傷は、あの夜の出来事にかかわったために払った大きな犠牲のしるしだ。「ぼくが後悔していないとは思わないでくれ。でも過去のことをぐずぐず考えたところで、幸せな将来が保証されるわけじゃない。少なくともぼくは今、きみが過去にこだわっているのを理解している。だから不機嫌なんだろう」マシューは真剣な表情になり、杖で自分の靴を叩いた。「帰ってくればいいじゃないか。ここロンドンで、もう一度やり直せ。生活を立て直すんだ」

「なんのために？」感情にまつわる話はしたくない。これまで必死に避けてきた話題だ。

「人間の中で暮らすためにだ。田舎に隠れるのは臆病だし、噂が正しいと認めることになる。もう一度、社会の一員になれ。ぼくがそばにいてやるから」

「わたしが兄を殺したと非難して、すぐさま噂を広めたような偏見に満ちた俗物どもと交流するのか？　それはごめんだね」自分は隠れているのではない。そう言おうかとも思ったが、会話を長引かせたくなかった。

「自分自身を許すんだ、ルンデン。もう一度、人生を始めろ。今夜は楽しめ。劇場でも売春宿でも、好きなところへ行くといい。過去の苦痛を消し去るために、新たな思い出をつくるんだ」

「そんな単純な話では……」ルンデンは黙り込んだ。怒りは消えている。彼の興味を引くただひとりの女性は、決して手を出してはいけない相手だ。暗黒街よりもたちが悪い。何しろ親友の妹なのだから。その事実が彼の運命を決している。マシューの名誉を穢し、互いへの信頼を壊すことは絶対にできない。どれだけ不都合な欲望を抱いているとしても。「アメリアの将来については慎重に考えてほしい。わたしの望みはそれだけだ」

「その件に関して、ぼくは間違っていない。この結婚はみんなのためになるんだ」

「そうかな」ルンデンは左の胸ポケットに目をやった。自分はリストにある夫の資格のひとつにしか当てはまらない。そんな事実について考えること自体、とんでもなく愚かだ。マシューの助言はもう充分に聞いた。緑色の瞳に惑わされないよう、アメリアから離れておくべきだ。

気分が滅入りながらも、ルンデンはその結論に達した。孤独なら、よく知っている。あと数十年、孤独を友として生きていくのは難しくないだろう。「きみが正しいのかもしれない。間違った決断によって支払う代償の大きさはよく知っているが、きみの家族に対する決断にわたしが口をはさむ権利はない。きみの提案についてよく考え、法的な問題を解決して、人生を先に進めるべきだな」

マシューの表情がやわらいだ。「ぼくはすでに紳士クラブで、敬意のかけらもない疑問がささやかれているのを耳にした。この街では、噂は稲妻よりも速く走る。きみはさっさと用をすませたほうがいい、それがきみの目的なら」

会話はそこで終わり、ルンデンは書斎を出て階段をおりた。玄関ホールではスペンサーが待っていた。

「今朝お手紙が届きました。寝室にお持ちしましょうか？」たたんだ紙を差し出す。

走り書きされた宛名の字には見覚えがあり、ルンデンの怒りにふたたび火がついた。

「ここで読むよ、ありがとう」彼は執事の姿が見えなくなるまで待って封を破り、三行だけの文面に目を走らせた。

19

「一緒にレイクビューへ行けたらよかったのに。訪問は楽しかったけれど、あなたがいたらもっと楽しかったでしょうね」昨夜戻ったアメリアはさっそくシャーロットに伝言を送って、早朝の散歩の約束を取りつけた。言いたいことがありすぎて、頭からあふれそうだ。ふたりで歩きだすなり、アメリアは週末の出来事を詳しく話して聞かせた。

「困ったことよね、お父さまがなんとしてもあなたを結婚させようと決意なさって、マシューにそれを託したのは。だけど少なくとも、あなたは不愉快な思いを伝えられたわけね。ほかに何があったの？　そんなにうれしそうにしているということは、何かあったはずよ。秘密を隠そうとしているみたいだけど」シャーロットはベンチに座り、首をかしげて問いかけた。

アメリアは懸命に笑みをこらえた。泳ぎのレッスンでの細かな事情は説明から省いていた。ルンデンとの最高にすてきなキスのことも。彼女は話を大幅に編集して、どうでもいいことのように語ったが、シャーロットは眉をあげ、疑わしげに唇をとがらせている。アメリアは必死で真顔を保った。シャーロットはアメリアのことを知りすぎているのだ。

「スカーズデイルがキスしたんじゃない？　あなたの目のきらめきを見ればわかるわ」もっと詳しく話してと懇願するように、シャーロットがアメリアの手を強く握った。「たった二日間でそんなにいろんなことが起こったなんて信じられない。それに比べたら、わたしの生活はどうしようもなく退屈だわ」

「ばかなことを言わないで。この二日間はいつもと違っていた、それだけよ」

「まあね。だけどあなたが留守のあいだ、わたしはとても寂しかったわ。主人はすべての招待を断り、片頭痛を訴えて書斎にこもっていたの。わたしには静かにするよう命じて。わたしはほとんど一日じゅう読書をして過ごしたわ。日曜日には母と妹がお茶の時間に来てくれたけれど、やっぱりあなたと過ごす時間が恋しかった」憂鬱そうに言い終えたあと、シャーロットは少し明るい口調になった。「さあ、キスのことを話してちょうだい。魔法みたいにすてきだった？」

「わたしなら、そういう表現は使わないわね」魔法なんて言葉では遠く及ばないほど素晴らしかったから。「あなたは既婚者だから、キスの話くらいではときめかないでしょう。それがどんなに、息ができなくなるほど、胸を焦がすほど、すてきなキスだとしても」

そこでふたりは笑い声をあげた。ようやく笑いがおさまると、シャーロットはアメリアに質問を浴びせた。

「そのキスは何を意味するの？　リストの項目は全部やり遂げたの？　スカーズデイルはロンドンを出ていくことになるの？」

「お願い、ちょっと待って」レイクビューからの帰り道、アメリアも馬車の中で同じ疑問について考えていた。ふたりが親密に触れ合ったことを、どう解釈すればいいのだろう？　彼女はルンデンにとって都合のいい気晴らしにすぎなかったのか、それとも彼はアメリアに心から好意を抱いているのか？　あの人はどんなときも、何を考えているかわからない。ルンデンはその日のうちにさよならも言わずに帰っていき、アメリアはふたりのあいだに何が起こったのかまったく理解できずにいた。彼の行動も、もちろん感情も、常に秘密のベールに覆われている。

クローゼットでのキスのあとアメリアの胸の中には、ルンデンは彼女を単なる親友の妹ではなく女性として大切に思っている、というささやかな希望の火が灯った。けれども彼がレイクビューから急いで帰ってしまったせいで、最悪のことを想像するようになった。悲惨な結論を出さないよう自分に言い聞かせるときには、吐き気すら覚える。「わからないわ。一緒に過ごした時間は最高に素晴らしかったけれど、どうして彼がキスしたのか全然わからないの。彼の行動には戸惑ってしまう。ある日には愛想がよくて親切だと思ったら、次の日には不機嫌で気難しい。彼も自分の考えがわかっていないみたい」

「あるいは自分の心が」

シャーロットのささやきを聞いてアメリアの胸は締めつけられたが、ルンデンの冷たい態度についてじっくり考える時間はなかった。石畳の道を歩く足音が近づいてきたからだ。

「おはよう、ご婦人方」

　ベンチに冷たい影が落ち、アメリアは身震いをこらえた。偉ぶったニルワースに上から見おろされるのがいやで、彼の挨拶を聞くなり立ちあがり、シャーロットも引っ張って立たせた。

「ニルワース卿。驚いたわ」アメリアの表情から明るさが消えた。彼女が友人と毎日セントジェームズ・スクエアまで散歩することを、ニルワースはどこかから聞き出したに違いない。偶然の出会いではありえない。

「この美しき女性はどなたかな？　紹介してくれないか？」ニルワースは慎重に礼儀正しい表情を保ち、シャーロットのほうに首を傾けた。

　アメリアは言われたとおりにしたが、胸の奥に宿った不安はニルワースと離れたほうがいいと忠告していた。

「一緒に散歩させてもらおう。朝の空気を吸うのは健康にいいからね。かまわないだろう」

　アメリアは小道の先で待っているニルワースの馬車に目をやった。彼がこの出会いを演出したことに疑いはない。でも、なんのために？　まさか本気でアメリアに求婚するつもりではないだろう。深く息を吸うと、シャーロットが絶望的な表情を向けてきた。もっともらしい口実もなしにニルワースの誘いを断るのは礼儀に反する。ニルワースが近づいてきたときに彼女たちは笑っていたから、今気分が悪いと訴えるのは難しい。

「そうね」アメリアは数メートル離れたところにいるそれぞれの侍女に合図し、三人は広場から大通りへ向かう石畳の小道を歩きはじめた。侍女たちは少し距離を置いて後ろからついてくる。

「またきみと会えるなんて実に幸運だよ」

「本当に奇妙な偶然だこと」左側からシャーロットに肘でつつかれても、アメリアは不愉快さを隠そうとしなかった。「こんな幸運には感謝のしようもないわ」

「しかも美しき女性ふたりをエスコートできるとは」ニルワースはシャーロットにちらりと目を向けたあと、ふたたび射抜くようにアメリアを見据えた。「これ以上、幸運な男がいるだろうか？」

アメリアは足を速めた。少しでも早くシャーロットを家に帰し、クリーブランド・ロウの自宅へ向かいたい。ニルワースには何か魂胆がある。彼が何を求めているのかはわからないけれど、あまり長いあいだ話をはぐらかすことはできないだろう。

「レイクビューでご両親と楽しく過ごせたかな？　きみの馬車が使えなくなったとき、助けてあげられてよかった。充分お役に立ったようだね」

ニルワースはその恩へのお返しを求めるつもりなの？　目的はいったいなんなのだろう？

「おかげさまで両親は元気よ。今度田舎へ行くときは、たぶんレディ・ディアリングもついてきてくれるんじゃないかしら」不安のせいで、ぶっきらぼうな口調になる。

ニルワースがにやりとした。「ディアリング卿は許さないだろうね」

思いやりのかけらもない発言に、ふたりは啞然とした。ちらりと見ると、シャーロットはニルワースの言葉に戸惑っているようだ。三人は半ブロックのあいだ黙って歩きつづけ、朝の空気を乱すのは、その足音とニルワースのステッキが歩道を叩く音だけだった。ロットン・ロウと交わる角で曲がると道路はにぎやかになり、彼らはそれにつられるようにまた話しはじめた。

「きみのところの客は、もうすっかり腰を落ち着けたのかね？　スカーズデイルの帰郷は街じゅうの噂になっている。正直に言えば、わたしも好奇心に駆られているよ。彼がロンドンを去ったいきさつを考えると、戻ってきたのにはよほどの事情があるのだろう。きみは否定するかもしれないが」

アメリアは唇を噛んだ。ニルワースは自分の無礼な発言に対する辛辣な返事を待っているようだ。でも、彼を喜ばせるつもりはない。いくら噂が再燃しているとはいえ、ニルワースはよくもルンデンのロンドン訪問について憶測をめぐらせてくれたものだ。「何も問題はないわ。わたしがなかなか結婚しないことで兄がやきもきしているのを除けば、わが家の生活は平凡そのものよ。他人のプライバシーを尊重するのはホイッティンガム家の規範なの」またシャーロットが肘でつついてきたので、アメリアは横を向いた。

三人はディアリング邸の前まで来ていた。シャーロットを無事に家へ送り届けたあと、アメリアはニルワースと並んで早足で歩いた。シャーロットはアメリアを彼とふたりきりにしたくなくてなかなか家に入ろうとしなかったし、その気遣いには感謝している。けれどもアメリアは、ニルワースが不愉快な質問を続ける前にさっさと家に帰り着くつもりだった。

「昔の噂が掘り返されて舞踏室での話の種にされるなんてぞっとする。スカーズデイルはロンドンに来たのを隠しておきたかったはずだ。でないと、また過去をほじくり返されて非難を浴びてしまうからな。真の友人なら、急いで街を出るよう助言するだろう」ニルワースは秘密を打ち明けるかのように声を落とした。「もちろん、あの夜に起こったことを正確に知っているのはスカーズデイルときみの兄上、それに亡くなった公爵だけだ」

　アメリアは足を止め、横を向いて隣の男性と目を合わせた。皮肉をこめて言い返してやりたい。だがニルワースはきつい言葉を予期したかのように彼女から離れ、短く会釈して、人込みの中に消えていった。アメリアはずんずんと玄関前の階段をのぼり、安全な自宅に入った。

　いつもと同じく玄関ホールを抜けて階段をのぼる。マシューと話をして、ルンデンの複雑な過去を知りたい。そうしたらニルワースがルンデンに興味を持っている理由がわかり、ルンデンの心を理解できるだろう。今度こそ、兄がアメリアの感情を無視して、彼女の質問を噂好きな愚か者の好奇心としてしりぞけるのは許さない。ニルワースはアメリアの朝の散歩の邪魔をして、謎めいたメッセージを届けようとした。彼の行動に知らん顔はできない。マシューにはもうこれ以上、彼女の質問を無視させたくない。

　けれども事態は期待したようには進まなかった。ノックもせずに書斎へ入っていくと、兄はタイル製のパズルの上にかがみ込んでいなかった。ブランデーのデカンターをそばに置いて立ち、グラスを持ちあげてコリンズと乾杯をしていた。アメリアは兄の机に目をやった。白い紙の上に羽根ペンが置かれ、そばにはインク壺《つぼ》がある。兄とコリンズがたった今結婚契約書に署名したことを悟って、彼女の息が詰まった。ニルワースに引き止められなかったら、彼らの契約を妨害して婚約を阻止できたのに。

突然の狼狽で目の前が真っ暗になり、アメリアは真鍮製のノブにしがみついた。めまいがして全身がふらつく。彼女の自由を奪い、不適切な相手との結婚生活に閉じ込め、脱走計画を実行するよう駆りたてることは誰にも許さない。アメリアは膝からくずおれそうになったが、気を強く持ち、動悸を静めようとした。自分は内気な臆病者ではない。気絶などしないし、負けもしない。

「アメリア。珍しく、ちょうどいいときに現れたな」

マシューの言葉に促されるように、コリンズが懐中時計を取り出した。ちらりと見て、またポケットにしまう。そのあと初めてアメリアのほうに目をあげた。顔には満足げな表情が浮かんでいる。

彼女は慎重に言葉を選んだ。今の唯一の目的は、この部屋から出て自室に入り、計画を練り直すことだ。「お兄さま、コリンズ卿。お話し合いの邪魔をするつもりはなかったんです」

「入ってきて扉を閉めてくれ。いい知らせがある」

男性ふたりはアメリアをじっと見つめた。笑みはマシューのほうがコリンズよりも大きいけれど、いずれにせよどちらもうれしそうだ。

アメリアの視線は自分の将来がインクと乾燥用の砂でかためられている机に向かったあと、お祝いのブランデーを楽しんでいる自己満足に満ちた男たちのほうに戻った。「残念ですけれど、ここにはいられません。気分が悪くて。だからシャーロットとの散歩から早めに戻ったんです。失礼しますわ」彼女はあとずさりしながら部屋を出て、両開きの扉を閉めた。そして激しい鼓動よりも速いリズムで足を動かし、その場を離れた。

20

ルンデンは覚悟を決めてハデスを駆けさせ、兄の秘密の家を目指してラム・ストリートを進んでいった。あの運命の夜、未熟で遊び好きの少年だったルンデンが義務と責務を負う大人になった夜まで、存在も知らなかったタウンハウスだ。ダグラスのあとをつけて隠された真実を突き止めろというマシューの浅はかな挑発に乗らなければよかった。真実というのは危険なものだ。ときには嘘よりも。真実が、自分たちの将来を台なしにする一連の出来事を引き起こしてしまった。

若き日の愚かな行動を取り消して事態のなりゆきを変えられるなら、命を差し出してもかまわない。だが、恥知らずな行動をなかったことにするのは不可能だ、と罪悪感が不気味な声でささやいている。

ルンデンは馬の歩みをゆるめさせ、並んだ建物をざっと眺めた。それぞれの家の中で、人は生活を送り、人生の物語を紡いでいる。時刻はもう遅く、道路には貸馬車も点灯夫の姿もない。静かな地区は無人の教会のようにひっそりしていて、夜の闇の中にいるのは彼だけだ。ルンデンは社交訪問の時間帯が終わるまで待っていた。そのほうがラッセル・スコッツが在宅している可能性が高いからだ。

ハデスを立ち木につなぎ、歩道に立って家を見あげる。月光に照らされた家は濃い霧に包まれ、わびしく不吉に見えた。ここがダグラスの秘密の家だったのだ。彼の選んだ生き方を理解するのはいまだに難しいとはいえ、兄を愛する気持ちに変わりはない。

肩の高さの柱から投げかけられるランタンの光のせいで、玄関前の短い階段にルンデンの長い影が落ち、矢印のように進むべき方向を指し示していた。彼は足を動かしてのぼっていった。

身震いをこらえて階段をのぼりきり、ノッカーで扉を叩く。もう一度叩いてしばらく待つと、家の中でろうそくが灯されたらしく、玄関ホールにかかった薄い象牙色のカーテン越しに弱い光が見えた。扉がわずかに開く。

「ミスター・スコッツと話したい。非常に重要な用件だ」ルンデンは隙間から名刺を差し入れ、執事の表情をうかがった。細めた目で名刺を見たとき、執事の顔から冷たい高慢さは消えた。しかし彼は何も言わず、ルンデンは相手の態度に困惑していらだちを募らせた。「すぐにミスター・スコッツを呼んでもらおう。追い返そうとしても、そうはいかないぞ」

すると扉が大きく開かれたので、ルンデンは足を踏み入れた。上着を脱いで執事に渡し、赤色と石のような灰色に塗られた客間に案内された。奥の壁際に置かれた大型の書き物机から、窓にかかったベルベットのカーテンに至るまで、部屋じゅうに男らしさがあふれている。かつて兄がここに住んでいたのだと思うと冷静さを失い、ルンデンは気つけのための酒がないかと部屋を見まわした。近くのサイドボードにクリスタルのデカンターがいくつか並んでいる。執事がぐずぐずしているのを、ルンデンはまたもやいぶかしく思った。

「ミスター・スコッツに、すぐに話をしたいと伝えてくれ。わたしは勝手にブランデーをいただく」こぶしを握ってサイドボードに向かいかけたが、二歩進んだとき、執事の発言に足が止まった。

「わたくしがスコッツです。どんなご用件ですか？」

ルンデンは言葉を失ったまま歩みを進め、グラスになみなみと酒を注いだ。ぐいと飲んだあとに振り向く。「執事だと？　兄はこの豪華な屋敷を使用人に遺したのか？　ただ同然で、おまえが死ぬまでという条件で？」わけがわからない。スコッツのばつが悪そうな態度は、この話にはもっと裏があると告げている。単に優秀な働きに対する報酬であるなら、遺言書の条件を秘密にしておく必要はない。ダグラスは多くの財産を遺した。なぜスコッツに屋敷を貸すのではなく譲ってしまわなかったのだ？　そうしていたら、今ルンデンの人生を複雑にしている問題は起こらずにすんだのに。

「そういうことではございません、公爵閣下」

ルンデンが現れてから初めて、スコッツは相手の地位に見合った敬意を示し、部屋の張りつめた空気がわずかにゆるんだ。

「だったら説明しろ。もう我慢も限界に近づいている」ルンデンはブランデーを飲み干してグラスを置いた。「わたしは兄が死んだ夜、ここで兄を見た。状況は理解している。それを聞けば、おまえも少しは話しやすくなるだろう」

「お兄さまは秘密を守るためにわたくしをお雇いになりました。わたくしが占有者に相談する場合は――」

「占有者？　誰のことだ？　おまえの説明はまったく理解できない」

スコッツが見るからに気乗りしない様子で大きくため息をついた。先ほどまでの厳格そうな表情は見る影もない。彼はサイドボードまで歩いていってブランデーを注いだ。それをひと息で飲み干すとグラスを置き、ルンデンを見つめる。「お兄さまはこの場所の真の目的が公にならないよう責任を負うという条件のもとで、この屋敷をわたくしにお遺しになりました。一〇年間、ここには誰も住んでおらず、手紙類が届くこともめったにありません。それでわたくしが、主《あるじ》のいない家の管理をするために住み込んでいます。亡き公爵閣下には恩義がありますので、義務をおろそかにはいたしません」

「なるほど。知っていることをすべて話してくれたら、わたしはおまえをかかわらせることなく問題を処理する。おまえを路頭に迷わせはしないから心配するな」ルンデンは強い口調で言った。彼は思いとどまるつもりがないことを、この執事もしっかりわかったはずだ。

「残念ながら、それは不可能です。わたくしは閣下のお兄さまに忠誠を誓いました。主の名前を明かしたら、お兄さまとの契約を破ることになります。亡き公爵閣下との約束を守れなかったら、わたくしは自分が許せません」

嫉妬に似たものでルンデンの血が沸きたった。兄は血のつながっていない使用人に秘密を明かしていながら、弟を信用していなかったのだ。そう思うと心の古傷が痛み、埋もれていた感情が再燃する。当時まだ年若く軽率だったルンデンは兄の信頼に値しなかったのだ、と彼の中の良心が指摘した。だがルンデンはその論理的な説明に耳を傾けず、代わりに苦痛を受け入れた。

「通りの向かいに従僕をひとり立たせて、おまえの主が現れるまで待たせておかねばならないのか？　わたしは我慢強くない。おまえがいくら見当違いの忠誠心を抱いていようと、わたしは早急に法的な問題を解決し、真の賃借人と話をしなければならない」ルンデンがいらだちで声を荒らげても、スコッツは平然としている。

「名刺を置いていってくだされば、できるだけ早く主に取り次ぎますが」

ルンデンが早足で詰め寄ると、ようやく相手は反応を見せた。「わたしは謎が嫌いだ、だからよく聞け。明日また来る。そのときには真の賃借人と話すか、少なくとも名前を聞き出せることを期待している」声を落として恐ろしげな口調になる。「わかったか？」

「はい、公爵閣下」

ルンデンはそれ以上ぐずぐずせずに玄関ホールへ戻り、フックにかけていた上着を取って闇夜の中に出ていった。

アメリアがマシューーと対決する勇気をかき集めたのは、その夜遅くだった。兄とコリンズとの取り決めのことが頭から離れず、不安におびえた末、難局に正面から立ち向かおうと決意したのだ。先ほど書斎から逃げ出したのは、アメリアらしくないふるまいだった。どうしてこんなに臆病になったのかと考え、遅かれ早かれ自分も臆病者になりさがるのだという思いは押しのけた。

わずかなためらいを覚え、書斎の前で立ち止まったあとにノックをした。応答がないのでしばらく待つ。やがて、誰にも邪魔はさせないと決意をかため、扉を開けて部屋に入ると錠をおろした。

一瞥したところ無人に見えたが、そのあと視線がひとりでに動いてルンデンで止まった。暖炉の前にたたずむ彼の姿は、金色の光を浴びて暗いシルエットになっている。

「ごめんなさい。お邪魔するつもりじゃなかったの」振り返ってアメリアを見たルンデンのまなざしは暗く、暖炉の明かりに照らされた顔は険しい。彼女は近づいていった。頭から良識が消え失せる。好奇心と愛情が交錯し、彼の悲しみをやわらげてあげたいと思った。

「元気かい？」ルンデンの声はしわがれていた。長いあいだ声を出していなかったかのように、あるいは感情が乱れて話すのがつらいかのように。

アメリアは小さくうなずいて答えた。「わたしも同じことをききたいわ」ルンデンの体に目を走らせる。一日分のひげが伸びて黒っぽく見える顎、まくった袖、ほどかれたクラヴァット。すべて、彼が苦悩しているところにアメリアが入ってきたことを示していた。「お邪魔してはいけないわね」心にもない言葉だった。本当は彼を抱きしめて慰めたくてたまらないのだから。

「出ていかなくていい。きみがいてくれるのは歓迎だ」ルンデンが笑みらしきものを浮かべようとして失敗した。ふたりは向き合ったまま静かに立っていた。やがて炎がはぜ、うなりをあげた。重苦しく黙り込むのはやめろと主張するかのように。

アメリアは落ち着きなく後ろにさがった。そうしないとルンデンの腕の中に飛び込んでしまう。気まずい沈黙を破るのにふさわしい話題がないかと、彼女は頭をめぐらせた。湖での親密なキスを思い出すと顔がほてる。兄によってもたらされた無力感に対抗するため、アメリアは勇気が逃げていく前に必死で当面の話題にすがりついた。

自分の今までの行動にはなんの意味もなかったのだろうか？　胸の中で心臓が激しく打つ。これほど強い感情を覚えたことはない。レノックス卿をテムズ川に突き落として溺れかけさせたときでさえ。ルンデンとのキスを思い出すと、燃えるように熱くなる。彼は自分たちの泳ぎのレッスンは無意味なものだったというふりをしているけれど、アメリアはだまされなかった。

顔をあげてルンデンの目をとらえる。彼はぼうっとしていた。髪はぼさぼさに乱れ、目つきはうつろで、睡眠不足のようだ。

「あなた、体を休めなくてはいけないわ」どれだけ悲惨な様子でも、ルンデンはたぐいまれな美男子だ。

「きみは何が望みなんだ？」しわがれた声がアメリアの心に突き刺さった。

琥珀色の瞳で見つめられて動揺し、ちゃんと頭が働いて舌が動くことを願う。彼は病気なの？　お酒を飲んでいたのかしら？　あるいは、それ以外の何かをして帰ってきた？　ほかの女性と親しくしてきたとか？

不愉快な可能性を思ってアメリアの心は乱れた。きっとそうだと思ったり、それを否定したりして、気持ちは落ち着かない。「泳ぎのレッスンについて、あなたと話したかったの」

欲望のようなものがルンデンの目できらめいたが、彼はすぐに険しい表情になって眉をあげた。「きみの要求は満たした」いったん言葉を切ってアメリアをじっと見つめる。「そして、われわれの取り決めにないことまでしてしまった」

「だけどわたしは、まだ自分の条件を満たしていないわ」彼女は大胆にも顔を近づけた。ルンデンのたくましさ、広い胸板の熱さ、コロンのさわやかな香りを意識せずにはいられない。彼が応えなかったので、アメリアはさりげなく話題を変えた。「今朝シャーロットと散歩をしていたら、ニルワース卿が割り込んできたの」廊下を歩いて扉をノックしたときに考えていたのとはまったく異なる言葉が、突然ひとりでに口から飛び出していた。良識を押しのけて。

ルンデンの顎がぴくりと動いたが、言葉は出てこない。彼女に話を続けさせるつもりらしい。

「彼はあなたがロンドンに戻ったことについて――」

「あの男の言うことに興味はない。気をつけろ、アメリア。あいつと親しくすると、お兄さんは喜ばないぞ」その言葉には警告がこめられていた。

「親しくなどしていないわ。彼はシャーロットとの散歩を邪魔してきたのよ。わたしには、不愉快な質問を適当な返事でかわすことしかできなかった」するとルンデンの体から緊張が解けた。ニルワースと同じようなやり方で、彼女もルンデンを苦しめると思っていたのだろうか？　軽薄な好奇心に駆られて質問をするとでも？　「そんなことを言いたかったわけじゃないの。わたしの泳ぎのレッスン……あれは終わっていないわ」

「もう終わった」ルンデンが咳払いをして姿勢を変える。「泳ぎを覚えたからといって、不幸な結婚から逃げられはしない。事実に向き合うんだ。お兄さんはすでにコリンズとの婚約を取りまとめたということを受け入れろ。あの男に理を説いても無駄だよ。どれだけ泳ぎに熟練しても、きみが望むように脱走はできない」

その淡々とした発言に、アメリアの胸は痛んだ。失望が容赦なく心の中を駆けめぐる。理性を排した感情的な部分では、ルンデンは彼女を大切に思っている、助けてくれる……心を開いてくれると信じていた。でも、違っていた。彼は他人と打ち解けない秘密主義の人間なのだ。今、ルンデンが告げたことは無情で計算ずくだった。それをアメリアに伝えることで、自分の義務は果たしたと思っているらしい。

けれど、それは間違っている。ルンデンが約束を守って乗馬と射撃と泳ぎをちゃんと教えてくれたなら、アメリアは不幸な結婚から逃げる自由を手に入れ、彼女の心をとらえる男性を見つけられるはずだ。愛だけが幸せな未来を約束してくれる。その感情が、夜明けの星のごとくつかみどころがないのは本当に残念だ。

「わたしたち、取引をしたわよね」こみあげた思いが喉に詰まり、消えてくれない。

「きみのお兄さんの行動を考えると、それはもう無効だ。わたしはきみにふさわしい候補者を見つけられなかった。自分自身が問題を抱えているわたしに、きみの問題を解決するのは無理だったんだ」ルンデンは唇をきつく引き結び、じっとアメリアを見つめた。表情は言葉と同じくらい重々しい。やがてまなざしが少し変化した。

「わたしだって、暗い未来を運命づけられているわ」涙がこぼれそうになり、彼女は声の震えを抑えて冷静さを保とうと努めた。

「泳ぎのレッスンが中途半端に終わったからか？　それで違いが生じたとも思えないが、償いはするつもりだ。ちょっと考えていることがある。きみの反抗的なリストにも匹敵することだ。約束するよ。明日の夜、それを果たす。いいかな？」ルンデンはしぶしぶといった様子で口角をあげ、かすかに微笑んだ。

甘い考えは捨てると誓ったのに、期待の震えがアメリアの背筋を走り、不安を追い払った。ルンデンは今でも彼女を喜ばせたいと思ってくれているのだ。「ええ、もちろんよ」

「きみは結婚の何におびえているんだ？」

彼の口調はやわらいでいた。その質問はアメリアの心に響き、最も奥深くにある不安を白状するように促した。

「夫を選ぶのは軽く考えていいことではないわ。商取引や借金の交渉とは違うのよ。でも妻は夫の持ち物にすぎず、夫に従ってどんな気まぐれにも応じることを期待される。夫のほうは、好きなように妻の心や体をもてあそぶことができる。いつでもどこでも自分の権利を主張して体の関係を求められるし、逆に関係を持たなくてもいい。さらに悪いことには、妻以外の女性に愛情を向けても、なんの非難も受けずにすむ。腹が立ったときは妻を殴り、虐待し、お金を渡すのを拒んでもいい。理由は、ただの気まぐれでも、自分が不機嫌だからでも、晴れてほしいときに太陽が輝かなかったからでもかまわない。妻と同じ倫理を夫が守る必要はない。なのに妻からは最高級の忠誠心と貞節が得られることを期待する。そうしなかったら、妻は夫のみならず世間全体から嫌われ、非難される。もっと続けましょうか？」

彼女は息をつき、ルンデンの表情をうかがった。ところが彼は、アメリアの言葉は聞こえていながらその内容にはなんら心を動かされなかったかのように、さっきと同じく無表情で唇を結んでいる。黙ったままの彼に、アメリアはさらに言葉を浴びせた。「だけど、わたしの両親を始めとする上流社会において恋愛結婚をした夫婦のように、妻を理解し、敬い、大切にする夫を慎重に選んだなら、そういう結婚生活は地上の楽園よ。わたしが自分の将来に求めているのは、そんな結婚なの。ちっともばかげた望みじゃないわ。兄はそうだと言い張っているけれど」

アメリアの独白のあいだ、なぜかふたりは近づいていた。彼女は話しながら部屋の中を歩きまわり、ルンデンは足音を殺してついてきていたらしい。今やふたりは数センチしか離れていない。アメリアはパズルのテーブルにヒップを押しつけて寄りかかった。

「たとえ自分で相手を選んだとしても、やはり悲惨な結果になる可能性はある」

その意見にルンデンは自分で満足しているようだった。

「そのとおりよ。でも、わたしは人を見る目がある。だからこそ、こんな年になってもまだ相手が見つかっていないの。男の人って、求婚のときは優しいことを言っても、ひとたび結婚したら、あるいは年齢を重ねて妻の外見が衰えたら、態度が変わることもあるでしょう」

「きみの目に、わたしはどんな人間だと映っている?」ルンデンはつかのま目を閉じたあと、かっと見開いた。彼女のうかがい知れない内面の葛藤があるかのように。

その質問にアメリアは啞然とした。ルンデンは彼女の意見を気にしているのだろうか? 澄んだ瞳を見つめたとき、彼が返事を待っていることに気がついた。心臓がまた激しく打つ。

「あなたを苦しめている事情はよく知らないけれど、たぶん大きな後悔と喪失感に悩んでいて、それで自分の世界からあらゆる幸せを追い払って隠遁生活に入ったんでしょうね。最期の瞬間に向かう単調な行進みたいに日々を過ごしているんだわ。自分自身を罰するために、どんな喜びも得ようとせず——」

「そんなことはない」彼の目がアメリアの目を見据える。

「そうかしら。ロンドンに来てから、あなたが微笑むところはほとんど見たことがないわ。くつろいだ食事のあいだも、友人同士で冗談を交わすときも。楽しい気持ちになることを、あなたが自分に許しているとは思えない」彼女は震える指で、ルンデンの額にかかる髪を撫でつけた。その親密な仕草にわれながら息をのむ。「あなたに喜びをもたらすのは何?」

ルンデンは熱っぽいまなざしで意味ありげに彼女を眺めた。アメリアはわずかに彼に身を寄せた。目に見えない本能に促され、その誘惑を拒む力がないかのように。

「喜び？　それは興味深い質問だな」

無意識のまま、彼女はますます近づいていった。息をするのも苦しい。

「わたしを火だるまにするつもりではないだろうね？　殴って意識を失わせるつもりでは？　何が喜びをもたらすかを知りたいって？」彼の声から面白がるような調子はすっかり消えていた。「言葉で答えようか、それとも実演しようか？」

それを聞いて、アメリアはかっと熱くなった。詳しく説明されるまでもない。ルンデンの目は不適切な思いでぎらぎら光っている。彼女の唇は震え、まともな返事はできそうになかった。全身がすっかり目覚めてうずいている。体の脇で、指がテーブルの端を探してこそこそ動く。ふたりはしばらくその場に立ち尽くしていた。沈黙が広がり、不安定な感情が飛び交う。

ルンデンが胸で彼女を押して追いつめた。ふたりは同じ空気を吸い、彼が吐いた息はアメリアの頰にかかっている。ルンデンの唇は引き結ばれているが、目は楽しげにきらめいていた。彼があまりにも近くにいることに陶然となり、アメリアは脚ががくがくした。ああ、ルンデンは本当に美男子だ。野性的なたくましさと、うっとりする男らしいにおいに、彼女の思考は乱れた。考えるのはあとにしよう。今、ふたりのあいだに理性が入り込む余地はない。

ルンデンが彼女のウエストをつかんで持ちあげ、テーブルの上に座らせた。アメリアは呆然として、なすすべもなかった。インク壺が倒れ、インクがスカートにかかって何層もの生地に染み込んでいく。たぶん腿まで黒く汚れただろう。それでも彼女はルンデンの突然の動きにぼうっとなったまま、逃げようとはしなかった。

彼の指先がアメリアの口の輪郭をなぞり、口角でいったん止まったあと、ゆっくりと下唇へ移動して軽く引っ張った。「わたしに喜びをもたらすのはきみだよ、トラブルメーカー」

甘い言葉がアメリアの耳をくすぐる。抗議すべきだという思いは、テーブルに座り直したときに床に散らばったパズルのピースと同じく、ばらばらに砕け散った。どこか遠くから、そろそろやめるべきだという声が聞こえる。その声を彼女は頭から締め出した。

ルンデンが顔を寄せ、アメリアは頭を後ろに引いて彼の官能的な口から離れた。けれども優勢なのはルンデンだった。彼の唇は、マホガニー材のテーブルに仰向けに倒れ込んだアメリアの唇のすぐ上にある。

彼女の呼吸が喉でつかえた。口を開けたものの、それが抗議をするためか誘うためかはわからない。ルンデンが唇を重ねてきた瞬間、アメリアの思考は停止した。そのキスに優しさはまったくない。彼女を食べてしまいたいとでもいうように、歯を立てて深く舌を差し入れてくる。その激しさにアメリアも熱心に応えた。ルンデンの口という素晴らしい場所を探検したい。彼が髪に指を差し入れて頭皮をこすると、快感でアメリアの背筋がぞくぞくした。思わず体を弓なりにそらす。ルンデンは満足の声をもらしながら口を離し、彼女の頬にキスの雨を降らせたあと、耳に唇を押しつけた。

「きみは最高にすてきだ、アメリア。きみに溺れたくてたまらない」彼は耳の縁を軽く歯でなぞったあと、首に移動した。

「お願い」アメリアはかすれた声で言葉を絞り出した。みだらな愛撫を受けて、それ以上は何も言えない。ルンデンのキスは彼女をとろけさせ、電流が走ったかのように全身の神経を震わせた。

「とてつもなく美しく、とてつもなく頑固。これ以上ないほど魅力的なその口から出る言葉は矛盾に満ちている」

ルンデンが耳の下の首筋に顔を押しつける。耳たぶをシルクのような髪で撫でられ、さらなる快感がアメリアの中に走った。目は閉じているが、あらゆる愛撫をしっかりと感じている。このままやめてほしくない。

彼は予想外の優雅さでアメリアの首から肩へと移動し、道をたどるように鎖骨に舌を這わせた。手を背中にまわしてドレスの紐をほどき、胸をあらわにして熱いキスを浴びせる。ふくらみをつかまれて指で先端をつままれたとき、彼女はびくりとした。痛みのまじった快感は耐えられないほど強い。

こんなに自由を感じたことはなかった。これほど奔放に、これほど素晴らしく感じたことは。まともにものが考えられない――胸を吸われると、敏感な先端を包む唇の感触に全身が砕けそうになった。ルンデンにしがみついて髪に指を差し入れたとき、喉から奇妙な声が出た。すすり泣くような声。彼が乳房に口をつけたまま、にやりとする。

「美しい。美しく、野性的で、甘美な女だ」

アメリアも微笑んだ。今は彼のキス以外のことはどうでもいい。狭いテーブルの上で落ち着きなく動く彼女を、ルンデンはしっかりと押さえていた。ときおり何かが押されてテーブルの端から床に落ちる。でも、そんなことは気にならない。アメリアは彼の手、口、下に向かってキスをしていくときに肌を撫でるたくましい顎がもたらす歓喜に浸っていた。ドレスの生地に行く手を阻まれたルンデンの口が彼女の口まで戻り、唇を噛み、舌を吸う。

彼が口を離したので、アメリアは目を開けた。ルンデンは彼女の顎に熱い息を吹きかけながら、じっと顔を見つめている。腕は体の両側に置いて、アメリアを封じ込めていた。やがて彼はゆっくりと下へ動いていった。手のひらで素肌をなぞり、指先を腕に滑らせる。それからスカートをつかんでめくりあげると、横に押しのけた。彼女は考えるのをやめた。欲求に溺れ、ルンデンが何をしているのか尋ねることもできない。彼がこの場でアメリアを奪うつもりなら、喜んで降伏しよう。初夜について思うたびに彼女をとらえていた恐怖は遠ざかり、消えてしまった。

ルンデンがストッキングに包まれたふくらはぎを指先でかすめながら上へ向かい、膝を越えたところに手のひらを当てる。内腿に熱い手が置かれたとき、アメリアの鼓動は乱れた。テーブルの上で歓びに身悶《もだ》えし、愛撫を求めて腰が浮きあがる。彼が小さく笑う声が聞こえたと思った直後、唇が脚に押しつけられた。ルンデンの口と肌はストッキングで隔てられているけれど、それがいっそう背徳的に感じられる。彼は脚を撫でおろしたあとまた上へ向かい、途中で両膝の裏を甘噛みして、腿まで来たところで完全に手を止めて熱い息を吹きかけた。

快感と興奮の海に溺れながら、アメリアは天井を見つめた。何か正体不明の素晴らしい発見が目前に迫っている。ルンデンに愛撫されるたびに切迫感が募った。彼が腿のあいだに手を差し入れると、アメリアは震える脚を開き、目を閉じて外界を遮断した。一本の指先に秘めやかな部分を撫でられ、思わず息を止める。もう一度触れられたら、粉々に砕けてしまいそうだ。それでも触れてほしい。もっと。「そうよ、お願い」促すかのように、テーブルの上で体をずらした。

「ここかい?」

彼が中心部をそっと撫でると、アメリアは同意の声をもらした。

「こんなふうに?」

熱いくぼみに指が少しだけ沈む。彼女の骨は溶け、体から重みは消えて、時間はかたい木製のテーブルに吸い込まれていった。「ええ」弱々しいかすれ声になる。

「それから、ここも?」

ルンデンがさらに深く指を沈め、アメリアはうめいた。こんなにみだらですてきなことをされたら、今この場で死んでしまいそうだ。彼は敏感な突起を親指でさすりながら、指をなめらかに抜き差しした。その絶妙なリズムに合わせて、アメリアの全身が動く。あまりに気持ちがよくて、じっとしているのは不可能だ。

恐ろしいほどの快感とともに、体の奥深くで何かが張りつめ、どんどん大きくなっていった。必死で抑えようとしたものの、それはアメリアを圧倒した。強烈な感覚を逃がそうとテーブルの端をつかみ、やみくもに体を揺らす。何かわからないものがすぐそばまで迫り、歓喜と恍惚《こうこつ》をちらつかせて彼女をじらした。このとてつもなく力強い感覚は、いったい何？冒険、内なる反抗、あらゆる礼儀作法のレッスンや社会規範の学習を忘れさせるものだ。

自由。

アメリアの体はそれを求めていた。欲しくてたまらない。あと一分たりとも待てない。

「お願いよ、ルンデン。お願い」なんとか目を開けて腰を揺らす。心の中で騒ぎたてる切望の声をどうしても止めたい。「お願い！」

ルンデンがふたたび指を動かしたとき、世界は崩壊した。テーブルの上で、こぼれたインクとパズルのピースに埋もれて、アメリアはわれを失った。とてつもない激しさで体を貫く快感に浸り、それに身をゆだねる。何物にも支配されない完全な自由。喜悦の雲に乗って漂い、滝の縁を越え、心臓の鼓動と同じくらい生きるために大切な感情に引っ張られて底なしの無意識へと落ちていく。浮かびあがりたくない。歓びの波がおさまって現実が顔を出すまで、彼女はぐったりと横たわっていた。

自分は何をしてしまったんだ？　身勝手な情熱に駆られて、ルンデンはあらゆる誓いを破った。アメリアの懇願する声を聞いたときに抵抗力は消え去り、おのれの心を裏切る不誠実なふるまいをしてしまった。こんなふうに欲望のまま行動するのは、自己中心的なろくでなしだけだ。自分にそんなことをする権利はない。なぜマシューを裏切るようなまねができたのだ？　彼の妹の名誉を穢すなんて。しかも書斎のテーブルの上で。

ルンデンは無言で、彼女が目を開けるところを見守った。満足感でぼうっとしながらも、少し困惑しているようだ。彼女が身を起こして服を直すあいだ、ルンデンは自らのおぞましい行動を後悔して身じろぎもせずに立ちすくんでいた。

あの決定的瞬間、良心も善意も無力だった。彼の望みはアメリアに――その美しくなめらかな肌、官能的なキスに――溺れることだけだった。彼女に快楽を与えたかった。だが、それにはどんな犠牲が伴うのだ？

「大丈夫？」アメリアが彼の袖に手をかけ、小さくささやいた。

「ああ」なぜ彼女はわたしのことを心配しているんだ？　狼狽しているように見えるのだろうか？

「アメリア、わたしは――」声が震える理由は複雑すぎて説明できない。

「何も言わないで」彼女はテーブルからおりてスカートを撫でつけた。「お願い。何も言わなくていいのよ」

ルンデンはアメリアの目を見つめた。彼女はわたしを軽蔑しているのか？　そうだとしても当然だ。わたしも自分を軽蔑しているのだから。だが、彼女の表情について長く考える時間はなかった。アメリアは彼の横をすり抜けて、部屋から走り出ていった。

21

ルンデンはハデスに乗り、混雑するロットン・ロウを駆けていった。乗馬の技術は体に染みついているので、大通りに集まった大型の乗り物や邪魔な二頭立て二輪馬車のあいだをやすやすと抜けていくことができる。

昨夜、アメリアをわがものにしようと思えばできた。心の空洞を彼女の善意あふれる活気で埋めたかった。彼女を抱きしめたときに感じた安らぎと喜びは鮮明に残っていて、今はその記憶の中にだけ心の平安を見いだすことができる。

長々とした悪態の言葉が風に乗って飛んでいった。アメリアの誘惑にはなんとしても抵抗するつもりだったのに、努力も虚しくルンデンは欲望に屈した。彼女を拒む言葉は今朝残っていたジャスミンの香りと同じく、どこかへ消えてしまった。

圧倒的な罪悪感がルンデンを襲った。だが感情を埋めて隠しても、それはたちの悪い病気のように体をむしばんで広がり、みじめさが癒されることはない。過去の一〇年間がそれを証明している。

アメリアの無言の懇願を無視しようと、ルンデンの心はもがいていた。もしかすると自分の感情と向き合い、それを白日のもとにさらすべきかもしれない。そうしたら、今後は感情に左右されて行動することがなくなるのではないか？　アメリアに必要なのは、彼女が衝動的にふるまって問題を起こすのを防いでくれる相手だ。自分がもっと立派な人間ならよかったのだが。

自責の念や矛盾した思いに没頭したままハデスを操り、ルンデンはラム・ストリートに通じる小道を進んでいった。アメリアは美しいが、同時に無謀でもある。あの頑固な気質と強い決意が、昨夜ルンデンの抵抗力を奪ったのだ。それでも責任は彼にある。

後悔の触手に心をつかまれ、ルンデンは逃れようと肩を怒らせた。情けないことに、ゆうべはアメリアとの親密な行為に夢中になった。コリンズやほかの男が、ベッドで彼女のなめらかな肌を味わうところは想像したくない。突然胸に激しい痛みが走り、ルンデンは手綱を引いて馬を止めそうになった。

愚か者め。アメリアに協力を求められたとき、耳の中で血がどくどくと音をたて、彼女の質問がほとんど聞こえなかった。彼女の言葉によって長らく死んでいた心に希望がよみがえり、またしてもばかげた行いをしてしまった。

嫉妬。

これも不都合な問題だ。正確に狙いをつけた銃弾より簡単に人を殺すこともできる感情。だからこそ、自分は荷造りをして永遠にロンドンを去るべきなのだ。

タウンハウスの前で手綱を引き、ルンデンはハデスを止めた。わき起こった葛藤が、個人的な問題を押しのける。空を見あげると、雲が午後の太陽を隠していた。雨が降りそうだ。そんな悪い予感が的中しなければいいのだが。今夜アメリアを連れて外出し、ふたりの関係を清算して、きっぱりと別れよう。それが最善の解決策であり、生き延びるための手段だ。悲惨とまではいかなくとも、寂しい結論だった。

闇に覆われた屋敷は、この高級住宅街においては地味で陰気だった。その中にいるラッセル・スコッツは、ダグラスの苦悩の謎を解く鍵を持っている。あの男なら、問題を解決するのに必要な情報をもたらしてくれるだろう。

馬をつなぎ、玄関前の階段をのぼって、ノッカーですばやく扉を叩いた。応答はない。いらだってさらに強くノッカーを叩きつけたあと、声をかけてこぶしで扉を叩いた。ようやく扉が開かれたが、そこに立っているのは見知らぬ人間だった。

ルンデンは追い払われないよう男を押しのけて、玄関ホールに入っていった。「ミスター・スコッツが出てくると思っていた。わたしはスカーズデイルだ。今日の午後、会う約束がある」

「スカーズデイル」相手は穏やかに、しかしきっぱりとした口調で繰り返した。「時間の無駄だったな。ミスター・スコッツは、もうここに住んでいない」

「ばかな。わたしの兄である亡き公爵は、スコッツが死ぬまでという条件で雇用と住まいを提供していた。昨日まさにこの家で、われわれはその問題について話し合ったのだ。何かの間違いだろう」ルンデンは目の前の紳士を見つめた。「きみは誰で、なぜここにいる？　きみが本当の賃借人なのか？」怒りを隠そうともせず、威厳たっぷりの口調で尋ねた。

「わたしが何者か、あなたに教える必要があるとは思えない。あなたがわたしの家に来て無理やり入ってきたのだから」

ルンデンは相手をじっと見た。中年で頑健そうな男だ。顔にはなんとなく見覚えがあり、隠されていることがほかにもまだあるという気がする。彼はうなるように言い返した。「誰が経費を払い、誰が持ち主かを忘れるな。出ていけ、きみが何者であっても」

「ダグラスは認めないだろうな。彼は遺言書で、わたしの安全を保障してくれた。あなたなら彼の望みは尊重するだろう、何しろあなたが彼の死を招いたのだからね、公爵閣下」

その言葉は予想外の打撃だった。ルンデンはよろめいて後ろにさがらないよう、必死に踏ん張った。たしかに兄の死を招いたのは自分だ。それはよくわかっている。しかし、亡き兄の跡を継いで一〇年経ってから、それを他人に指摘されるのは耐えられない。彼はサイドボードまで行ってブランデーをグラスに注ぎ、ひと息で飲み干した。

「きみは兄の最期の夜についてよく知っているらしいが、それは何も証明していない。そろそろはっきりさせようじゃないか」怒りで口調が険しくなる。一〇年ものあいだ苦労して秘密を守ってきたというのに、ロンドンに戻ってほんの数日のあいだに、事情を知る人間がふたりも現れた。相手が咳払いをしたので、ルンデンは振り返った。

「ダグラスは素晴らしい男だった。誰にも彼の思い出を穢させない。彼は遺言書で、わたしがここに住めるようにしてくれた。あなたが突然売ろうと思いたったことで、古傷が開いた。

だが、わたしはつい昨日ここに着いたばかりだ。あなたの兄上が亡くなって以来、ここで眠ったのは一〇年ぶりだった」

「話がよくわからない」ルンデンはサイドボードを離れて暖炉まで行き、炉棚に置かれたものに目を走らせた。中央にはガラスケース入りの時計、両側には大理石の本立てにはさまれた革装丁の本。詩集の背表紙に金色で浮き彫りされた題名を指でなぞったとき、彼の中を震えが走った。

「ご存じのように、あなたの兄上は人に知られない暮らしを送っていた。スコッツはここラム・ストリートの屋敷でわれわれの執事を務め、自分のもののように秘密を守ってくれていた。われわれは彼を全面的に信頼していたよ。ふたりとも、個人的な指向を公にされたくなかった。ばれたら世間から追放され、無理やり別れさせられただろう。どれだけ愛し合っていても。兄上は名声ある貴族、そしてわたしも社会的成功をおさめた子爵だった。われわれはスコッツの協力を得て、この家でひっそりと誰にも迷惑をかけずに生きるという願いを実現させた。ところが兄上の死後まもなく、あなたが当てこすりや非難を受けているとき、執事は自分の得になる策略をめぐらせた。悪質な陰謀だ。わたしをこの家から追い出し、ロンドンから出ていかなかったら、わたしと兄上との関係を新聞に暴露すると脅したのだ。それであなたと同じく、わたしもロンドンを離れた。ダグラスの思い出やわたしの将来が、最悪の醜聞によって穢されるのを恐れたからだ。ふたりで分かち合った純粋な愛が恥と屈辱にまみれることは、わたしも兄上も許せなかっただろう。そしてスコッツは一〇年間、ただ同然の家賃でここに暮らした。冷酷なゆすりだよ。ふつうではない指向や兄上が亡くなったときに取った行動を暴露されることを、わたしが望まないとわかっていたわけだ」

ルンデンは啞然としたまま、ふたたびブランデーのデカンターを手に取ったが、すぐに思い直した。

「つまり、あの青白い顔をした小男のスコッツが、ダグラスとの関係をねたにきみを脅迫し、きみに譲られたこの立派な屋敷を横取りしたと言っているのか？」

「そうだ」相手は顔をしかめた。それを認めることが肉体的な痛みをもたらしたかのように。「残念ながら、あの男は不正直なご都合主義者だった」

「なんと悪辣で不道徳な話だ」ルンデンは眉をつりあげた。「使用人がそこまで大胆な背信行為に出るなど、夢にも思わなかった」今の話によって、自分が不当な行為を許していたことが明らかになった。兄の遺言書について調べるためにもっと早くロンドンへ戻っていたなら、執事の唾棄すべき陰謀を何年も前に暴けたはずなのだ。「あの夜、わたしは偶然、兄の指向を知った。兄はわたしを見たのだ、窓辺で誰かを抱擁しているときに……相手はきみだったのだな」いったん言葉を切り、問いかけるように手をあげる。「わたしは逃げた。だがいつものように、ダグラスが追い抜いた。この地域をよく知る兄は、巧みに暗い道を縫っていった。やがてわたしのほうが兄を追いかけていた。弁解したかったし、兄の秘密はもらさないと伝えて安心させたかった。兄が止まって話を聞いてくれたなら、わたしは偏見を持っていないことがわかったはずだ。しかし、わたしの愚かさと無神経な好奇心が招いた無茶な追いかけっこが、兄の死を招いてしまった」一歩、男に近づく。「スコッツに脅迫されたとき、なぜわたしに訴えなかった？」

「当時わたしは気が高ぶり、精神は不安定だった。愛する男性の死について、あなたを責めていた。それに、あなたは自分を殺そうとした男に同情はしないだろうと思ったのだ」男はいったん口を閉じ、今言ったことをルンデンが充分に理解するのを待った。「あの夜、わたしは軽率な行動に出た。混乱と怒りにまみれて、ダグラスを守ろうとした。あるいは少なくとも、彼が最も恐れていることを防ごうとした。秘密の暴露だ。そのため意図せずして、それでなくとも複雑な状況に、さらに危険な醜聞を増やしてしまった」

「あのとき、わたしたちを追いかけたのか？　厩舎でマシューを撃ったのはきみだったのか？」

「わたしは激高していた。感情が理性を追いやり、自分の命以上に大切な人が奪われたことに愕然としていた。あなたが兄上の遺体を回収して厩舎に戻ったとき、わたしは遠くから見ていた。ダグラスは暴露を恐れ、家族の名誉が穢されることを心配していた。あなたがどういう行動に出るかわからなかったし、ダグラスを無駄死にさせるわけにはいかないと思った。厩舎にいるふたりの男を排除すべきだ、ということしか考えられなかった。それで発砲した。われわれの秘密を守らねばならなかったのだ。当時わたしがダグラスにしてやれるのは、それだけだった。

ストラスモア卿が倒れたとき、さらに攻撃を続ける気力も機会もなくなった。取り乱し、うろたえたまま屋敷をあとにした。火薬の袋を忘れていったので、銃はもう使い物にならなかった。そのあと悲しみと混乱に包まれたわたしは、自分を守るため身を隠すことにした。あなたが兄上の遺体を運んで家に帰ってしまったら、もはやできることは何もなかった。愚かな行為に出たあとロンドンを去るのは、わたしにとっては罪の報いだった。ダグラスと幸せに暮らしたこの家から追い払われるのはつらかったが」ふたりが追憶に浸って部屋を見まわしているあいだ、その場は沈黙に包まれた。

「過去に戻ることはできない」ルンデンはぽつりと言った。同じ助言で、自分自身も説得できればいいのだが。

「たしかに。しかしその夜のことはいつまでもわたしの頭から離れず、それゆえしばしば、自分はいったいどういう人間なのかと考えにふけったものだ。あなたと会って、無責任な噂が広まらないようにすべきだった。少なくとも、あなたの重荷を軽くすべきだった。あなたは兄上の死のみならず、世間の厳しい目や新たに得た肩書きによって苦しんでいたのだから。ダグラスのためにもあなたを助けるべきだったのに、助けられなかった。わたしが黙って引きこもったりしなければ、スコッツの悪質なたくらみも実現しなかっただろうに」

ルンデンは同意してうなずき、今の説明から明らかになった事実に慰めを得ようとした。この男も同じように悲しんできたのだ。一〇年間ルンデンにつきまとってきた後悔が激しく存在を主張する。そのとき、予想もしない思いが現れて後悔を押しのけた。

アメリア。

彼女はルンデンの人生の暗闇に光を投げかけてくれた。だが、その光もまもなく消える。兄が死んだときと同じく決定的に。今夜、残りの生涯消えないほど強烈な思い出をつくらなくてはならない。

相手の言葉がルンデンを物思いから引き戻した。

「あなたがロンドンに戻ってくれてよかった。わたしは何年ものあいだ、この屋敷を見張らせていたんだ。あなたが訪れたあと、スコッツはすぐにここを出ていった。あなたから話を聞いた治安判事に逮捕されることを恐れて逃げたのだろう」

新たに知った事実に安堵して、ルンデンはうなずいた。思いをめぐらせ、眉をあげる。残る疑問はただひとつ。この屋敷に入ったときから、ずっと抱いていた疑問だ。「それで、あなたは誰なんだ？」

男は真顔になったあと、こわばった笑みを浮かべた。「ギャヴィン卿だ。わたしの父は知っているだろう。ニルワース卿だよ」

アメリアは深く考え込みながら、心地よさを求めて客間の暖炉の前で体を丸めた。心の中は混乱し、そのせいで体も落ち着かない。「彼を愛しているの」膝にのせた猫に話しかけたとき、涙があふれた。「彼に心を奪われて、どうしていいかわからないのよ、パンドラ」

猫は飼い主の深い悲しみを察知し、同意するようにぴくりと動いた。

「どうすればいいの？」アメリアは涙をぬぐい、大きく息を吐いた。

「ここにいたのか」

不意を突かれて、彼女はぎょっとした。兄の顔には純然たる怒りが見える。驚いたパンドラが石炭のバケツから炉棚に飛びのり、アメリアは立ちあがってスカートを撫でつけた。

「失せろ、でないと生きたまま皮をはぐぞ」

兄がパンドラに話しかけているのに気づいたアメリアは守るように猫に手を伸ばしたが、猫はすばやく床に飛びおり、マシューの脚のあいだを抜けて部屋から逃げていった。

「なんの用？」アメリアの声は震えていた。それが兄の怒りの口調のせいか、自分の心痛によるものかは、よくわからない。

「あのいまいましい猫は書斎を荒らしていった。パンドラをぼくの部屋に入れるなと言っただろう？　昨日は脚を爪とぎ柱代わりにされて、昼寝から起こされた。今日はテーブルの上をめちゃくちゃにされたよ。インクがこぼれて書類は汚れ、何時間もかけたパズルはばらばらにされた」

アメリアは安堵の息をつきたくなったが、なんとかこらえた。「パンドラをおとなしくさせておこうと、できるだけ努力しているのよ」感情を抑えようとするのと同じくらいに。

「おとなしくさせる？　あの猫は鍋でゆでてやるべきだ。これもまた、おまえを早く結婚させるべき理由だな。そうしたら、あの忌まわしい猫を厄介払いできる」マシューは高慢な捨てぜりふに自己満足したような顔で背を向けかけたが、そこで思い直した。「これは警告だ。今度書斎でパンドラを見かけたら、ぼくはあいつを杖で殴り殺して、はいだ皮でブーツを磨いてやるぞ」

「やめて、そんなこと。わたしの立場に少しは同情してくれると思っていたわ。パンドラはわたしの友達、唯一の支えなのよ、お兄さまが自分の目的を果たすためにわたしを売り渡すというなら」アメリアは姿勢を正し、つんと顎をあげた。

するとと意外にも、マシューが近くの椅子に力なく座り込んだ。左手で杖を持ち、右手の指でこめかみをもむ。「おまえはどうしてそんなにぼくを困らせるんだ?」

兄が急に元気をなくしたことに、アメリアは啞然とした。態度が変わったのは脚の痛みのせいだろうか? 天候が古傷に影響を与えるのは知っているので窓に目をやると、たしかに空は雲に覆われ、今にも雨が降りそうだった。同情の念がわいてきたが、彼女はその感情を認めまいとした。深呼吸して考えをまとめ、兄への心配は押しのけて、自らの目標に集中する。「わたしが自分の生き方を決めようとするのはそんなにおかしなこと? 退屈な将来以上のものを求めるのは? 愛と幸せを願うのは?」声に無力感がにじんでしまうのが悔しい。

「ほう、この二日間冷たい態度を取ったあと、今度は泣き落としか」マシューが彼女のほうをちらりと見た。表情は不機嫌で険しい。「おまえは自分に選択の自由があると思い込んでいる。だからこそ幸せになれないんだ。誰にそんな非現実的な考えを吹き込まれたんだ? おまえに発言権があるなどという考えを? 世の中、そういうものじゃない。ぼくと父上は、おまえに落ち着いてほしいんだ」

兄の返事には思いやりのかけらもない。アメリアは喉のつかえをのみ込んだ。「ええ、〝落ち着く〟のね。それがいちばん大事な言葉だと思っているんでしょう。わたしは人生に、つまらない結婚以上のものを求めているの。でもお兄さまは、結婚を単なる商取引のように言う。日常的な仕事みたいに」胸にわき起こる恐怖を抑え込む。「コリンズ卿とは結婚できないわ」

「もちろんできるさ。結婚するんだ」願いをそっけなくしりぞけられたアメリアは、兄の懐柔するような口調に胸が痛んだ。けれどもマシューは知らん顔で自分の袖を撫でつけ、椅子に深く座り直した。「訴えたら聞き届けてもらえるとでも思っているのか？　無駄だ。同情に頼るのはやめろ。おまえはぼくと父上が甘やかしているのに乗じて、あまりに長いあいだ好き勝手をしてきた。ここロンドンでおまえに自由を許したのは、ぼくの間違いだったよ。だが、これ以上おまえの結婚を先延ばしにはしない。今回のように絶好の機会が転がっているときにはな。もっと努力してくれ。今度コリンズをもてなすときは、かわいく微笑んで、まつげをはためかせて、女らしく見せるんだぞ」

「自分の目に針を突き立てるほうがましだわ」

「それこそがおまえの問題だ」マシューはあからさまに険悪な顔になった。「ばかげた考えだよ。おまえは主導権を握りたがっているが、そんなものは幻想だ。毒舌ではなく女らしさを発揮すれば、好きなだけ男を操れるんだぞ」

「今話しているのは、わたしの将来のことよ。誰と結婚するかはわたしが決めるべきだわ」

彼女はマシューをにらみつけ、近くの肘掛け椅子の背もたれをつかんで体を支えた。実を言えば、兄の冷淡さに狼狽していた。

「自分の言うことがどんなにばかげて聞こえるか、わかっているか？」急にこみあげた笑いをこらえるかのように、マシューが鼻を鳴らす。「感謝してほしいね。感謝だ。おまえの将来を整えてくれる人間がいるのは、きわめて好都合なんだぞ。自分以外の人間が責任を負ってくれて、居心地の悪い求愛や気まずい求婚を省略できるんだから」

マシューの言葉は、アメリアよりも、脚の怪我のせいで女性に求愛しにくくなった彼自身の立場を表しているように思える。さっき感じた兄の現状についての思いやりや同情が、アメリアの決意を鈍らせようとした。放置しておいた鈴のように、マシューも光沢を失ってくすんでいる。ルンデンと同じく、昔は兄の将来も明るく輝いて見えたのに。そう考えたとき彼女は動揺を覚え、非難の口調を少しやわらげた。「困らせるつもりはないけれど、お兄さまは何かをたくらんでいるでしょう。自分の野心のために妹を差し出すの？　この縁組を進めることで、お兄さまは何を手に入れるの？　思いやりを持ってよ、お兄さま」

アメリアの言葉にはなんの意味もないかのように、マシューが言った。「ぼくに歯向かうな。おまえの怒りは不安の裏返しだろう。だからこそ求婚者を殴って意識を失わせたり、テムズ川に落としたりしたんじゃないのか？」

「その人が気に入らないというより、考え方が気に入らなかったのよ」

「そうかもしれない。だが、期待はしばしば失望につながる。多くの点で、おまえの不満はぼくにも理解できるよ。しかしぼくには男として、不満から気をそらすための機会や選択肢がある。おまえについて同じことは言えない。結婚がおまえの将来なんだ」マシューは彼女の反応をうかがうようにじっと見つめた。「ぼくはなんとしてもこの縁組をまとめる」肩を怒らせ、近くに置いた杖をつかんで立ちあがろうとする。アメリアの怒りが再燃した。

「お兄さまは、わたしの幸せよりも自分が偉くなることのほうが大事なのね」

彼は辛辣な笑い声をあげ、少し面白がるように応えた。「口の減らないやつだな。芝居がかったことはやめてくれ。コリンズには、おまえのおてんばな性質について警告しておこう。だが、婚約を解消させる気はない」

弱さを見せたくなくて、アメリアは涙をこらえた。「どうしてそんなに残酷なの？」不満で背筋をこわばらせ、怒りのこもった顔を兄に向ける。

「これがおまえにとって最善だということが、なぜわからないんだ？　父上の健康状態と同じく、おまえの将来も危険にさらされているんだぞ。見かけにだまされるな。おまえがこの前訪ねたとき、父上は元気そうに見えたかもしれないが、よくなったと思ったら容態が急変することも珍しくないんだ」

その発言にアメリアは息をのみ、さっきよりも小さな声で言った。「お父さまのことを忘れてはいないわ。ただ、もう少し時間が欲しいだけ」

「くそっ、アメリア。もう時間はないんだ。おまえはこれまで、気まぐれやつまらんこだわりで時間を無駄にしてきた。今、決めるしかない。ルンデンに訴えようなどと思うなよ。やつは個人的な用件でここに来ているんだ。あいつにかまうな」マシューはいらだたしげに唇を引き結んだ。次の言葉を慎重に選んでいるようだ。「おまえの結婚よりも大切なことがある。いいか、おまえの縁談をまとめたら、ぼくも自分の将来の見通しを明るくする機会をつかめるんだ。何にも邪魔はさせない。おまえの強情さにも、ぼくの欠陥にも。すべてがうまくいけば望ましい結果が出るんだ」

「やっぱりね。単にわたしを結婚させる以上の目的があると思っていたのよ」

「コリンズは立派な人間だ。今夜、協会の全会員が彼の退任と新たな門出を祝うことになっている。彼は公正な指導者として活躍してくれたからな。おまえは今夜ひと晩使って、これからの人生に備えろ。手紙を書き、シャーロットを訪ね、結婚式の準備をするんだ。いちばん大切なのは、コリンズへの態度を改めることだ。ぼくがこれまでに引き合わせたほかの候補者とは仲たがいしてきたが、今度はちゃんとやってくれよ」

「わたしには選択の自由があると思っていたのに」

「世間知らずめ」マシューがあきれたように頭を振る。「人生に自由な選択の機会などほとんどないさ。まだ自分の性向を改める時間があるあいだに、その教訓を学んだほうがいい。残りの生涯を、幻滅して後悔と悲しみにまみれて送りたくないだろう」

マシューはルンデンのことを言っているのだろうか？　それとも、わたしが自分の境遇をルンデンの状況になぞらえて考えているだけ？　マシューはどうなの？　脚の障害を、兄の将来にとって不利なものだと考えたことはなかった。今の話し合いまでは、兄は現状に順応し、満足していると思っていたのに。答えのわからない疑問が多すぎる。

適切な答えは思いつかなかった。苦悩する思いをマシューに悟られたくないので、アメリアは身をひるがえして部屋を出た。必死にこらえていた怒りの涙が頰を伝う。それを手の甲でぬぐい、自分の寝室に戻ると、扉の裏にぐったりともたれかかった。

思いはすぐにルンデンへと向かう。あの親密なひとときの安らぎと歓喜は、まだ体の中に鮮やかに残っていた。どうして別の人と結婚して生きていけるだろう？　心も魂も情熱も、ルンデンを求めているというのに。彼はロンドンを離れるつもりだ。彼の気を変えるとしたら、今夜が最後の機会になる。そのあとはどんな運命でも受け入れよう。ルンデンが去り、アメリアが兄の利益のための結婚を強制されたとしても、今夜の記憶から力を得て、寂しくみじめな心を慰めよう。まだ時間はある。残りの生涯を変えるための時間が、今夜ひと晩あるのだ。

22

ルンデンは貸馬車の御者に代金を支払ったあと振り返り、アメリアの肘をつかんで、板石敷きの階段をおりていった。下ではテムズ川を渡る小舟が待っている。馬車の中での会話はぎこちなく、言葉数は少なかった。そのほうがいいのかもしれない。だが、彼はアメリアの目に浮かぶ疑問を読み解きたかった。単に目的地がわからないことに対する不安か、それとも何か別のものが彼女を悩ませているのか？　土手までおりるとき、彼女は目を見開いて微笑んだものの、ルンデンはそこにかすかな悲しみを見て取った。

貸馬車を選んでよかった。目深にかぶった帽子とともに、それはルンデンの正体を隠してくれた。陰謀をたくらんでいるわけではないが、手をつないで歩くときに身元を知られたくなかったのだ。今夜は秘密の夜だ。マシューの馬車を使って、ホイッティンガムの紋章を見せびらかすのは都合が悪い。ボクソール庭園はそれにふさわしい。上品な若い女性があえて行くような場所ではないので、ふたりで楽しむことができるはずだ。

ふたりが座ると、小舟は低く垂れ込める霧の中を進みはじめた。ルンデンは雲行きが怪しい空を見あげた。嵐が来そうだ。ボクソール橋の下を通るとき、視界が一瞬さえぎられた。

アメリアが花火を見られるよう、天気がもってくれればいいが。子どもの頃、ルンデンは花火を見て大興奮したものだ。うまく説明できないが、彼女にも同じ喜びを味わわせたい。今夜のことを永遠に記憶にとどめてほしい。いわば別れの贈り物だ。

揺れるランプの明かりが、近づきつつある対岸を照らす。目的地を目前にして、ルンデンは振り返ってアメリアを見つめた。たそがれの明かりで見る彼女は息をのむほど美しい。霧は彼女のジャスミンの香水と同じく、ふんわりと上品に頬を撫でている。アメリアが微笑むと、感傷的な思いがこみあげてルンデンの胸が苦しくなった。けれども彼は視線をそらし、荒れ狂う感情ではなく近づいてくる門に意識を向けた。

対岸に着いて船をおりた。ルンデンの手の中に手袋をはめたアメリアの手があるのは、〝正しい〟――それ以上にいい表現は思いつかない――と感じられる。彼はすぐさま、そんな思いを抑えつけた。今夜、彼女に別れを告げ、用をすませてロンドンを去ると決意しているのだから。

夕方ひげを剃るとき、鏡に映った自分の姿を見るのもつらかった。彼は誤解された末に最低の男になってしまった。とはいえ、それを考えすぎても何もいいことはない。アメリアとの素晴らしいキス、ベルベットのような柔肌の感触、絶頂に達したときのとろけるような熱を知ったことを後悔するつもりはない。書斎であんな行動に出たのはとんでもない過ち、まさに狂気の沙汰だった。無垢な娘、親友――唯一の友人――の妹に手を出したのだ。ルンデンはごくりと唾をのみ込んだ。わが魂は悪魔に支配されてしまった。

アメリアと並んで歩くために歩幅を縮め、心地よい沈黙の中、細い砂利道を進んでいく。小道の先にあるのは広い並木道だ。街路樹は手入れが行き届き、庭園をそぞろ歩く人々で道は混雑していた。客の中には覆面やドミノ仮面をつけた者もおり、誰もがひと晩だけでもロンドンの窮屈さから逃れられることを喜んでいる。ちらりと見るとアメリアがうれしそうに目を輝かせていたので、ルンデンはほっと息を吐いた。少なくとも、ここへ連れてきたのは正解だったようだ。

「何か話し合いたいことはあるかい？」ふたりの親密な行為を彼女が後悔しているかどうかわからないかぎり、心は休まらないだろう。

アメリアは首を横に振った。「今はこの瞬間を楽しみたいだけ」笑みがゆっくりと顔じゅうに広がり、エメラルド色の瞳が楽しそうにきらめく。「あと一週間もすれば、ここでの自由を楽しめなくなるわ。荷物と一緒に田舎へ追いやられるのよ、慣れ親しんだすべてのものや人から引き離されて。今夜は一生残る思い出をつくりたい」言葉が切れたのでルンデンが見ると、彼女は勇気を奮い起こそうとするかのように顎をつんとあげた。「わたしには今夜ひと晩しかないの」

それはルンデンも理解している。そのとき突然、強烈な怒りがわき起こった。アメリアは苦痛を味わうべきではない。後悔を感じるべきではないのだ。それなのに、彼が与えられるものはほとんどない。「では、それを経験させてあげよう、トラブルメーカー。自由気ままな冒険の一夜を」

庭園の入り口にある錬鉄製の門扉まで来たとき、取っ手にかけたルンデンの指は震えた。いくら庭園は暗がりが多いとはいえ、この向こうには世間があるのだ。彼は額に手をやって帽子のつばを引きおろし、絶えず変化する人込みの中にアメリアを連れ出した。それぞれの目的を持ち、欲求不満をやわらげるための気晴らしを求める人々のシルエットがうごめいている。

ルンデンは道に並ぶ飾りたてた露店に目を走らせた。シラバブ（ワインとミルクかクリームをまぜ、砂糖と香料を加えた飲み物）、砂糖菓子、ワインなどを売っている。彼はシャンパンを二杯買ったあと、ベルベットの短い仮面を買ってアメリアを喜ばせた。仮面は今宵のように神秘的だ。ルンデンは彼女の頭の後ろで紐を結んだが、指を豊かな巻き毛に差し入れてかき分け、うなじにキスをしたくてたまらなかった。球形のランタンの後ろまで歩いていき、シャンパンを飲む。グラスの縁越しにアメリアを見つめているうちに、緊張はあたりを覆う霧の中に消えていった。

「見て」アメリアが二本の柱のあいだに張られた太い縄を指さした。縄は露店のはるか上、滝の向こうにかかっている。「綱渡りだわ。すごく勇敢で、並外れた技術があるのね」

ルンデンは彼女の指を追って、群衆の頭上でぐらぐら揺れながら立っている大道芸人に目をやった。男は慎重に、小さな歩幅で一歩ずつ進んでいる。わずかでも足を踏み外せば、下に張られた網まで落ちて恥をさらすことになるだろう。それでも男は反対側の柱に向かって張られた縄の上を、ゆっくりと歩いていった。「たしかに勇敢だ。成功と失敗のあいだの細い線を歩く度胸がある。過去から未来へと……」

自分にも同じように前へ進む度胸があるか？　あるいは過去にとらわれて身動きできないままでいるのか？　それがわたしの運命かもしれない。昔の悲しみのせいで幸せを見つけることもできず、過去から未来へと踏み出せずにいるのだ。

不意に喉までこみあげてきた感傷を、ルンデンはのみ込んだ。

アメリアがちらりとこちらに目を向ける。表情に気弱さを見られたのではと心配になり、ルンデンは横を向いた。そのせいで、たまたま通りかかった女性の注意を引いてしまった。女性が目を細め、いぶかしげに見つめてくる。彼が険しい顔でにらむと、女性はあわてて視線をそらした。男女が密会に使うような庭園にアメリアを連れてくるなど、いったい何を考えていたのだろう？　逢引のために集まった人々の中にいるところを見つかったら、彼女の評判はずたずたになる。そしてルンデンのほうは？　ロンドンでの用はほぼ終わったというのに、目撃される危険を冒してこんなところでうろうろしている。一〇年のあいだに少年から大人になり、今のルンデンに昔の面影はないかもしれない。それゆえ今夜は正体を見破られず、悪意と憶測に満ちた醜聞は生じないという希望的観測にすがっておこう。

自らの劣悪な判断力を思って、ルンデンは自嘲の鼻息を吐いた。自分は昔からちっとも変わっていない。身勝手で、視野の狭い男。噂好きな連中が誇張した話で描写している人物像とたいして違いはない。

そんな思いを振り払い、アメリアに視線を戻す。彼女の目は庭園の奥で行われている見世物に釘づけになっていた。切望がルンデンの胸を焦がした。人生に別の選択肢があればいいのに。そうしたら、自責と後悔の下に隠れずにすんだかもしれない。しかし自責と後悔とともに生きていくのがルンデンの運命であり、哀悼の念ゆえに兄の秘密を守ることが彼の生き方になってしまった。

だが、いったいいつ苦しみが人生そのものになったのだろう？　喜びのない人生に？　ルンデンは近くのトレイにグラスを置いて、ポケットに手を突っ込んだ。ダグラスの懐中時計はまだそこにある。自分が兄の命を奪った正確な時刻を、その時計は常に思い出させるのだった。

アメリアは滝の端の近くにいる踊り子たちに目を据えながらも、ルンデンの顔をよぎるあらゆる感情を察知していた。今夜の彼はどんな内面の苦悩と闘っているのだろう？

五〇人以上の楽師からなる大規模な楽団が、無数のランプで照らされた立派なホールの中で楽器の準備をしている。その準備の音が、アメリアの心の乱れと重なって不協和音を奏でていた。今夜は楽しもうと決意して笑みを絶やさないようにしているけれど、どうやっても憂いは消えない。ここまで来る馬車の中では黙り込んだまま、心をさいなむ不安を抑えていた。今夜がルンデンと過ごす最後の夜。テムズ川を渡る小舟は、彼女の将来と同じく不安定に揺れていた。

アメリアはグランドクロス・ウォークの近く、グローブ広場の向こうのにぎやかな場所に注意を向けた。広い道沿いには食事のボックス席が並んでいて、息を吸うたびにおいしそうなにおいがする。薄暗くて安っぽく派手に飾られた場所からは、笑い声や話し声が聞こえてくる。今宵は考え込むのではなく楽しむための時間だ。悩みはアラック酒のように飲み込んで、一夜の享楽に没頭しよう。胸を締めつける感情について考えるより、そのほうがよほど気が楽だ。アメリアは決意も新たに、ルンデンのほうへ手を伸ばした。

彼の肘に手をかける。庭園の奥深くに入っていくにつれて、ルンデンの筋肉が張りつめるのが感じられた。ほとんどの客は快楽を求めることに熱中しているようだが、それでもアメリアはときおり他人の強い視線を感じた。浮ついたささやき声が、水に石を投げ入れたときのような波紋となって群衆の中に広がっていく。ルンデンもそれに気づいているに違いない。アメリアは一度ならず、彼の腕がこわばり、歯が食いしばられるのを感じ取った。

「わたし、自分に値しないくらいの面倒を巻き起こしているみたい」彼女は懸命に取り澄ました表情を保った。

「きみに値はつけられないよ、トラブルメーカー」ルンデンが首を傾ける。深みのある琥珀色の瞳は楽しげにきらめいていた。「きみは値段のつけようがないほど素晴らしい」

その褒め言葉はアメリアの心をまっすぐに射抜いた。彼はいつも感情を厳しく抑制し、胸のうちをほとんど明かさない。なのに非難を浴びる危険を冒してまでも、アメリアを楽しませるためにボクソール庭園まで来てくれたのだ。

「ありがとう」言葉だけでは、心からの思いを充分に表せなかった。「今夜のことは一生忘れないわ、どんなことが起きても」

ふたりは歩道を進みつづけた。街灯柱にまとわりつく霧やあらゆる隅に広がる闇は、ロマンティックな密会や人目を忍ぶ愛情にとって理想的な背景だ。グランドクロス・ウォークの終わりに近づいたとき、ルンデンはいちばん端のボックス席に座っている人間に気がついた。マシューが数人の男と一緒にいる。その中のひとりはコリンズだ。彼は女性を伴っていた。少し見つめられただけで簡単に体を許すようなたぐいの女。主賓たるコリンズは送別会を心から楽しんでいるようだった。いかがわしい女にもてなされ、羽目を外して陽気に騒ぐ様子は見るに堪えない。

アメリアに目をやると、幸い彼女は何も気づいていないようだった。ルンデンはあまり人に思いやり深く接した経験はないが、アメリアの心に消えない傷がつくようなことは許せなかった。彼は歩みをゆるめて腕の角度を調節し、進む方向を変えようとした。マシューに見つかったら大変だし、大騒ぎになって悲惨な事態になるのは明らかだ。とはいえ、別のほうへ向かおうと考えたのは、自分が困った立場になるのを恐れる以上に、すぐそこにある醜悪な場面をアメリアに見せたくなかったからだ。

彼女が抵抗してルンデンの肘を引っ張った。彼の足取りが重くなると同時に、群衆の騒音に負けないほどのやかましい笑い声がボックス席からとどろいた。アメリアが好奇心に駆られて音のする右のほうに体をひねったとき、途方もない悪夢が現実のものになりかけた。少人数の集団が、やかましく騒ぎながらボックス席から出てきたのだ。マシューと、しどけない格好の女にまとわりつかれたコリンズの姿がはっきりと見える。あと数歩進んだら、ルンデンたちとマシューたちは鉢合わせして、まずいことになるだろう。それなのに、アメリアはルンデンを右へ向かわせようとしていた。

背後には人込みがあって逃げることもできない。しかたなくルンデンはアメリアを抱きしめて自分のほうを向かせ、人々をかわしながらすばやく左へと移動した。人目につかない、花盛りの高木の垣根まで彼女を押しやる。垣根の陰に隠れてアメリアに体を押しつけ、唇をおろして、不満げにとがっている彼女の唇を寸分の狂いもなくとらえた。アメリアがためらったのは一瞬だけだったが、おそらくボックス席のほうで何が起こっているのかと気になっていただろう。けれどもルンデンは頭を使うのをやめ、彼女とのキスに没頭した。

アメリアは甘い。彼女が吐く言葉の辛辣さとは対照的だ。強烈な欲望にルンデンの体が反応した。長らく禁欲していたアヘン依存症者が、突然アヘンの海で溺れたかのように。わずかに残った良心が非難の言葉を投げかける。絶対に許されないことをするべきではない、と。でもキスをしたのは、アメリアの視界をさえぎり、悲惨な状況になるのを防ぐためだ。その嘘がほかの考えを抑えつけた。

柔らかく甘美な体がルンデンに密着し、夜の闇がふたりの抱擁を隠した。彼の心臓は早鐘を打っている。アメリアはまったく抵抗しない。ルンデンと同じく、これが最後のキスだと悟って、それを一生の思い出にしようと決意しているようだ。そう考えたとき情熱がかきたてられ、彼は本能に任せて反応した。口を開いて、彼女の魅力的な口を貪る。美しく、大胆で、見事な曲線を描く体を持つアメリアがキスを返してきた。ルンデンと同じくらい熱心に舌で探索し、味わい、誘惑しようとする。手が彼の肩まで這いのぼり、そこから首にまわってしがみついてきた。

上着に当たる乳房の重み、腿をこするスカートの揺れがルンデンのあらゆる神経を刺激して、原始的な飢えをあおる。アメリアをわがものにすることはできない――それは充分わかっている――が、これだけは可能だ。罪深き人々の集まる真っただ中で、闇に紛れて熱く濃厚なキスをすることだけは。

あまりに長いあいだ、ルンデンは自分のためにほとんど何も許してこなかった。だからこれくらいは許されるだろう。

アメリアが手のひらを彼の顔に当てた。その優しい仕草に、ルンデンの心臓がますます激しく打つ。血管の中に炎があふれた。アメリアは抱擁から逃れようとしているのか？　彼女が喉の奥から声をもらした。このうえない喜びを表す声。それで彼の不安は解消された。キスを深め、手でアメリアの腕を撫でおろして、ほっそりしたウエストまで行く。机の上に横たわり、つややかな黒い巻き毛を乱して、肌をほてらせた姿。形のいいふくらはぎと細い足首、きつく締まって熱く濡れた秘所。すべての記憶がよみがえり、彼女のウエストをつかむ手に力がこもった。ドレスを肩から引きおろし、あらわな素肌に触れたくて、指がむずむずする。

今夜の出し物の開始を告げる大きな鐘の音が、欲望に曇ったルンデンの頭の中の靄を貫いた。

くそっ。

キスは誘惑するためではなく、注意をそらすためのものだった。ほんの数時間前に自分で定めた規則を破ってしまうとは。わずかな自制心をかき集めて、彼は顔を離した。

「ルンデン？」アメリアは身じろぎもしない。言葉が熱い息となって彼の頬にかかった。彼女は手のひらでルンデンのベストを撫でおろし、心臓のところで止めた。薄闇の中、ルンデンは彼女の目をとらえた。「大丈夫？」

「もちろん」嘘だった。アメリアの手は孤独や後悔を消し去った。二度と〝大丈夫〟にはなれない。そんな思いを、彼は心の暗い隅に追いやった。「道の向こうで騒ぎが起きる気配があったんだ」アメリアから少し離れる。

「だから、この垣根までわたしを押してきて隠したの？」彼女が困惑して頭を振ると、巻き毛が可憐《かれん》に揺れた。

「そのときはそうするのがいいと思えた」違う。ルンデンはマシューとの衝突を避けたかっただけだ。それなのに、アメリアが彼の心を奪って決意を鈍らせるのを許してしまった。またしても判断の誤りだ。

さらに悪いことに、今やグランドクロス・ウォークには人があふれている。これから始まる花火を見物するのに最適な場所を求めて、客が集まってきた。人目につかない場所を見つけるまでは顔を伏せ、会話を最小限にとどめねばならない。ルンデンはアメリアの手をつかんで自分の肘にかけさせ、ゆっくりと動く人波のほうへ導いていった。

アメリアが上目遣いに彼を見あげた。周囲の雰囲気に合わせて、なまめかしくささやく。

「さっきは何を避けようとしたの？」

感情、愛着、ロンドンを去らねばならないとわかっていながら、とどまるべき理由。「ボックス席のひとつに下品な連中がいた。きみが人に見られたり、酒に酔ったばかな連中に絡まれたりしてほしくなかった」

ルンデンは彼女を連れて群衆に紛れ、遠くのあずまやの裏にある薄暗い場所に目をやった。あそこなら人目につかず、花火が始まれば空がよく見える。もう少しで目的地に着くというとき、後ろから押され、不意を突かれて帽子が頭から落ちかけた。顔を見られないように空いた手で帽子を押さえようとしたとき、わざと誰かに押されているのを感じた。

アメリアの手を放してぱっと振り返り、お宝を取ろうとルンデンのポケットに手を入れた少年の手をすばやくつかむ。その掏摸《すり》は、自分が小銭などではなく人の過去を、ダグラスの唯一の形見を盗もうとしたことなど知るよしもなかった。

少年がもがいたため、花火を見に来た人々が騒ぎを避けようとして動いた。これ以上の注目を集めないように、ルンデンはしぶしぶ手を離して少年を解放した。だが、手遅れだった。

「泥棒だ！」

近くの紳士の叫びがあたりに響き、全員の注意を引いた。ルンデンはその場から立ち去ろうと、アメリアを引き寄せて歩きだした。ところが彼女はなぜかその場でぐずぐずしている。

ルンデンは悪態をつき、何が問題なのかと右に顔を向けた。

　ニルワースがアメリアの前に立ちはだかっていた。楽しげな顔で手を伸ばし、指を引っかけて彼女の仮面をおろそうとしている。なんとあつかましいことを。ルンデンは懸命に怒りをこらえ、ニルワースの手をつかんだ。押しつぶさんばかりの力で相手の指を握り、腕を押しのける。

「やはり推測は正しかったわけだ」

　指の一本や二本は折れたかもしれないが、ニルワースは感心にも自分の手をさすろうとはしなかった。

　ほとんどの客は花火を見物できる場所にいて、グランドクロス・ウォークを歩く人は減っていた。誰かに会話を聞かれていないか、明日の朝、このやりとりについて噂を広められやしないかと不安になり、ルンデンは左右に目を走らせた。彼の判断の誤りによって、アメリアの評判をずたずたにさせたくない。それに比べれば、彼自身はどうなってもかまわない。誰もルンデンの顔を見分けられないかもしれないが、彼の名前はよく知られている。

「その女性に手を触れるな」ルンデンは殺意をにじませた口調で言った。「絶対に」

「勇敢なことだ、スカーズデイル。時間がきみに、人のプライバシーを尊重することを教えたのかもしれないな」

　その発言は当を射ている。そのとき、ルンデンの頭を悩ませていた疑問の答えがわかった。ニルワースは息子の性的指向を知っており、わが子が不利益をこうむらないよう必死に守ろうとしているのだ。それで息子が欲しがっている家を秘密裏に買おうとしているのでは？　馬車に乗っていた正体不明の男――そういうことだったのか。

「きみは屋敷を売って問題を解決し、ロンドンを去ればいいのだ。つまらん醜聞や噂話を生じさせることなく解決できるというのに、わざわざ問題を大きくして危険を冒す必要があるか？」

この男は霊能者なのか？　わたしの考えをこれほどまで簡単に読むことができるのか？

「夜中に接触してきたり、謎めいた忠告を与えたりしても無駄だ。わたしは自分がいいと思ったように進める」一〇年経っても、ほとんど何も変わっていない。ロンドンは昔と同じく無情な場所だ。過去を思い出させるものとは決別する必要がある。ひとつ残らず。田舎のベックフォード・ホールがこれほど魅力的に思えたことはなかった。重圧や偏見に満ちたこの忌まわしい街から、ついに去るのだ。その結果を考えたとき、ルンデンはふとためらいを覚えた。ロンドンを去ればアメリアを失うことになる。しかし、それはふさわしい報いだ。自分は彼女に値しない。

そうわかっていても、胸をえぐられるように感じた。

「まあ、いいだろう。話は後日つけよう」ニルワースがうなずいた。「きみがこれ以上面倒を起こさないかぎり、過去は過去のまま、そっとしておける」

ルンデンはアメリアの険しい視線に気づいた。彼女もこの男を忌み嫌っているらしい。ニルワースが去ると、ルンデンはなんとか腹立ちを静めた。「気にするな、トラブルメーカー」その愛称が、エメラルド色の瞳に浮かんだ怒りをやわらげてくれることを願う。「わたしたちはふたりとも、あと一週間もすればこの街とおさらばするんだ」

アメリアが目を伏せたが、ルンデンにはその仕草の意味がわからなかった。彼女からは悲しみが漂ってくる。ニルワースと喧嘩になりかけたからか、彼の去り際の発言のせいかはわからない。次の瞬間、明るい黄色の閃光《せんこう》が空に舞った。頭上で花火が炸裂している。

ルンデンは体の位置を変え、アメリアを後ろから抱きしめた。空を見あげる彼女の肩を胸で支え、ウエストに軽く腕をまわす。ジャスミンのかぐわしい香りとつややかな黒髪に、彼はうっとりした。ゆっくりと脈打つこめかみに唇を押しつけたいという衝動を懸命にこらえる。

今夜、ふたりは互いに別れを告げる。そのほうがいい。これ以上親しくなったら、傷口が大きくなるだけだ。苦しみはすでにルンデンの心を引き裂いている。彼は今、兄の棺《ひつぎ》の横に立ったときと同じくらい鋭い痛みを感じていた。

23

帰宅したのは真夜中をかなり過ぎてからだった。ルンデンはブランデーグラスを持って寝室をうろうろと歩きまわり、ホイッティンガム邸での滞在がもたらした運命のいたずらや、人生をもっと単純にするつもりが逆に複雑にしてしまったことについて考えた。

アメリアは予想どおり、ボクソール庭園を楽しんでくれた。おてんば娘。彼女のことが恋しくなるだろう。とてつもなく。だがアメリアには、つらい過去を背負って後悔にさいなまれる夫より、もっとましな相手がふさわしい。彼女は結婚生活に自由を求め、自立を熱望している。しかしルンデンと結婚したら、田舎に引きこもることになるのだ。かごの鳥は決して飛べない。彼女の翼を切り取ることはしたくない。

絶望に陥っていたとき、扉を軽く叩く音がしたので、ルンデンはびくりとした。従者はすでにさがらせている。時計に目をやった。こんな時間にいったい誰だ？

扉を開けると、彼はため息をついた。安堵の息か？　いらだちの息？　頭が混乱していて、どちらか判断できない。ルンデンは入り口に立つアメリアを見つめた。

「入ってもいい？　わたしがあなたの部屋の前にいるところを見たり、使用人からそんな報告を受けたりしたら、兄は喜ばないわ」

ルンデンは髪をかきむしり、内心の葛藤と闘った。

「それに、この角度からあなたを見あげていると首が痛くなるの。入らせてくれたらうれしいんだけど」

良識に反して左に動き、アメリアを通す。彼女はためらいなく足早に入ってきた。ルンデンは扉を閉め、ベッドのいちばん離れた支柱に片方の肩をもたせかけて腕組みをした。アメリアにはさっさと話をしてもらいたい。彼の脳がとろけて、理性をすっかり失ってしまう前に。

「ありがとう」彼女がため息まじりに言った。

「何かわたしにできることがあるのか？」しまった。どこからそんな質問が出てきたのだ？頭ではなく、胸からでもない。どうやら下腹部が主導権を握ってしまったらしい。アメリアのふっくらした唇をひと目見ただけで、何も考えられなくなる。いったい何が判断力を奪ってしまうのだろう？

アメリアという存在だ。

彼女は無謀な希望と純粋な善意にあふれてルンデンの部屋に現れ、熱心な懇願をしようとしている。けれども彼は、自分の問題すら解決できない情けない人間なのだ。その皮肉はよくわかっている。ルンデンはふたたび彼女に目を向けた。エメラルド色の瞳のきらめきを見たとたん、期待を抑えられなくなった。なぜ彼女はこんなにもわたしを苦しめるのだ？レースでできたピンクのバラをあしらった、シルクの白いガウン。それをまとった姿は、この世のものとは思えない美しさだ。まるで地上におりた天使。とはいえ、アメリアの気質が神々しいものでないことは知っている。そんな思いは抑えつけ、欲望を静めなければならない。

彼女が一歩近づくと、ルンデンは身をかたくした。

「助けてほしいの。あなたができるだけ早く自分の用をすませたいのはわかっているし、わたしに協力していたら出発は遅くなってしまう……それとも何かほかに、ここにとどまる理由があるの？」

その静かな質問は彼の禁欲的な決意をむしばんだ。ろうそくの弱い光がアメリアの目の緑色と金色がまざった斑点を浮き出させ、豊かな巻き毛を輝かせる。反応するな、彼女の魅力に負けるな、とルンデンは自分に言い聞かせた。一〇年前、社会と隔絶してひとりで生きていくと決めた。孤独な生活によって沈黙には慣れた。何も言うべきではない。それなのに今、人生の不可解な皮肉によって、彼は予想もしなかった状況と闘っている。ロンドンにとどまりたいという強い願望と。

何もかもアメリアのせい、彼女の魅惑的なキスのせいだ。

思いは乱れ、胸が痛む。

アメリアがルンデンの顔をうかがい見た。光を反射した大きな目には全面的な信頼と、彼には理解できない何か別の感情が浮かんでいる。彼女はかすれた声でささやいた。「ここにいてほしいの」

抗《あらが》いがたい誘惑の言葉は、ルンデンの暗い心の割れ目に差し込む光のごとく輝いていた。アメリアが彼の心の叫びを聞き取って、代わりに口にしたかのようだ。ルンデンはわきあがる思慕を消し去ろうとした。彼女が放つとてつもない力に必死で抵抗する。心の奥底では、アメリアをわがものにするためならどんな努力も惜しまないとわかっていた——でもルンデンは地獄へ向かっており、心はもはや愛を受け入れられないのだ。

「出ていってくれ。だめだ。だめなんだ」ルンデンは首を横に振った。こうするのがいちばんいい。魚が水を必要とするようにアメリアを必要としてはいない、彼女をひと目見ただけで鼓動が乱れることはない、と懸命に自分に言い聞かせる。「わたしはきみのお兄さんに忠誠を誓っている。きみにはもっといい相手がふさわしい」わたしよりはるかにいい相手が。

アメリアは反論しようとして思い直したかのように、いったん口を閉じてから言った。

「コリンズ卿より、もっとましな相手がいるはずよ。だけどあなたが忠誠を誓った兄は、自分の妹に対してそんな忠誠心を持っていない。今日の昼食のときも兄に訴えたけれど、もう結婚は決まってしまったの。なんとか頼み込んで、花婿をよく知るために一週間の求愛期間を設けてもらったわ。そのあとはあきらめて誓いの言葉を述べ、ロンドンを離れて田舎の領地へ向かうことになる。文句を言わずに」声が震えている。「兄は自分勝手よ」

なんと、マシューはアメリアに子どもたちのことを話していないらしい。彼は頭がどうかなったのか？　妹を生き方が一変するような結婚に追い込んでおきながら、そんな大切なことを教えないとは。アメリアが恋愛結婚を望んでいるのはマシューも知っているはずだ。女性がそういうものを理想とするのは珍しいことではない。それなのに契約書に署名しただけで、妹を慣れ親しんだすべてのものから引き離して子持ちの結婚生活に追いやるのは、あまりにも無神経ではないか。アメリアは勇敢な表情を見せようと努力しているが、声の震えは純然たる恐怖をあらわにしている。

ルンデンは彼女を力づけたいと思った。愛などという幻想は抱いていない。感情が存在しないふりをすることにはすっかり慣れている。しかし記憶は往々にして、もっと恐ろしい敵となる。記憶は感情を呼び覚ますのだ。アメリアのこと、ふたりで分かち合った時間のことは決して忘れないだろう。あのキスも、親密な行為も。

彼は大きく息を吸った。「近い将来結婚しなければならないのは、きみもわかっていたはずだ。お父上の健康状態や、お兄さんの決意を考えなければいけない」

「兄の身勝手さをね」アメリアが辛辣に言い返す。「兄はわたしを結婚させることで責任から逃れるだけじゃなく、なんらかの利益を得ようとしているのよ。そうでなければ、どうしてコリンズなんかを最良の相手として選ぶの？　兄はあの知識人の協会に入り浸っていて、めったに社交界へ顔を出さないから、女の考え方がまったく理解できないのね」彼女はルンデンの姿勢をまねて、ベッドの向かい側の支柱に寄りかかった。怒りは多少おさまったらしく、口調はやわらいでいる。

「きみは何を求めているんだ？」納得できる答えなどない愚かな質問だったが、ともかく彼は尋ねた。

ふたりの目が合い、そのまましばらく見つめ合う。アメリアの澄んだ瞳を見ているのがつらくなり、ルンデンはベッドの上掛けに視線を落とした。語られなかった言葉が書かれるのを待つ紙のように、真っ白な上掛けに。


ルンデンの問いかけを聞いて、アメリアの心臓は一瞬止まった。何を求めているかですって？　どうして彼にはわからないの？　ふたりで過ごした時間には、なんの意味もなかったの？

あなたがしたように感じさせてくれる人を求めているのよ。生きていると。自由だと。大切にされていると。求めているのはあなたなの。そう答える代わりに、アメリアは言った。

「わたしが欲しいのは、女性なら誰でも求めるものよ。愛による結婚。それが無理なら、せめて友情や互いへの敬意に基づく関係ね」

「お兄さんもそれはわかっているだろう」

「兄は自分自身の目的のために、わたしを裏切っているわ」

「コリンズと仲よくできるとは思わないのか？」そのあと唇を引き結んだのを見ると、ルンデン自身その質問をばかばかしいと感じているらしい。

「思わないわ」アメリアは強い口調できっぱりと答えた。「わたしはもっといい関係を求めているの。彼を見ても何も感じない」顎をあげ、ルンデンのあたたかな琥珀色の瞳を見つめる。「あなたを見たときに感じるようなものは、少しも感じないわ」心を決めると、言葉はやすやすと口から放たれた。ルンデンの反応を見守る。彼の目から、こわばった顎、シャツのボタンが開いて三角形に見える首元の小麦色の肌まで、視線を動かしていった。そこはどくどくと脈打っている。その部分に口づけしたいと彼女は思った。

「アメリア」ルンデンの声は暗く、かすれて低く響いた。目は彼女の唇を見つめている。アメリアがもう一度、さっきの言葉を口にするのを願っているかのように。「泳ぎのレッスンのときや書斎で、きみにつけ込んだのは間違いだった。われを忘れてしまった。きみはわたしに怒るべきだ。少なくとも、わたしが感じている後悔の半分くらいは後悔すべきだよ」

「後悔などするものですか。あなたも後悔しないでちょうだい。あなたが兄に忠誠を誓っているのは立派だけれど、自分勝手に物事を決める兄にそんな値打ちはないわ」アメリアは支柱から離れて一歩前に進んだ。

彼を愛している。

ルンデンを愛している。

それを自覚したとき、喜びで骨の髄まで震えた。兄のたくらみに反抗するすべはないと悟ったアメリアは、新たに気づいた事実に力を得た。「自分の将来を決める力はないけれど、今のことは決められるわ」静かな足音が一語一語を強調する。「わたしに残された選択肢はほとんどない。だけど自分の気持ち、自分の心はわかっている。心は自分で選んだ人に捧げられるのよ」彼女はルンデンの前で足を止めた。心臓は早鐘を打っている。「そして体も

「……」ベルトを解き、ガウンを床まで落とした。

「自分で選んだ人にこの身を捧げるわ」

「アメリア」

「いいわよね？」かすかに震える指を首の後ろにまわして、寝間着のボタンを外す。気が変わる前に、シルクを素肌にこすらせながら肩から下へと滑らせた。今、ルンデンの目の前に立つ彼女は無防備だが、これまで経験がないほどその場の主導権をしっかり握っていた。

ルンデンが抗議の言葉をのみ込み、喉がごくりと動いた。彼の熱い視線がアメリアに向けられる。

月に雲がかかり、カーテンの開いた窓から差し込む光が弱まって、室内が暗くなった。雨粒が規則的なリズムを刻んで窓ガラスを叩く。アメリアが迷信深い人間なら、天候の変化を不吉だと考えただろう。けれども逆に、彼女の気持ちはやわらいだ。青灰色のくすんだ月光に安らぎを覚え、自らの大胆な決断に興奮を感じる。

「アメリア」

ルンデンがその名を口にするのはこれで三度目だ。でも、今回はたしなめる調子ではない。言葉はベルベットのようになめらかな愛撫。彼の目はあたたかなコニャックみたいにアメリアを熱くする。彼女が足を踏み出すと、ふたりのあいだには一歩分の距離しか残らなかった。激しい欲望で、手は落ち着きなくそわそわと動いている。ひげを剃っていない顎に指先を滑らせて、ざらざらした感触を味わいたい。官能的な唇をなぞって彼の強さ、ぬくもりを吸収したい。でも、それはだめだ。アメリアは自分自身を差し出した。次はルンデンが受け取る番。そうやって進めなければならない。

　低く響く雷鳴が、アメリアの乱れた鼓動を際立たせた。空気があまりにも張りつめていて、息もできない。どうしてルンデンは無言なの？　何もしようとしないの？　ぼんやりした夢を見ているかのように時間が止まった。稲妻が鋭く空を切り裂き、閃光が室内を照らす。アメリアは彼の顔を見た。琥珀色の瞳は情熱でくすみ、顎の筋肉はこわばっている。

　やがてルンデンが唇を湿らせ、言葉を絞り出した。

「ガウンを着るんだ」よどんだ空気の中で、声はかすれている。

「いやよ」


　なんと大胆な女だ。

　ルンデンはアメリアを求めていた。欲しくてたまらない。だが、アメリアは彼のものではない。ルンデンは兄の死を招き、マシューの人生を台なしにした。彼女を破滅させるのは許されないし、これまでの罪以上に恐ろしいことだ。

「遊びではないんだぞ」全身の神経という神経が熱くなるのを感じつつ、ルンデンは少しでも冷静さを取り戻そうとした。体はこわばり、いらだちが募る。

「自分が何をしているかはわかっているわ」あまりにも無謀な決断を下しておきながら、アメリアは平然としている。『わたしに服を着てほしいなら、あなたが着せてちょうだい』その言葉は甘やかな命令、声は誘惑だった。

沈黙が続き、ルンデンはこれ以上耐えられなくなった。目の前には、異教の女神さながらの一糸まとわぬ姿で、非の打ちどころのない体がまるで夢から出てきたように立っている。こんなアメリアを想像して、何度眠れぬ夜を過ごしたことか。欲望と快楽の神となってベッドの横に立ち、すべてを彼に差し出そうとしているアメリアを。

ルンデンは彼女の足元にひざまずいた。アメリアが喉の奥でもらした小さな声を、皮膚で感じ取る。彼は床に目を据えてガウンをつかんだ。熱くなった手のひらに生地は冷たい。視線は上に向けないようにした。油断していたら、強烈な欲望はすぐ手に負えなくなるだろう。我慢しろと自らに言い聞かせたものの、目は脳に反抗して、なめらかなふくらはぎ、膝の裏の肌、脚のあいだの神聖な場所へと向かった。そこを味わいたい。脈動を感じたい。なまめかしい腿に唇を押しつけたい。

そう、ルンデンはあまりにも激しく彼女を求めていた。求めるのは危険なことだ。それには代償が伴う。ときにその代償はあまりにも高く、一生かかっても負債を払いきれなくなる。彼は経験からそれを学んだ。しかし今、そんなことはどうでもいい。理性を無視すると抵抗の意志は消え、抑えきれない感情がルンデンを支配した。

ひざまずいたところからガウンをつかんだまま立ちあがり、美しい体の曲線をシルクでなぞっていく。そしてついに足を踏み出し、アメリアを抱きしめた。

彼女の喜びのあえぎを聞いた瞬間、ルンデンの心臓は暴れだした。顔を寄せるとアメリアが唇を開き、肌に彼の熱い息がかかった。ルンデンは彼女にガウンを巻きつけた。腕を脇におろさせ、高級なシルクでみずみずしく女らしい体を包み込む。

今、ルンデンは一線を越えようとしながら、その縁で立ち止まっていた。これほど力強く、しかも無力に感じたことはない。腕の中にいる大切な矛盾のかたまりについて考えれば考えるほど、理性などどうでもよくなってくる。彼の世界は今にも倒れそうに傾いていて、よっすぐにするのは不可能だった。

それを強調するかのように雷鳴がとどろき、稲妻の閃光がルンデンの荒れ狂う思いを照らし出した。豪雨が彼の動悸に呼応して窓を叩く。アメリアがぶるっと震えたとき、彼は笑みを浮かべた。

「わたしの美しき嵐、これがきみの望みなのか?」彼女のおいしそうな唇をとらえて、胸を焦がすようなキスをしたい。「引き返すことはできないぞ。いったん始めたことは、もうやり直せないんだ」その教訓はすでに充分学んでいる。

アメリアがうなずき、ガウンをつかむ彼の手に黒い巻き毛がかかった。その髪は生地に負けないくらいなめらかで柔らかい。

「これを求めているの。あなたが欲しいのよ」

彼女がしばしば思いつく突拍子もない考えは信頼できない。だからルンデンは、すぐには進めようとしなかった。どれだけ血が激しくめぐり、行動に出ろと促していようと。

「今なら思い直せる。この部屋から出るんだ。自分の部屋に帰れ。このことについては決して口外しない」そんなふうに言うのはつらかった。それでも言葉を絞り出した。ルンデンの中には、欲望の靄を貫くことのできる礼節がわずかに残っている。いや、そう言わせたのは良心だったのかもしれない。彼はさらなる悲劇や無責任な決断を招きたくなかった。

アメリアが大きく息を吸うと、左右の胸のふくらみのかたい先端が彼の腕をつついた。まるでシルクに隔てられておらず、じかに触れているかのような感触。ルンデンは良識に襲いかかる感情の嵐と闘った。

「わたしが欲しくないの？」

彼女が困惑したように尋ねる。

「きみが欲しくないかだって？　わたしは息をすることもできない。全神経を研ぎ澄まして、きみのあらゆる動きをとらえようとしている。血が轟音《ごうおん》とともにすごい勢いで血管の中をめぐっているせいで、まともに耳が聞こえなくなっているんだ」ルンデンの体は引き絞った弓のように張りつめていた。

その答えに納得できないらしく、アメリアが口の端を震わせた。「だったら、どうして追い返そうとするの？」

「それがきみにとって最善だからだ。わたしにとってではなく」彼女を奪いたい、貪りたい、その肉体が約束している快楽と自由をわがものにしたい。そんなすさまじい衝動に屈することなく、シルクと誘惑に包まれたアメリアをいつまでこのまま抱きしめていられるだろう？

切迫感でルンデンの手が震えた。

「つまり、わたしにとって何が最善かをあなたが決めるというの？　兄がわたしの将来を決めるのと同じように？」彼女は背筋を伸ばして息を詰めた。

「くそっ、わかっているだろう、そんなのは嘘っぱちだ」ルンデンはガウンをつかみ直した。指が反抗しようとする。『きみはわたしの部屋にやってきて、無邪気にわたしの良心に訴えている。だが実際には、わたしの抵抗を封じて誘惑しようとしている、真夜中の夢から現れた神秘的な女神だ。内なる思いを薄いシルクだけで隠した姿でここに立っていながら、被害者ぶるのはやめてくれ」彼の唇から激しい言葉がほとばしった。爪が手のひらに食い込むほど、きつくガウンの襟元を握りしめる。

アメリアが反論しようと舌先をのぞかせた。けれども、その無造作な動きがキスを誘発した。彼女の舌が唇を舐めたとき、ルンデンの下腹部が反応した。あたかもそこを舐められたかのように。抑えていた欲求が解き放たれる。彼は限界を踏み越え、すばやくシルクから手を離すと、アメリアを抱きしめた。

24

アメリアに飽きることはありえない。ジャスミンの香りがする肌は媚薬、荒い息遣いはルンデンを誘うアヘンだ。彼はしなやかな首筋から鎖骨まで熱いキスを浴びせ、浅いくぼみを舐めて、速い脈動を舌で感じ取った。彼女の歓喜の声や穏やかな震えを堪能しながら、敏感な耳まで進み、みだらな言葉をささやきかける。そして耳たぶを歯ではさんで、ゆっくりと吸った。豊かな髪に指を差し入れ、顔を上向かせてふたたび口を貪る。

アメリアに触れてもらいたい。もっと近づきたい。彼女が甘いため息をついた瞬間、ルンデンはわれを忘れた。アメリアは反乱と幻想の味がする。闇に閉ざされた夜、愛に絶望しながらも彼が求め、また求めるのを恐れていたもの。彼女はその生命力でルンデンの決意を打ち砕き、彼はアメリアの心が与えてくれる希望を最後の一滴まで受け取ろうとした。

彼女はルンデンの胸に手を置き、肩からシャツを脱がそうとしている。ふたつのボタンにさえぎられたものの、そのあとすぐにシャツは床に落ちた。アメリアが手のひらで彼の体を探る。張りつめた筋肉が、触れられるたびにぴくっと動いた。豊かな胸が押しつけられ、ルンデンの下腹部が締めつけられる。サテンのようになめらかなアメリアの肌は彼を誘惑し、興奮をあおった。

欲望が理性を打ち負かした。

彼はいったん体を離すつもりだった。ふたりとも息を整え、考え直す時間を持てるように。ところがアメリアが右手を彼の心臓のあたりに当て、美しい唇を曲げて微笑んだとき、ためらいは消え去った。ルンデンは長く深いキスで応えることしかできなかった。

体のあらゆる部分が欲求で脈打っている。われながら理解できないほどの激しさで。押しつけられたアメリアの体はまさに苦悩以外の何物でもなく、最高に甘美な拷問だった。彼女の指がズボンのボタンを外す。ルンデンはズボンを蹴るように脱ぎ、アメリアの手のひらが臀部《でんぶ》に当てられると、下着も同じくらいすばやく脱ぎ捨てた。

目をあげて、彼女の表情をうかがう。アメリアはいたずらっぽい笑みを見せたあと、顔を寄せてまたキスをしてきた。じらすように、ゆっくりと。その舌の動きには無邪気さと妖しさが同居している。ルンデンは陶然としてベッドの支柱に寄りかかり、体を支えた。頭の中では感情が渦巻いている。血は猛烈な勢いで、アメリアがおずおずと触れてきた下腹部に集まっていた。

キスを中断することなく、ルンデンは柱につけた背中を支点として向きを変えた。アメリアをマットレスのほうに押しやり、倒れないよう自分の体で支える。ウエストをつかんでベッドに寝かせようとしたが、アメリアは抵抗して体の位置を入れ替え、ルンデンの上になった。そして征服の女王さながらに彼を見おろす。アメリアの勝利を告げるかのように稲妻が光った。それに続く雷鳴は、ルンデンの胸の中で響いている笑い声に似ていた。彼は指先でゆっくりとアメリアの腕を撫であげ、両手で左右の胸のふくらみを包んで、その重みを確かめた。

彼女が唇をルンデンの口までおろし、ゆったりと濃厚なキスをした。人間の上で君臨する妖精のごとく、彼に永遠の喜悦を与える。これがかりそめであること、ひとたび日がのぼったら太陽が真実を照らし出すことを、充分にわかっていながら。

あまりに長いあいだ、ルンデンは感情を奥深くに閉じ込め、どんな種類の楽しみも拒んできた。今、熱く濡れて欲望もあらわなアメリアにまたがられている喜びは、彼を破滅させる危険がある。それは彼女の評判を穢してしまう危険よりも、はるかに悪質なものだ。ルンデンの頭はそんな危うさを無視しようと努め、一方、体は自らの行動を褒め称えていた。

アメリアが少しずつ下に向かって動き、柔らかな乳房が彼の胸板をかすめた。ルンデンの鼓動がさらに激しさを増して、心臓が爆発しそうになる。

彼は考えるのをやめた。

ほとんど息もできない。

アメリアはルンデンの体に手を這わせて、その熱さを探索している。好奇心に支配され、無邪気さは消え去っていた。首に口づけ、鎖骨のくぼみを舐め、満足の声をもらして彼のにおいをかぐ。ルンデンのすべてを記憶に刻もうとしているかのように。そのあとまた体を起こし、彼の胸板に手のひらを置いた。

時間が止まった。現実を思い出させるのは、屋根を叩く雨音、屈折した光、荒れ狂う嵐の中でとどろく雷鳴だけだ。

アメリアが腰を浮かせて位置を調節した。かたくこわばったものの先端が、彼女の熱く濡れそぼった部分に当たって脈打つ。彼女は少しずつ体をおろして、ゆっくりとルンデンを自分の中に導いていった。あまりの快感に、彼は呆然となった。なんてきついんだ。そして熱い。視界がぼやける。まともな言葉を発することもできずに、ルンデンはうめいた。アメリアは欲望をたたえた美しい表情で彼を見つめている。また腰を浮かせて、今度はもっと自信にあふれた動きで、彼のものを受け入れるべく勢いよく体をおろした。ルンデンは喜悦のうめきをもらして彼女のヒップをつかみ、腰を支えた。アメリアと目を合わせ、長らく失われていた歓びを解き放つ。

彼女は肩まで落ちた髪を振り乱し、キスで腫れた唇に笑みを浮かべながら、また頭をさげてキスを求めた。純白の肌にかかるひと房のなめらかな黒い巻き毛を、ルンデンは指でなぞった。そのあと、彼の腰に巻きついて、パズルのピース同士のようにふたりを固定しているアメリアの腿に手を這わせる。

「今夜あなたはわたしのものよ、ルンデン」

彼は返事を口には出さなかった。わたしはこの瞬間を決して忘れない。きみは永遠にわたしの心の中で生きるんだ。「きみはわたしを征服してしまったようだ」

アメリアが小さく微笑み、官能的なリズムで動きはじめた。彼女の体はあらゆる感情をあらわにしている。ルンデンは目をそらすことができなかった。

純粋な力を持つ女神、禁じられた夢、うぶなのに魅惑的な女性がルンデンの体を――ふたりの体を――操っている。ふたりは互いのために創造されたかのようだ。アメリアは半ば目を閉じているが、そのエメラルド色の深みに浮かんだ熱情は彼の心を射抜いた。黒い巻き毛が嵐のように象牙色の肩の上で暴れ、頬は激しい動きのせいでピンク色に染まっている。暖炉で燃える炭の金色の光を浴びてシルエットになった彼女は、息をのむほど美しい。ルンデンはアメリアの顔をそっと手で包んだあと、手のひらを下へ向けて滑らせた。美しい曲線を描く首から、なだらかな肩を通ってヒップをつかむ。彼女を支えたまま腰をベッドから浮かせて、濡れそぼった蜜の中により深く突き入れた。アメリアの歓喜のうめきに促されて、その動きを繰り返す。ふたりは何度も一体となって動いた。この狂おしくも甘美な行為は初めてではなく、長いあいだ練習を重ねたかのように完璧に調和している。

これを永遠に続けていたい。だがアメリアが貫かれて背中をそらすたびに、彼の忍耐力を奪っていく。あまりの快感にルンデンの全身がうずいていた。頂点に達するのをこらえて、彼女のヒップをつかむ手が震える。するとアメリアが笑った。うれしそうな笑い声。そして彼女はかがみ込むと優しくキスをした。あまりの気持ちよさに、わずかに残ったルンデンの自制心が壊れそうになる。渇望と思慕をこめて、彼はキスを返した。何年ものあいだ自分の中に閉じ込めていたあらゆる感情、孤独感や絶望的な後悔をこめて。この瞬間の親密さが、暗い秘密を打ち負かしてくれることを願って。そんなルンデンの思いを理解して、アメリアもキスを受け止めた。

　彼は体の位置を入れ替え、そっとアメリアを横たえて自分が上になった。激しい愛の行為が、とたんに優しいものへと変わる。アメリアの顔にためらいの色はなく、そこにあるのは渇望だけだったので、ルンデンはふたたび彼女の中に身を沈めた。ゆったりとした動きが徐々に速度を増し、情熱的なリズムを刻みはじめて、やがて甘美な拷問と化していく。欲望を超えた何かに突き動かされ、ルンデンは自らを制御できなくなった。快楽にとらわれ、ほかの感情はどこかへ消え失せた。

「わたしを奪って。あなたのものにして」アメリアがかすれた声で促し、指を彼の腕に食い込ませた。肌は汗で光っている。ついに歓喜の頂点に達したとき、彼女は目を閉じた。全身がこわばり、息が荒く震える。

「ああ、アメリア」ルンデンの声は張りつめていた。もう我慢できない。彼は猛烈な勢いで絶頂へと向かった。太陽に吸い込まれたかのように、熱と激情の中で溶けていく。

　渾身《こんしん》の努力によって、ぎりぎりのところで自らを引き抜いた。強烈な快感に身震いしながらシーツに精を放ったあと、ルンデンはぐったりと崩れ落ちた。

　アメリアは目を覚ました。体はルンデンの腕に包まれている。二度まばたきをして、満足感でぼんやりしている頭の靄を晴らし、眠気の名残りを追い払った。心地よい痛みは、あの行為が夢ではなかった証拠だ。初夜を恐れていたとは、なんてばかだったのだろう。貫かれたときの鋭い痛みは一瞬だけで、すぐに消えた。そのあとの素晴らしい愛の営みは、どんな代償にも値するものだ。

そっとルンデンのほうを見た。窓から差し込む暁光は、彼の横顔の輪郭をくっきりと浮き彫りにしている。彼の上になって結ばれた記憶がどっとよみがえり、アメリアはため息をもらした。昨夜のことは、彼女の中にこのうえない喜びをもたらした。男女関係について、以前はシャーロットの助言を求めたけれど、今は自分の本能を信じている。愛の行為は話に聞いていたような苦痛ではなかった。心の奥深くに根づいていた恐怖は、もはや存在しない。メイドのおしゃべりをよく盗み聞きしていたおかげで、アメリアは男性を誘惑する正しい方法を学んでいた。ルンデンの穏やかな寝顔からすると、それは成功したようだ。

すっかり満足して、アメリアはその顔を記憶に刻み込んだ。寝《た》ている彼はふだんとまったく違う。頻繁に現れていた額のしわはなく、素晴らしく技巧に長けた口は穏やかにゆるんでいる。昨夜、ルンデンは微笑んだ――めったに見せないそのすてきな笑みは、まっすぐ彼女の心に語りかけた。何と引き換えにしてでも、もっと頻繁にあの微笑みを引き出したい。ここにいるのは、世間から隔絶した、友人や仲間との交流もない人生を選んだ男性だ。彼の苦悩は、アメリアの苦悩とそんなに変わらないのではないだろうか？　人生はあまりに短く、友情や信頼、そして何より大切な愛情なしで生きていくのはつらい。それなのにルンデンはそんな感情を遮断し、何年も前の謎めいた悲劇への償いとして孤独を受け入れている。ルンデンが心の悩みを打ち明けてくれさえしたら、アメリアはゆうべ彼が与えてくれたような幸せを返してあげることができるかもしれないのに。

ルンデンが何かつぶやいて横を向いた。そして目を開けた。アメリアに見つめられているのを知ってばつが悪くなり、視線を外させようとするかのように。

「おはよう」

彼のかすれた声を聞いたとき、アメリアは喜びの波に襲われてにっこりした。顔が紅潮する。

「おはよう」同じように小声で応えた。

「まだここにいたんだな」

その言葉には驚きとかすかな懸念が聞き取れた。彼はアメリアが夜中のうちにこそこそ出ていくと思っていたのだろうか？

「だめじゃないか」突然良識を取り戻したように、ルンデンが彼女の思いに割り込んだ。「暖炉に火をおこすために誰かが入ってきたら、きみは見つかってしまう。ここにいることをきみのお兄さんに知られたらまずい」

「今朝、兄に話をするつもりよ」アメリアは心地よい抱擁から抜け出して体を起こし、胸にシーツを巻きつけると、ルンデンの反応をよく見られるよう横を向いて肘枕をした。彼の顔を見ながら続ける。「もともとコリンズ卿と結婚するつもりなんてなかったわ」

ルンデンがぱっと起きあがった。その顔には強い決意が浮かんでいる。「わたしたちがベッドをともにしたからといって、事態は何も変わらない。きみもわかっていると思っていた。

ゆうべの行為でどんな快楽を得ようと、わたしは問題を解決したら永遠にロンドンを去るつもりだ」彼はきっぱりした声で言った。

アメリアがもじもじしていると、彼は続けた。

「こんなことをしたからといって」手を振ってふたりのあいだを示す。「わたしはきみと結婚しない。誤解しないでくれ。わたしは夫としてふさわしくない」

その冷たい言葉に、アメリアの心は引き裂かれた。あまりにも予想外の発言で、すぐには言い返せなかった。

「コリンズ卿と結婚するつもりはなかったのよ。わたしはもう別の将来を決めたの」彼女がそう言うと、ルンデンは鋭いまなざしを向けて説明を促した。「わたしが別の人と結婚していたら、兄はわたしを差し出せないわ」

「よしてくれ。きみが求めているような返事はできない」

しばらくアメリアは無言だった。あたたかな琥珀色の瞳に浮かんだ悲しみを見たとき、彼女は好奇心を失い、心に浮かんだ疑問を捨て去った。ルンデンをこれ以上、悲しませたくない。この人は、自ら築いた壁の向こうに隠した心の傷を深く悔やんで生きているのだ。アメリアの胸を苦悩が貫いた。どうしたら、ルンデンを悩ませている秘密を告白させられるだろう？　彼は生来の秘密主義者で、口を開かせるのは無理かもしれない。一般的に、公爵というのは家族の秘密に関して口がかたいものだ。重要なものすべてをしっかり隠すことで、よく知られている。そしてわたしの公爵は、とりわけ隠すべきものが多い。

「よく聞いてちょうだい。わたしは寂しく愛のない生活に落ち着く気はないの。不幸な将来に甘んじて、すべての主導権を手放して自由を捨て去るようなことはしないわ」

眠っていたときの穏やかさはすっかり消え、ルンデンは険しい顔になったものの、アメリアの発言をさえぎりはしなかった。とはいえ、自分の言葉がどれくらい彼を傷つけているのだろうと考えてしまう。「わたしがすでに結婚していたら、兄がわたしの婚約を成立させることはできない。そこであなたの協力が必要なの」ルンデンは反論しようとしたが、彼女は早口で説明を続けた。「わたしが計画を実行するあいだ、兄の気をそらしておいてほしいのよ。候補者には心当たりがあるの。二、三日あれば、その人の同意を取りつけるわ。兄はコリンズ卿の求愛期間として一週間の猶予をくれた。あなたの協力があれば、計画は成功するはずよ」ベッドから出て服を着はじめる。ルンデンの目は彼女のあらゆる動きを追ったが、顔は無表情のままだった。

「それでなぜきみの将来が幸せなものになるんだ？　お父上を満足させてお兄さんの計画を阻害するために、どこかのろくでなしと結婚して？」

「行動に出るしかないのよ。でないと一週間後にはコリンズ卿に差し出されてしまう。彼が兄と取り決めた、なんらかの契約を守るために」アメリアはあきらめの念を示して声を落とした。「少なくともこの計画では、決定権はわたし自身にあるわ」心をこめてルンデンを見据える。「昨夜と同じで」

愛の交歓に言及されたとき、彼の怒りが消えた。表情はやわらぎ、ふたたびあたたかく澄んだまなざしになる。「無謀な行動に出る前に、お兄さんと話し合うんだ。言いたいことを最後まで言って、説得すればいい」

アメリアはルンデンのほうに向かった。今、彼はヘッドボードにもたれかかっている。彼女はガウンのベルトをきつく結び、いらだちもあらわに歩いていった。木の床が素足に冷たい。「そうするわ。だけど、今まで独裁的だった兄が妥協するとは思えない」ルンデンと目を合わせる。「どうしてあなたとは一緒になれないの?」

「わたしはきみにとって最善のことを望んでいるからだ」彼はおずおずと手を伸ばして、アメリアの頬をそっと撫でた。「舞踏会で踊り、健全な友情を結んで、ふさわしい敬意を受けて社会で暮らす。きみにはそんな生活を送ってほしい」

ルンデンは過去の重荷を明かすつもりも、アメリアと将来を分かち合うつもりもないのだ。その事実に彼女の胸は痛んだ。

「わかったわ」それは嘘だった。

「きみが与えてくれたのは、とてつもなく貴重なものだった」

アメリアは目を閉じて彼の言葉を受け止めた。「だったら、そのお返しに協力してちょうだい」

扉が激しく叩かれ、それ以上の話し合いはできなくなった。ルンデンはすばやく下着とズボンをはき、彼女にベッドのカーテンの後ろへ隠れるよう合図した。

「開けてくれ、ルンデン。緊急事態なんだ。話がある」マシューの声は切迫感にあふれている。

アメリアは警戒しながらカーテンの隙間からのぞき見た。ルンデンは髪をかきむしってい

る。おそらく考えをまとめているのだろう。そのあと扉をほんの数センチ開けたが、マシュ

ーは部屋に押し入ってきた。

「ぐずぐずしている時間はない」静かな部屋の中で、マシューの苦しげな声が響く。「アメリアが消えた。たぶん家出したんだろう。あいつは衝動的で身勝手で道理のわからないやつだ。ぼくが強引に進めすぎたせいで、逃げるしかないと思ったのかもしれない」

「なぜ家出をしたとわかった？」

アメリアはカーテンの向こうを見ないようにしたが、ルンデンの冷静さを感じて呼吸は楽になった。

「ベッドで眠った形跡がないし、昨日は夕方のうちに侍女をさがらせた。そのあとメアリーはアメリアを見ていない。ひとりの従僕が、ゆうべあいつが貸馬車に乗り込むところを見たと言った。それらを考え合わせると、妹は今までで最悪の行動に出たらしい。何がかかっているか、アメリアはまったくわかっていないんだ。コリンズはぼくの首を絞めるぞ」

「コリンズはきみに対してどんな力を持っているんだ？」水音がする。ルンデンは顔を洗っているようだ。彼の無頓着な様子が事態をおさめるのか悪化させるのか、アメリアにはわからなかった。

「ぼくたちはもう契約を交わして書類に署名した。コリンズは早く話を決めたがっている。

パンドラのせいで、書類は黒インクだらけになったがね。忌まわしい猫め、ぼくを困らせたがっているんだ。あの性悪な動物を連れていってくれるだけでも、アメリアが結婚したらせいせいするよ」

アメリアは兄が部屋を歩きまわる靴音を聞き分けた。ベルベットのカーテンの隙間の前を通るとき、体が細い影をつくる。マシューの不満に同情はできない。兄が書類を汚したのは猫だと勘違いしていることを思うと、つい笑みが浮かぶ。

「コリンズには別の花嫁を見つけてやれ」ルンデンの口調が強くなり、アメリアの笑みはますます大きくなった。彼はわたしのヒーローだ。いくら本人がその役割を拒んでも。

「無理だよ。すべてはアメリアが結婚することにかかっている」マシューが立ち止まった。声がひどく近いので、おそらくベッドの横に立っているのだろう。彼女と兄を隔てるのは布一枚。不安で体が震えた。

「アメリアはあのおぞましい男との結婚を望んでいない。この問題におけるきみ自身の役割について考えたことはあるか？　命令するのではなく、思いやりを持ってアメリアと話し合ったほうがいいかもしれないぞ」

「なんだ、きみは急に繊細な感情の持ち主になったのか？」マシューの質問が空気を切り裂く。彼はまた歩きはじめた。アメリアはカーテンをほんの少しかき分け、片目でのぞき見た。

「妹が正しい決断を下すことはめったにない。すぐ感情に左右されるし、短絡的だ。立派な紳士たちをあれほどはねつけなければ、もっといい将来を選べただろう。なのにあいつは、父の健康状態が悪化していくあいだも無責任にふるまっていた。どうしようもなく身勝手だよ」

今は反論を口にできないので、アメリアはシーツを握りしめて怒りをこらえた。よくもそんなふうに非難できるものだ。まるで彼女が父の健康状態を気にかけていないみたいに。自分の利益のために妹の結婚をたくらんでいるマシューに、アメリアを身勝手だと決めつける資格などない。

「それには賛成できない。彼女には選択の自由が与えられるべきだ。人の将来を強制的に決めてはならないよ。それがどんな結果を招くか、わたしはよく知っている」ルンデンの怒りの口調には憂いが聞き取れる。彼が自らの決断に対して耐えてきた代償を思って、アメリアの胸は苦しくなった。

「そうかもしれない。だが、きみの状況は特別だ。あの夜のぼくたちの行動は将来を予兆していた。あのあと起こったことは……」マシューは杖で自分の靴の脇を叩いた。

「きみは充分幸せに暮らしてきたじゃないか」ルンデンがぴしゃりと言い、その強い口調に驚いてアメリアは目を見開いた。

「ああ。でも、きみが選んだ道は――」

「そうするしかなかった。銃弾がきみの脚ではなくわたしの心臓を貫いていたら、どんなによかったか。きみの傷は癒えた。わたしの心の傷はいつまでも治らない」

ルンデンの告白に心を打たれ、アメリアは唇を噛んであえぎをこらえた。

「隠遁する必要はなかった。誰もきみが青年時代を犠牲にすることまでは期待していなかったんだ」マシューは納得せずに反論し、怒りで声を荒らげた。

「そうか？　わたしはひっそり葬儀を行ったが、それでも疑念や非難を浴びることになった。田舎へ引っ込んでも罪悪感や後悔はついてまわり、おかげで夜も眠れず昼も暗いままだった。ほかの選択肢があったなどと言わないでくれ」

部屋の中は奇妙に静まり返り、アメリアは息もできなかった。心痛で喉がふさがる。やがてマシューの声が静寂を破った。

「話が脇にそれたな。今は過去の話を蒸し返すときじゃない。妹が行方不明で、見つけなくてはいけないんだ。妥協の時間は終わった。放っておいたら、あいつはばかな若造を夫にするぞ、まだ尻の青いやつを。それなら自分が操れると考えて。アメリアの美貌に目がくらんだ間抜けは、いずれその屈辱で彼女を恨むようになる。退屈な生活はすぐにトラブルに発展する。そういう腰抜けな夫と別れさせるのは、ぼくの仕事だ。いずれ妹が起こす面倒を解決しなくてはならないことを思うと、頭が痛くなるよ」

「きみは自分の良心をなだめて個人的な利益を隠そうとするあまり、妹を過小評価して問題を単純化しすぎている」

マシューは笑ったが、それは辛辣な笑いだった。「賢いやつめ。妹はきみを魅了して味方にしたわけだ。その努力には感心するが、無駄だったな。あいつが何をしても、ぼくの気は変わらない」どんな妥協も許さない口調だった。「逃げたってどうにもならないさ。今、人をやって探させている。コリンズは結婚するつもりだし、その相手はアメリアだ」

「無理よ、わたしは別の人に自分を捧げたんだから」怒りを抑えきれず、アメリアはカーテンの後ろから出た。強気に顎を突き出して兄と目を合わせる。「わたしは人の持ち物でもなければ、取引材料でもないわ」

妹のしどけない格好を見て、マシューは状況を理解した。怒りのうなり声をあげ、杖を床に叩きつけると、こぶしを振りあげてルンデンに向かっていった。

「この裏切り者！」激しい怒りに顎をこわばらせて言葉を吐き出す。「きみにはアメリアに夫を見つけてくれと頼んだんだ。誘惑しろとは言っていないぞ、嘘つき野郎め」

ルンデンは動こうとせず、自分のこぶしをあげようともしない。

「お兄さま！」アメリアは走り寄ったが、兄は腕で彼女を押しのけた。

「さがっていろ、アメリア。おまえは関係ない」

その口調に彼女は思わず足を止めた。マシューに理を説くのは不可能だ。

「ええ、もちろん関係ないわよね」胸が締めつけられ、声が震える。「わたしの結婚がわたし自身に関係ないのと同じで」

アメリアはルンデンに目をやった。彼はマシューが向かってくるあいだも後退しようとしない。マシューがルンデンのみぞおちにこぶしを叩き込んだ。裸の体とぶつかったこぶしが鈍い音をたてたとき、アメリアの目に涙があふれた。押し殺した悲鳴をあげる。ルンデンは衝撃で一歩だけ後ろにさがったものの、表情は変えず、マシューの攻撃を避けようともしなかった。

「つまり、わたしは友人と呼ぶ価値はあっても、きみの妹に求愛する資格はないわけか」

ルンデンの声は平静だが、アメリアの心臓は狂ったように打っていた。マシューがまた襲いかかった。引きずっている足は弱点なのに、ルンデンはそこにつけ込もうとしない。マシューが鋭いジャブを浴びせると、ルンデンの鎖骨や肋骨《ろっこつ》のあたりが赤く腫れあがった。

「求愛だと？　ぼくをばかだと思っているのか？　ここで何が起きたかはわかっているんだぞ。ぼくの家で、ぼくの厚意で滞在しているくせに」マシューがルンデンの胸を殴った。それでもルンデンは無防備に立ち尽くし、身を守ろうとしない。「抵抗しろ。きみがどれだけ戦うのを拒んでも、ぼくは手加減しない」さらなるパンチが繰り出され、アメリアの口から苦悩のうめきがもれた。

「きみと戦う理由はない」ルンデンが食いしばった歯のあいだから言葉を絞り出す。

「お兄さま、もうやめて」彼女は頬を流れ落ちる涙をぬぐった。懇願の言葉はこみあげた感情で切れ切れになっている。「お願い」兄は聞き入れようとしなかった。

「ぼくが頼んだのは妹が結婚できるように協力することだ。ベッドへ連れていくことじゃないぞ、この嘘つきの最低野郎」マシューの足の動きがより不規則になった。片足で立って体勢を整え、また攻撃を仕掛ける。

「嘘は一度もついていない」強烈な左フックを右肩に受け、ルンデンはうなり声をもらしてよろめいた。

アメリアはまた近づいていったが、今回彼女を押しのけたのはルンデンだった。彼の日には強い決意の光がある。「放っておいてくれ」

そんなことはできない。

「こぶしをあげろ、さっさと決着をつけよう」マシューが顎を殴ると、ルンデンはのけぞった。パンチの音にアメリアの制止の声が重なる。

「ぼくが脚の怪我を嘆いたことはあるか？　あの夜のことできみを責めたか？　いいや」マシューはこぶしを振りおろしたが、ルンデンが横に揺れたので空振りに終わった。「ぼくは愚かさの代償として自分の運命を受け入れた。ダグラスを追うようにそそのかしたのはぼくだったからだ。あの悲劇については、ぼくにも責任の一端がある。ぼくが後悔なく生きているとは思うな」

「しかし、きみの人生は台なしになっていないだろう？　誹謗《ひぼう》中傷はされなかった。むしろ世間はきみを被害者だと考え、そのせいでわたしの心にはさらなる傷が残った。わたしが兄の死を受け入れようと努力しているときの『ロンドン・タイムズ』の無情な見出しや、わたしの動機に関するばかげた詮索は忘れられない。わたしひとりが屈辱と排斥に対処したんだ」次なる攻撃に備えるようにルンデンは背筋を伸ばし、平然とした顔でマシューと向き合った。

「療養のためにぼくが両親に連れられて田舎に滞在しているあいだに、さまざまな推測が飛び交った。ぼくがロンドンへ戻ったとき、きみはすでに去り、家は閉鎖されていた。執事はきみへの伝言を受け取るのを拒んだ」マシューは肩をまわし、ルンデンの胃に強いパンチを見舞った。

「わたしは喪に服しはじめていた」ルンデンの声は低い。背中をベッドの支柱に押しつけ、目にはあきらめの光を浮かべている。

「いつまでも喪に服したままのようだな」マシューが腕を引き、また殴ろうと身構えた。ルンデンは依然として防御の姿勢を取らない。

「反撃して、ルンデン。殴って。兄を止めて。お願いよ」アメリアの甲高い声が、腕を振りかぶったマシューの動きを止めた。

「なるほど、おまえが誰に忠誠を誓ったかわかったよ。おまえをコリンズに差し出したことに、それほど良心の呵責を感じなくてもいいかもしれないな」マシューは警告するように妹をにらみつけ、ふたたび腕を引いた。

「彼を愛しているの!」アメリアが悲鳴のように叫ぶと、室内は不気味なほど静かになり、時を刻む廊下の時計の音が恐ろしい呪文を打ち破るかのように重苦しい緊張の中に響いた。彼女はなんとか呼吸しようとした。あまりの怒りに胸が大きく上下している。

男性ふたりがアメリアのほうを向いた。とてつもない無力感を覚えつつ、彼女は必死で感情と闘って言葉を口にした。「彼を責めないで、お兄さま。愛しているの。お兄さまが何をしようと、何を言おうと、わたしの気持ちは変えられないわ」

ルンデンの表情がやわらいだ。いつもの身震いするほどの暗さが、穏やかな落ち着きに取って代わる。時が無為に経過し、アメリアはその場の緊張を破れなかった。心臓は胸の中で規則的なリズムを刻んでいる。目の前は涙で曇り、視界の端に横顔が見える兄のことは無視した。その代わりにルンデンの琥珀色の瞳を見つめる。まなざしが、呼吸のたびに強くなる思いの深さを伝えてくれることを願って。

「出ていけ」マシューが憎しみをこめて最後のパンチを放ち、ルンデンは床にくずおれた。

25

叩きのめされた。当然の報いだ。痛む顎に布を押し当てられて、朦朧《もうろう》とした頭が現実に目覚めると、ルンデンは歯を食いしばった。目をこじ開け、余計な手当てを拒もうとして手をあげる。するとなめらかで柔らかな肌に触れたので、あわてて指を引っ込めた。アメリアが心配そうに眉根を寄せてのぞき込んでいる。唇はきつく結ばれていた。

「血が止まるまで動かないで」

こわばった姿勢も声も不安を表している。彼女をうろたえさせたことを思って、ルンデンは顔をゆがめた。その表情を痛みのせいだと勘違いしたアメリアは小さく舌を鳴らし、冷たい布を右頬に動かした。下唇が腫れてしびれていなかったら、ルンデンは微笑んでいただろう。

暖炉からの小さな火明かりが、アメリアの横顔をあたたかく照らして輪郭を浮き出させていた。その姿は、まるでルンデンの魂を癒そうとしている天使だ。波打つ黒い巻き毛は顔を縁取る光輪。彼はあきらめて手当てを受けることにした。目を閉じて、アメリアの手の感触に身をゆだねる。近いうちに何もかも失うことになるだろう。だが、そんな思いは本来の場所、心の寂しく暗い隅に押し込めた。

まだ少しふらふらする頭に、昔の記憶がよみがえってくる。今はあまりにもぐったりしていて、いつものように記憶を押しつぶす力も出ない。ルンデンは子どもだった。田舎で兄を追いかけている。短い脚を一生懸命動かしても取り残されてしまい、ダグラスが背の高いオークの木にもたれたとき、ようやく追いついた。兄は足の遅い弟を侮って、のんびりリンゴをかじっていた。ルンデンが近づくと、ダグラスは食べかけのリンゴを投げ捨てて木のいちばん低い枝に飛びのり、たくましい体と長い脚ですばやくのぼっていった。ルンデンは根元にたたずんで見あげた。下の枝に飛びつこうとしたが、あと数センチというところで手が届かない。兄の笑い声が、のぼるときに揺らされて落ちた木の葉とともに上から降ってきた。ルンデンはまた取り残されてしょんぼりし、切望と憧れをこめて、はるか下から見あげるのだった。

目を開けて、なんとなく落ち着かない気持ちでまばたきをする。昔ダグラスを追いかけていたのは、いわば英雄崇拝だった。しかし兄がいつも弟と競争して勝とうとしていたのは、跡継ぎの予備にすぎないルンデンの、気楽でのんきな生き方を羨んでいたからかもしれない。

その記憶に胸が痛み、ルンデンは気をそらすものを探した。アメリアに目を凝らす。彼女はブランデーのグラスを持ってきて、彼のそばの床に置いた。窓からの光で傷の具合を見ようとかがみ込み、とくにひどいあざを二本の指で押した。

痛みは感じない。

彼は伏せた目でアメリアのボディスを見つめた。乳房はむき出しのルンデンの胸からほんの数センチのところにあり、ゆうべ彼の決意を打ち砕いたシルクのガウンに包まれている。ジャスミンの芳香は神経をなだめて痛みをやわらげてくれるが、同時に欲望をあおってもいた。ついさっきあれだけ殴られたばかりだというのに、アメリアを求めて体が熱くなる。自分は救いようのない人間だ。

「わたしにできるのはこれくらいよ」アメリアは自分の手当てに満足した様子で小さくため息をつき、彼の横でひざまずいていたところから体を起こした。「立ちたい？」

本当にしたいことは言うまい。

「ありがとう」ルンデンは立ちあがり、バランスを取ろうとベッドの支柱に手をかけた。「殴られたのは自業自得だった。それでも手当てをしてくれたことには感謝する」後悔は口にするまい。マシューはルンデンを裏切り者と呼んだ。そう呼ばれてもしかたがないことをしたとはいえ、やはりその屈辱は骨身にこたえている。

アメリアが身をかがめて床からブランデーのグラスを取り、ルンデンの胸に押しつけた。わずかに触れた彼女の指は冷たくて優美だ。その感触は皮膚を越えて心を撫で、彼の冷静さを奪うアメリアの力を思い出させる。ルンデンは彼女のせいで目的から逸脱した行動を取り、その結果、問題を解決するどころかさらなる問題を引き起こしてしまった。それでも心のどこかでは、アメリアのキスこそ自分がロンドンに戻った理由、彼女の愛こそ何年も前に自己嫌悪に押しつぶされて死ななかった理由だとわかっていた。だがどんなにアメリアを求めていても、彼女の愛情という身に余るぜいたくを享受するわけにはいかない。

「さっき言ったことは本当よ」アメリアが微笑んだ。目は午後の太陽のようにあたたかくきらめいている。「いいかげんな言葉じゃないわ」

それはルンデンにもわかっていた。アメリアの宣言はマシューのパンチよりも強く、彼を叩きのめした。しかし、ルンデンは愛の言葉を返さなかった。愛は苦痛と同じだ。両親と兄の予想外の死を通じて、それはいやというほど学んでいる。愛を育んだり、恋に落ちたりするつもりはない。その忌まわしい感情は複雑かつ不都合であり、強さではなく弱さだ。万が一アメリアを愛したあげく失うことがあれば、彼の苦しみは死んでも終わらないだろう。

顔をあげてアメリアと目を合わせる。巻き毛のひと房が頬に落ちており、それを払いのけたくて指がむずむずした。彼女を抱き寄せ、貪るようなキスをしたい。そんなばかげた思いを必死に振り払い、ルンデンは口を開いた。

「きみの言葉を軽く受け取ってはいない」考え込みながらブランデーを飲み、自分がこれからアメリアに与える痛みに備える。「だが、同じ言葉を返すことはできない。厚意に甘えて長居してしまった。今夜の夕食までには荷造りをして出ていくよ。未解決の問題には宿屋にいても対処できる」彼女にというより、自分自身に向けて言った。言葉は虚しく無意味に、ふたりのあいだに漂った。

「ごめんなさい。本当にごめんなさい、ルンデン。わたし……」アメリアが唾をのみ込んだ。こみあげた感情で唇がわななく。「カーテンの後ろから出ていったとき、自分のことしか考えていなかったの。あなたを失うのが怖くて――」彼女はぎこちなく息を吐いた。「あなたのことは一生忘れないわ」

アメリアはあまりにも若く、おびえていて、何より無力に見える。彼女の正直な告白を聞いて、ルンデンの心は揺さぶられた。

名状しがたい静寂が部屋を覆う。

「わたしはつまらない男だ」ほんの数時間前にふたりが結んだ絆が断ち切られるのを見るのがつらくて、ルンデンは横を向いた。「いつの日か、きみは別の男に心を捧げるだろう。きみの忠誠心や献身にふさわしい男に。そしてわたしは遠い日の記憶となり、忘れ去られる。少なくとも、わたしはそうなることを願っているよ」その話題は終わったとばかりに咳払いをする。

「ほかの人に捧げるものなんてないわ。全身全霊であなたを愛しているもの」

その言葉はルンデンの心をずたずたに引き裂いた。

「いや、きみは忘れる」あきらめの気持ちをこめてささやく。アメリアの小さな足音が彼の背後で響いた。

「あなたがお兄さんを忘れたみたいに？」

たとえ彼女がまだルンデンの心を破壊していなかったとしても、この質問で間違いなくそうなっただろう。それでも彼は、いつものような怒りや自責の念を感じられなかった。そろそろ過去を嘆くのをやめて、前を向くべきときかもしれない。アメリアには彼の絶望の深さを知ってもらおう。彼女が本当に求めているものは与えられなくても、その話ならできる。

ルンデンは大きなため息をつき、ベッドの支柱に寄りかかって、一〇年前の出来事を思い起こした。

「わたしはマシューとつるんで、ばかなことばかりしていた。しょっちゅう問題を起こしたから、兄の悩みの種だったに違いない。年が離れていたことと、わたしがダグラスに認められたくてつきまとっていたことが原因で、兄とはいつも衝突していた。ダグラスはわたしが何年もあとに爵位を引き継いだときと同じく、公爵としての責任を負っていた。愛する人間の死を悼んでいるときに公爵位を継ぐのは簡単なことじゃない。たとえ生まれたときから、その役割を負えるように育てられていても。両親の死は突然だった。その瞬間から、兄の人生は一変した。わたしは両親の死に打ちひしがれて兄に慰めを求めたが、兄は背を向けた。その理由は永遠にわからない。わたしたちはそういうことについて話し合わなかったからね。ダグラスは心の内を人に明かさない人間だった。そしてわたしのふるまいについてよく説教をし、スカーズデイルの名を穢しかねない醜聞を招かないよう警告していた。

兄が亡くなった夜はわたしの誕生日で、わたしとマシューはお祝いをしていた。ダグラスがその酒場に来るのも、人前で醜態を演じることになるのも、まったく予想していなかった。その場にはニルワースを始め、貴族階級の人間が数人いた。ダグラスと口論をし、わたしはひどい言葉を投げつけた。そのあとも誤った判断をしつづけた。家に帰ったとき、酒場での態度を反省して会いに行ったが、兄は口をきいてくれなかった。わたしのふるまいにあきれていたし、別のところで夜を過ごしに行くのに急いでいたからだ。それはいつものことだった。わたしはよくそのことについて尋ねていたが、兄は個人的な用だとしか言わずに家を出た。今や唯一の家族である兄がわたしのために時間を取ってくれないことで、わたしは疎外感を覚えて落ち込んだ。

　ダグラスのあとをつけて、どこへ行くのか、弟の誕生日を祝いもせずにどこで時間を過ごすのか突き止めろとマシューに言われたとき、わたしは愚かにも、そうしたら和解できると思い込んだ。だから馬でラム・ストリートまで尾行した。兄が階段をのぼり、立派なタウンハウスの鍵を開けて入っていくのを遠くから眺めた。秘密の屋敷に興味を引かれ、馬をおりて窓まで行ったが、そこで見た光景に啞然としたよ。兄は情熱的にひとりの男を抱きしめていた。予想外の場面に仰天するあまり、わたしはその場に立ちすくんだ。それも間違いだった。弱い明かりの中でも、兄はわたしに気づいたんだ。そのときの兄の驚愕の表情は決して忘れられない。一瞬、兄の目に恐怖がよぎった。

　そのあとの記憶はぼんやりしている。自分で経験したことだが、時間の経過とともに混乱と苦痛の断片的な記憶になっていった。兄とのわずかな絆を壊してしまったのかと怖くなって、わたしは逃げた。だがダグラスがその地域に精通していたのに対して、わたしはよく知らなかった。兄は先に家へ帰り着こうとして、わたしを追い抜いた。わたしはあとを追った。自分の気持ちを説明して、兄の選んだ生き方を認めていると言うために。そのとき初めて、兄がわたしによそよそしくしていた理由が理解できたんだ」

ルンデンはベッドの足元でじっと立つアメリアに目をやった。眉をさげた顔は同情と励ましを示している。

「あと少しで追いつくというとき、馬がゆるんだ敷石につまずいて兄を投げ出した。兄の体はぴくりとも動かず、わたしはその横にひざまずく前からおぞましい真実を悟っていた。わたしは取り乱した。若さゆえに感情を制御できなかったんだ。ダグラスは醜聞を恐れ、暴露されることを恐れていた。なのにわたしは兄の遺体の横でおいおい泣いた。それでも行動しなければならなかった。責任を負わねばならなかった。若き日のわたしには縁のなかったことだ。

ダグラスの遺体を運び、苦労して家に向かった。きみのお兄さんは厩舎で待っていた。わたしはしどろもどろに説明し、ダグラスを家に運び入れるのを手伝ってもらおうとした。ふたりで厩舎を出たとき、銃声が響いた。わたしの心をむしばんでいた苦悩は、マシューが命を取り留めるかどうかという恐怖に置き換わった。マシューが死んだら、自分を許せなかっただろう。銃声を聞いて馬番が現れ、われわれはダグラスとマシューを家に運び込んだ。使用人たちが狙撃犯を探したが、見つからなかった」胸にぽっかり穴が開いたのを思い出し、ルンデンは顔をゆがめた。「これできみは、わたしが誰にも告白しないつもりだったことを知った。マシューですら、その夜の真相についてはほとんど知らない」

悲痛な思い出話に没頭していたので、そっと肩に触れられるまでアメリアがすぐ横に来ているのに気づいていなかった。ルンデンは後悔を感じながら、あとずさりした。自分は罪を犯したのだ。それに対して慰めは受けたくない。

「過ちは許されるべきよ。過ちという言葉自体が、その行為が故意でなかったことを表しているわ」

アメリアの励ましは善意に満ちていたが、だからといって許されるわけではない。「ダグラスの死後一年間は、誰ともほとんど言葉を交わさなかった。当時のわたしの意固地で不機嫌な態度を考えると、使用人がひとりでも残ってくれたのは驚きだ。今のわたしもその頃と変わっていない。怒りをあらわにするのではなく、人に見せないよう埋もれさせてきた。わたしは害虫だよ。きみのような人にはふさわしくない」

アメリアは緑色の目をきらめかせて見あげたが、彼の表情を見て口をつぐんだ。

どうしてアメリアなしで生きていけるだろう？　もし……。

胸に希望がこみあげたが、ルンデンはその誤った感情を押し殺し、冷静になろうとした。ダグラスなしで生きてきたのと同じように、アメリアなしで生きていかねばならない。彼女にはルンデンと暮らすよりもいい生活がふさわしい。充実した豊かな生活が。自分はいつまでもアメリアのことを覚えておくつもりだ。唇で感じた彼女のため息、途方もない美しさを。兄の懐中時計を大切にしているのと同じように。

「きみはお兄さんの言うとおりコリンズと結婚しろ」ルンデンはグラスの縁に指を滑らせ、なんとか言葉を絞り出した。アメリアは一瞬あきれた顔になったが、つんと顎をあげ、決意に満ちた表情で彼を見据えた。

「わたしはずっと昔に、愛のない結婚はしないと誓ったの。その誓いは守るつもりよ。あなたがだめなら、別の人と結婚するわ。自分で選んだ男性と。もう心は決まっているの」

彼女は誰かを念頭に置いているようだ。なんと都合のいいことか。腹立たしいかぎりだ。だが、そんなことは関係ない。これで正しいのだ。

「では、そうすればいい」本当の気持ちを隠すために目を伏せたが、声にはかすかに怒りがまじっていた。「こういう日が来るのは、ふたりともわかっていた。そうではないふりをしても意味はない。わたしがロンドンへ来たのは、未解決の問題にけりをつけるためだ。それが終わりしだい、ベックフォード・ホールに戻る」彼女が充分理解できるように、いったん間を置く。「きみの幸せな将来を願っているよ、アメリア」

だが、最後の言葉は彼女に聞こえなかったかもしれない。扉がカチャリと音をたてて閉まった。

26

「それで、どうするつもりなの？」シャーロットが気遣いと好奇心をこめて尋ねた。

アメリアは安易な答えを探した。ディアリングの非難を浴びそうな時間に友人を訪ねた自分のあつかましさには腹が立つ。けれどもすっかり途方に暮れて、家でじっとしていられなかったのだ。出ていく支度をしているルンデンから離れていられるほど家の壁は厚くないし、自分の決意は強くない。背を向けて彼の部屋から去るには、ありったけの勇気をかき集めなければならなかった。

「コリンズ卿とは結婚できないわ。あんな人と一緒になったら、わたしは取るに足りない存在になってしまう。いいえ、それ以下よ。紙に書かれた文字、なんの意味もない存在ね」アメリアが絶望のため息をつくと、シャーロットは彼女の手をぎゅっと握ったあと、紅茶をいれた。

「スカーズデイルとはどうなるの？」

「彼の話はしたくないわ」きつい口調になってしまい、謝罪の言葉で取り繕う。「ごめんなさい。許してちょうだい」アメリアは目を閉じて、心の奥深くに隠していた暗い秘密を打ち明けていたときのルンデンの苦悩に満ちた表情を思い起こした。またしてもこみあげた涙で視界が曇る。悲しいのは、彼の心痛を思っているからだ。自分の心痛ではない。ルンデンは自分自身を穢れていると思っているけれど、彼が情熱的で忠誠心が強く、勇敢で、何より愛情深いことをアメリアは知っている。皮肉にも、偽善者は彼女のほうだ。どんな男性にも弱みはつかませないとシャーロットに断言しておきながら、ルンデンに心を奪われているのだから。無条件の愛以上の弱みなどあるだろうか？　このみじめさから抜け出る方法を見つけないかぎり、心はいつまでも乱れたままだろう。

「コリンズ卿はそんなに不愉快な方なの？」

「すごく年上だし、ひどく偉ぶっているわ。しかもさっき、亡くなったお兄さんの子どもが六人もいると聞かされたのよ」庭園を散歩したときの彼の好色な目つきやほのめかしを思い出し、アメリアは嫌悪もあらわに鼻にしわを寄せた。「もちろん、高齢なのは利点と考えてもいいけれど。未亡人は世間に非難されることなく、好きなだけ自由に行動できるもの」

「アメリア！」シャーロットがあわててティーカップを受け皿に置いたので、カチャカチャと音がした。「あなた、まじめに考えていないのね」彼女は砂糖壺とクリーム入れを動かしながら思いにふけった。「それにたとえコリンズ卿が早世されたとしても、六人も子どもがいたらどれだけの自由を享受できるの？」

「ほとんどできないでしょうね。そういえば、彼は子どもを金銭的な価値でしか考えていないみたい。そうでなければ、子育てを任せる妻をそんなに性急に選ぼうとしないわ」

「あなたが快適な生活を送れるだけの遺産があることを願いましょう」

「お金なんてどうでもいいの。父は田舎に引っ越したけれど、健康状態はかなり悪化しているのよ」アメリアは憂鬱な口調になった。父のことを考えるたびに良心が痛む。「兄とは一生和解できないかもしれない。それとルンデンとは——彼とは二度と会えないかもしれないわ。どれだけ彼のことが頭から離れなくても」ルンデンの言葉を思い出すたびに彼女の将来は粉々に砕け散ったように感じられ、ふたたびもとどおりになることはないという気がした。未知への恐怖はとてつもない力を持っている。でも彼女自身がシャーロットに何度も助言したとおり、恐怖によって生き方を左右されるべきではない。とはいえ、自分自身の状況に当てはめて考えたとき、その助言はあまりにも陳腐に感じられた。

「レディ・アメリア、これは予想外の訪問だね」ディアリングが部屋の入り口に現れた。着ているシャツのしわひとつない立ち襟《グラッドストンカラー》と同じく、背筋をぴんと伸ばしている。彼は礼儀正しくお辞儀をしたあと、シャーロットに目を据えて部屋に入ってきた。「今はピアノの練習の時間じゃなかったのか？　きみが日課を変更してレディ・アメリアとお茶を飲むことにしたという話は聞いていないが」

「ディアリング卿、またお会いできて光栄ですわ」アメリアは挨拶をして、その場に漂う気まずさと敵意をやわらげようとした。

シャーロットが残念そうな、それでいて愛想のいい笑みを見せたが、アメリアは親友が発する緊張を感じ取った。自分の悩みはいったん脇に置いておこう。これはシャーロットの状況を改善させる絶好の機会だ。

「お邪魔して申し訳ありません。わたしがシャーロットの日課を乱してしまったのです。奥さまの思いやりと優しさあふれる友情が、悩めるわたしの心を癒してくださることを期待して、つい無理を言ってしまいました」アメリアはディアリングよりわずかに背が高いが、目の高さを合わせてまっすぐ彼と向き合った。彼は無愛想ながら、容姿には恵まれている。髪は刈ったばかりの草の色。目は深みのある茶色で、その気になれば親愛の情やぬくもりを見せることもできるだろう。けれどもルンデンの外見が禁じられた秘密や暗い危険を感じさせるのと同じように、ディアリングも自分の殻にこもって、あまり感情を表に出さないように思える。

「そうなのか」彼にちらりと目を向けられ、アメリアは背筋を伸ばした。「書斎で書簡の処理をしているとき、いつもならシャーロットのピアノが流れてくるのだよ。ピアノのメロディが聞こえないことには、すぐに気がついた」

この人はどうして微笑まないのだろう？　妻の巧みな演奏を楽しんでいることを伝えて、遠まわしではなくはっきりと彼女を褒め、自分たちの関係についての妻の不安を晴らしてやろうと思わないの？　シャーロットは夫の気持ちがわからず毎日びくびくして暮らしているけれど、それも無理からぬ話だ。ディアリングはひどくよそよそしくすることで、いったい何を隠しているのだろう？　いつも冷たい態度を取っているから、暗い性格になってしまったの？　夫婦生活についてシャーロットがほとんど話してくれない理由が、アメリアにも今わかった。情熱が玄関前の階段をのぼってきて扉を叩いても、ディアリングはその存在に気づかないのではないだろうか。とはいえ、シャーロットのほうを見るたびに、彼の目に興味深い感情がきらめくのも事実だった。

「夕食前に練習します。いつもの二倍の時間をかけますわ、それであなたが満足してくださるなら」

シャーロットの言葉を聞いてアメリアは眉をつりあげ、怒りと同情のまじった思いで友人を見つめた。この結婚生活はなんとか改善しなければならない。こんなに自由のない窮屈な暮らしを送っていたら、シャーロットはいずれしなびて死んでしまう。ディアリングは堅物で、いつも不機嫌そうだ。けれどもアメリアは、彼の言動には支配欲以外のものも関係しているのではないかという気がした。

自分自身の悩みに気を取られるあまり、友人の苦境を放置してしまったことが悔やまれる。ディアリング夫妻の関係はとても不安定だ。どうすればいいのだろう？　アメリアは葛藤を抑えつけて立ちあがった。

「これ以上、ご迷惑はおかけしないわ」シャーロットが引き止めるのを断って、出口へと向かう。「わたしも家で用事があるの。それではごきげんよう」アメリアは愛想よく別れを告げて、そっと扉をくぐった。

マシューと顔を合わせたくないので、帰路はわざと遠まわりして時間をかけた。ルンデンに会うことを思うと、さらに足取りが重くなる。空は青くて天気はよく、気持ちのいい穏やかな風が吹いていた。だが、心の痛みが温和な天候への喜びを曇らせていた。ルンデンは去ろうとしている。アメリアの愛の告白は無意味なもののように無視された。心は砂がこぼれた砂時計みたいに割れてしまい、もとの姿には戻りそうにない。こんなにあふれるほどの愛を感じているのにそれだけでは不充分で、片思いでは結婚は成立しない。

そしてマシューは、子どもの世話をしてベッドをあたためるだけの役割しか妻に求めていない男との未来を妹に押しつけようとしている。この件に関して理性に耳を傾けようとしてくれない。

マシューはなんのために、妹の幸せを犠牲にしてまで理性をないがしろにするのだろう？兄は衝動的な性格ではない。過去に軽はずみな決断を下したことはなく、いつもはよく検討して慎重に行動する。なのに今回だけ違うのは、いったいどうして？ マシューの関心の対象はパズルと、毎週会合に出ている〈知的優秀者協会〉だけ。そう、協会だ。庭園を散歩したとき、コリンズは好色な目でアメリアの胸元を見ていないときは、その協会の会長という地位を自慢していた。マシューの行動は〈知的優秀者協会〉と関係があるのかもしれない。アメリアは満足と決意の笑みを浮かべ、弾むような足取りで靴音を響かせながら、急ぎ足で次の角を曲がった。

ルンデンはボルスター・ハムの机の吸い取り紙に広げられた書類に署名した。事前の約束もなしに事務所を訪れたが、ルンデンの提示した異例の条件や早急な進め方に事務弁護士は異を唱えなかった。

大きく息を吐いたルンデンは、夕暮れまでに用をすませてロンドンを去ろうと心に決めた。一〇年前と同じく、ロンドンは彼になんの思いやりも示してくれなかった。ようやくこの地に別れを告げられることを思うと、期待で体が震える。

窓に目をやったとき、脳裏にアメリアの姿が浮かんだ。彼女の愛の告白を思い出すと血が騒ぎ、心がざわめく。だめだ。ルンデンは机に目を戻し、ブランデーのグラスを持ちあげてひと息で飲み干した。焼けるような熱さを感じても、気持ちは落ち着かない。それでも目の前に広げた書類に視線を据えた。アメリアのことも、そしてマシューのことも考えたくない。義理を無視して、棘《とげ》だらけの茂みのように心に絡みつく感情を黙殺した。感情は嫌悪すべき毒だ。公爵位とともに相続した厄介な法的問題の解決に傾注せねばならない。

ペンをつかみ、気持ちを落ち着かせようと息を吐きながら、兄の遺した書類に目を通す。最近では、ダグラスのことを思い出しても心を引き裂かれるほどの痛みは感じなくなった。義務感が自己嫌悪に取って代わったのだ。かつては自分の孤独を兄のせいにしていた。だが、ルンデンはれっきとした一人前の人間だ。忌まわしい世界をつくり出し、そこに引きこもったのは彼自身に責任がある。自己憐憫《れんびん》に浸っているあいだも時間は容赦なく過ぎていくだけで、何もいいことはなかった。彼はさらなる自責の念を覚えないようにしながら、契約書に乾燥用の砂をまいて下に置いた。心は書類を手から放すのを頑固に拒んでいたが。

田舎に引きこもって無意味な生活を送ることで、かなりの時間を――何週間も、何カ月も、何年も——浪費してしまった。それらの日々を取り戻して、兄を正しく悼めればいいのに。ルンデンは自嘲するように鼻を鳴らした。この嘘つきめ。時間を取り戻したいと思うのは、これまでの歳月をアメリアとともに過ごしたかったからだ。人生をやり直し、新たに出発したい。だが、昨夜ふたりが交わした言葉は心の中でこだましている。新たな出発などありえない。

書類のいちばん下に書かれた兄の署名を見つめた。黒いインクによる流麗な文字が過去を思い出させる。ルンデンは追憶に浸った。ほろ苦い思い出がよみがえったとき、もはや苦悩や絶望が襲ってはこなかった。それでも思わず身構える。

両親が亡くなって一年ほど経ったとき、珍しくダグラスと書斎で鉢合わせした。ルンデンは読書家ではなかったし、父が貴族同士で話し合ったり政治的な議論を交わしたりする部屋を訪れることはめったになかった。次男であるルンデンは享楽的な生活に明け暮れていたのだ。その夜、書斎へ行ったのはブランデーを探すためだった。一方、ダグラスが娯楽に時間を費やすことはほとんどなかった。兄弟はこの世に誕生したときから、まったく異なる生き方をしていた。だから父の机について仏頂面で帳簿を調べていた兄に遭遇したとき、ルンデンはうろたえた。

弟の存在に気づいたダグラスは不機嫌な表情を消し、ルンデンを手招きした。てっきり叱られると思っていたルンデンは、領地の事務弁護士が作成した報告書類の数字について兄が説明してくれたのでびっくりした。そんな愛情を示してくれることはめったになく、彼は驚きに目を見張って興味津々で兄を見つめた。一時的な友好に終止符を打ったのは、ダグラスの不用意な言葉だった。〝よく聞け、弟よ、そして数学の勉強に励め。まあ、わたしが早死にしないかぎり、おまえにそういう能力が必要になるとは思わないが〟現実となったその予言は今に至るまでルンデンの頭を離れず、そのせいで彼は運命論的な考え方を抱くようになっていた。

ゆっくりと息を吐き、ポケットの中にある兄の懐中時計に手を触れた。悲しみがこみあげる。もっと兄と一緒に時間を過ごしたかった。

「すべて整っております、公爵閣下」

ハムの声でルンデンはわれに返った。最後にもう一度書類に目をやってから立ちあがり、扉の近くのコート掛けからマントを取る。「では、わたしは残った細かな点を解決しに行ってくる」彼のあざだらけの顔に気づいていたとしても、弁護士は賢明にもそのことに言及しようとはしなかった。

「それで事態は計画どおり進みますな」

ルンデンは辛辣な笑いを押し殺した。笑いそうになったのは珍しい。

弁護士に別れを告げると、貸馬車の御者にラム・ストリートの住所を告げた。しかしルンデンの頭にあるのは手の中にある法的事項を記した書類一式のことではなく、アメリアの真摯な告白の言葉だった。それは脳裏で何度も繰り返し再生されている。彼女は心からの愛情を口にした、いや、高らかに宣言した。彼の中の深い闇を照らす明るいアメリア。彼女はルンデンの心の壁のモルタルを溶かして倒壊させ、彼はその瓦礫《がれき》に埋もれてしまった。

　そして今、アメリアは何かの対価としてコリンズに差し出されようとしている。この駆け引きで個人的な利益を得るのは彼女の兄だ。一方、ルンデンもアメリアを苦しめてしまった。彼がロンドンに来ず、マシューに助けを求めなかったとしたら、アメリアの人生に干渉することも、彼女の不適切な感情を呼び起こすこともなかったのだ。

　激しい所有欲が胸の中でふくらんだ。禁じられたものが欲しくてたまらない。だが愛や男女関係に伴う複雑な感情のたぐいは、ルンデンには縁がないものだ。それに彼と結婚したら、アメリアは決して彼女にふさわしい生き方ができない。

　ダグラスが死ぬ前なら、次男であってもルンデンがアメリアに求婚することは可能だっただろう。彼の両親は社交界の人気者で、議会における父の業績は画期的と考えられ、母は多くの慈善団体に寄付をする篤志家として敬われていた。両親が他界したとき、ロンドンはふたりの尊敬すべき貴族の死を嘆いたものだ。そして人々は、早すぎる死を迎えた両親の跡を継いでその地位にふさわしい責務を果たすことを期待して、長男に目を向けた。両親があんなに早く亡くならなかったら、ルンデンはどんな人間に成長しただろう？　きっと彼の世界にも悪ふざけや愚かな欺瞞以外のものが存在したと思いたい。だが、ルンデンの人生は運命によって翻弄されてしまった。

　心の中で悲しみが渦を巻く。昔は彼にも人を愛する能力があった。もしかすると、深すぎるほどの愛があったかもしれない。しかし、愛は喪失を意味する。誰かが過去をほじくり返して立派な家名に泥を塗らないかと恐れるあまり、ルンデンの心には決して癒えない深い傷が残った。アメリアを恥や屈辱にさらすつもりはない。ダグラスの性的指向が世間に知られたなら、醜聞は彼女を立ち直れないほど打ちのめすだろう。アメリアを大切に思うルンデンとしては、そんな危険を冒せない。何しろニルワースは、ルンデンがただちにロンドンを去らなければ、彼の過去、兄の死の真相を暴露すると脅しているのだから。ルンデンの胸にぽっかり開いた穴を強い決意が埋めた。

でも、ニルワースは何を求めているのだ？　噂好きな性質と上流社会に好かれたいという願望以外に、どんな動機でルンデンの過去を暴露すると脅しているのだろう？　自分の息子とダグラスの関係を知っているのだろうか？　ニルワースの目的は、息子の性的指向を隠すためにルンデンをロンドンから排除することか？　それとも、ラム・ストリートのタウンハウスを手に入れるためにルンデンに無理やり協力させること？　ラッセル・スコッツが息子をゆすっていたことを、ニルワースは知らなかったはずだ。彼はそんな侮辱に耐える男ではない。しかし事態が持ちあがったとき、息子はなぜ父親に相談しなかった？　答えのわからない疑問があまりにも多すぎる。

貸馬車が目的地に到着したので、ルンデンは席を立って御者に運賃を支払い、足早に玄関前の階段をのぼった。書類をギャヴィンに渡すのは早ければ早いほどいい。そうすれば、ロンドンを永久に去る前に行くべき場所は残りひとつだけになる。

新たに雇われた執事がすぐさま扉を開け、今回はすんなり客間に案内された。ギャヴィンは部屋の中で待っていた。ルンデンは一刻も早く用件をすませてしまいたかったので、酒は断った。

「こんにちは、ギャヴィン。元気そうだな」近くのテーブルに書類の束を置く。

「ああ、おかげさまで」ギャヴィンが暖炉の前に置かれた袖付き椅子を手で指し示したが、ルンデンはその勧めも断った。いらだちで神経がぴりぴりして、とてもじっと座っていられない。

「この屋敷をきみの名義にするのに必要な書類すべてに署名をした。きみは死ぬまでここで暮らし、誰にでも遺贈することができる」そしてわたしは二度とこれについて考えずにすむ。素晴らしい解決だ。

「どうやって実現できたんだ？　ダグラスは所有権を移譲できないようにしていたと思うんだが」

「事情が判明し、悪人のスコッツが逃げたおかげで、そんなに難しくはなかった。あの盗っ人をつかまえて訴えられないのは残念だが、そんなことをしたら、やつは誰かを丸め込んでわれわれを誹謗中傷させるかもしれない」

「同感だ」ギャヴィンが安堵の表情でうなずく。

「それで、きみの父親は？　きみがここに住んでいることを知っているのか？」どうしてもきかずにはいられない質問だったものの、なんとなく気まずく感じて、ルンデンは返事を待つあいだ部屋を見まわした。

　ギャヴィンはしばし自分の爪先を見つめていた。「父とは長年、口をきいていない。父に助けを求めたときもあったが、結果は望ましくないものだった。われわれは仲たがいして、まだ和解できていないんだ」

「なるほど。その説明で多くのことがわかった。しかし、これで解決すべき問題がもうひとつできたよ。それに対処するため、わたしは失礼する」ルンデンは身をひるがえして足早に廊下へ出たが、そのときギャヴィンがまだ話を続けたがっていることに気がついた。彼の誠意あふれる口調を聞いて立ち止まり、ふたたび客間に入る。

「あなたにはいくら感謝してもしきれない。わたしとダグラスとで築いたこの家庭は、われわれの聖域だった。これを返してくれたことで、あなたはわたしの心に平安をもたらし、ダグラスの最期の願いをかなえてくれたんだ。この善意あふれる厚意がお兄さんの追悼になったことを、わかっておいてほしい」

　言葉は無用に思えたので、ルンデンはただうなずいた。ギャヴィンが差し出した手をしっかり握ってから、待機していた貸馬車まで急いで戻る。ニルワースの住所を御者に告げると、馬は走りだした。その足音はルンデンの不安と同調して性急なリズムを刻んだ。

「申し訳ございません、お嬢さま、お通しすることはできません」無表情な守衛は背伸びをして、自分と同じくらいの身長があるアメリアを見据えた。「その角のティールームでお待ちになってはいかがでしょう。なんでしたら、コリンズ卿に伝言を――」

「形式にこだわっている暇はないの。これは重大な問題なのよ」アメリアは顎をつんとあげて最高に高慢な口調を装った。たいていはそれで目的がかなうのだが、守衛は彼女が入ってくるのを自分の体で阻止し、もったいぶって応えた。

「重ねておわび申しあげます。協会は女性を歓迎いたしません。これは長年の方針であり、わたくしはそれを守っております。伝言をお書きになれるよう、紙とペンを持ってまいりますので」

守衛が壁際にある小型の書き物机のほうを向いたとき、アメリアは相手を押しのけ、階段を駆けのぼって公会堂の玄関を入っていった。守衛が追いかけてくる。彼女は話し声が聞こえてくる右手の二番目の部屋へ向かった。両開きの扉を勢いよく押し開けると、扉は大きな音をたてて横の壁にぶつかった。その場にいる全員が首をめぐらせてアメリアのほうを向き、室内は静まり返った。

彼女は左右に目をやって中にいる男たちをざっと見渡したが、幸いなことに兄はいなかった。

「おい、お嬢さん、ここに入ってはいけないよ。守衛に止められなかったのかね？　何か緊急事態なら、廊下で待っていなさい」

最初に進み出たのは背の高い尊大な男だった。大股でアメリアのほうに向かってくる。彼女の存在が自分たちの知的な会合の邪魔をしていると言いたげに。アメリアはひるむことなく、演壇のコリンズを見つめた。突然不安にとらわれたのか、コリンズの喉仏が上下に動いた。

「どきなさい」アメリアの自信に満ちた命令に仰天して、近づく男が足を止めた。「わたしはコリンズ卿と話をしに来たの。実際、かなりの緊急事態よ」声には強い決意があふれている。ほかの男たちからは低いささやき声が聞こえた。全員の目が部屋の前方にいるコリンズに向けられる。コリンズはこっそり姿を消そうとするかのように、じりじりと後ろにさがっていった。

「幸運をお祈りしますよ、コリンズ。そのお嬢さんをてなずけないと安心できないでしょう。まあ、そうしてやるのが本人のためにもなりますしね」

無遠慮な発言にアメリアは衝撃を受けて一瞬ひるんだものの、軽蔑をこめて発言者をにらみつけた。すぐに失礼な気取り屋のことは忘れて本来の目的に思いを戻し、スカートをつまんで向きを変える。ところが演壇に目をやると、すでにコリンズの姿はなかった。驚きが顔に出たらしく、室内に耳障りな笑い声が広まった。

「知的優秀者だなんて、よく言えたものね」振り返ったアメリアが姿勢を正し、蔑みのまなざしでひとりひとりをにらみつけていくと、やがて部屋は教会のように静かになった。

「このことを、あなた方の知識に加えておくといいわ。女性は男性の所有物じゃないのよ。もてあそばれたいとも、お飾り扱いされたいとも思っていない。わたしたちの意見、考え、そして何よりも感情は大切にされるべきよ。女性を軽視したり、無礼な態度を取ったりすれば、あなた方はその代償を払うことになるわ」いったん言葉を切って息を継いだあと、扉の前まで行く。だが、すぐに出ていきはしなかった。「コリンズ卿がこの場所、この知的優秀者の聖域にこそ戻ってきたら、伝えてちょうだい。わたしはあなたの魂胆を知っている、求婚を続ける必要はない、と。返事は〝きっぱりお断りします〟よ」

27

ハデスを止めて下馬したルンデンは、ニルワース邸の外にいたまじめそうな従僕に手綱を渡した。ロンドン郊外に位置する牧歌的な屋敷は、街の中心部から何キロも離れているものの社交場まで行きやすく、かつ、ある程度のプライバシーを確保できる場所にある。赤れんがの建物はルンデンの予想とは違っていた。訪問の目的は不愉快なものだが、田舎の風景を見ると、もうすぐベックフォード・ホールに戻って平穏な暮らしを再開できるのだと思えて心が休まった。

ロンドンへ来たことによって問題を複雑にしてしまった。それがルンデンの得意技になりつつあるようだ。兄の鼻を明かすため、都合のいい男と結婚するというアメリアの計画は、酸のようにルンデンの胸をむしばんでいる。アメリアが誰を選んだとしても、そんなろくでなしは彼女にふさわしくない。コリンズも含め、どんな男もアメリアにはふさわしくないのだ。言うまでもなくルンデンも。彼の行動は〝不埒《ふらち》〟としか呼びようがない。あの真っ黒な巻き毛を見るたびに道義心は吹き飛んでしまうが、それでも自分は紳士だ。解決策を提示できない以上、できるだけ早くアメリアとは距離を置いたほうがいい。ふたりで過ごした時間が、これまでの人生で最高に心安らぐものだったとしても。

ばかげた希望が、楽しい未来を思い描けとルンデンをけしかける。明るい緑色の目をした子どもたちであふれるにぎやかな家。ありえない白昼夢は忘れると決意したにもかかわらず、なぜか口元に笑みが浮かんでしまう。こんな夢を見た愚かさも、きっと死ぬまで彼の頭を悩ませつづけるだろう。不適切な感情は捨て去って、人生を立て直さねばならない。

ルンデンは錬鉄製の門まで歩いていき、象眼細工を施した板石を踏んで立派な正面玄関へと向かった。真鍮製のノッカーで扉を叩き、名刺を出して中に入る。玄関ホールは薄暗く、家具は少し古びていた。彼は青磁色と象牙色に塗られた客間に案内された。カーテンが開けられて室内は明るく、奥の両開きの扉は手入れの行き届いた庭園に通じている。ルンデンはガラス扉まで行って外を眺めた。事態に決着をつけるために必要だとわかってはいるが、これからの面会を考えるといい気分はしない。こういう不愉快な対決は楽しめない。それでも、なんとかして自分の中に残っている罪悪感を捨て去りたかった。そうしたら心を強く持って、残りの人生を安らかに送れるようになるかもしれない。

「まもなくニルワース卿がいらっしゃいます」

執事の非難といらだちのまじった口調に注意を引かれ、ルンデンはうなずいた。待ち受ける対決の重圧をやわらげるために新鮮な空気を吸いたくて、両開きの扉を開ける。太陽は空高く燦々と照り、鳥がさえずって、ツタに覆われた格子垣に咲いた優美な白いバラにはテントウムシが止まっていた。それでも空気は重く息苦しい。落ち着かない思いで、彼は石張りのテラスから壁に囲まれたひっそりとした庭園に向かった。屋敷の中で切り出さねばならない不快な話題から離れて自然の中に安らぎを求めるかのように、足はひとりでに動いていく。けれども敷石の道の行き止まりまで達したとき、暗い心は中途半端な満たされない思いで覆われただけだった。

右手の古いイチイの木の下、伸びすぎた雑草に埋もれるように、なんのためかはわからないが大理石のベンチが置かれている。ルンデンは高価なブーツが汚れるのも気にせず、よく見ようと茂みをかき分けて進んだ。小さな空き地に何かの碑が置かれている。銘を見て墓石だと気づいたとき、胸に鋭い痛みを覚えた。ベックフォード・ホールにある、愛する両親と兄の墓石によく似ている。母の優しい声と父のバリトンが思い出されたが、ルンデンはそれを押しのけた。今は感傷に浸って、得られない許しを求めるときではない。両親にも兄にも、別れの言葉は告げられなかった。しかもダグラスの死を招いたのは自分自身だ。せつない悲しみのため息がルンデンの口からもれた。体の脇でこぶしを握り、自己嫌悪に身をかたくする。ルンデンは父の厳しいしつけや母の優しい手つきを感じることなく成長し、自分だけを頼りに生きてきた。哀れなことだ。だが、おのれの失敗を顧みるのは田舎に戻ってからにしよう。

まだひとつ、剃刀《かみそり》のように鋭い感情が心に残っていて、ルンデンに降伏を迫った。アメリアの笑い声、生意気に突き出した顎、キスの味が、すっかり慣れ親しんだ孤独に割って入った。

下を向き、足元の墓石に目を落とす。サラ・ニルワース。その名前に聞き覚えはないが、銘に刻まれた年によれば、かなり若くして亡くなったらしい。ニルワースの妻や妹にしては幼すぎる。ふとわれに返ったルンデンは、もとの道をたどって屋敷に向かった。思い出をなめらかな大理石のベンチに残して。

客間に戻り、両開きの扉を閉めた直後にニルワースが入ってきた。冷淡な態度はルンデンの訪問を喜んでいないことを示しており、好戦的なまなざしがそれを裏づけていた。

「きみはよほど面倒を起こすのが好きらしいな、スカーズデイル」ニルワースがルンデンのあざだらけの顔を見つめた。高慢な表情が室内の緊張をさらに高める。「なんの用だ？　わたしは罪を犯したと噂される人間を家に招いたりしないのだが」彼は皮肉をこめてにやりとした。

「口のきき方に気をつけろ。代理人を雇って真夜中にわたしに接触させ、脅迫して協力を取りつけようとするのも犯罪まがいの行為だぞ。それとも、馬車にいたのはおまえ自身だったのか？　声音を変え、芝居じみたことを言って。目的はなんだ？」ルンデンも負けないくらい険しい口調で言い返した。

ニルワースは無言で立ち尽くしていた。表情の変化は内面の葛藤を物語っている。そのあと、彼はブランデーのデカンターを取りに行った。おそらく答えを考えるのに時間を稼ぐために。ルンデンはふたたび質問を繰り出した。

「何が望みだ？　わたしがロンドンに戻ったのは個人的な用件のためだ。おまえの興味をかきたてるつもりなどなかった。とりわけ、おまえにはあのような誹謗中傷を広められたのだから」

「きみの評判など、わたしにはどうでもよかった。息子が……」ニルワースはいったん口を閉じ、慎重に言葉を選んだ。「ギャヴィンはわたしの跡継ぎ、たったひとりの息子だ。かつて、子どもをひとり亡くした。二度とそのようなことは起こってほしくない。息子の利益を守るのが、わたしにとって最優先事項だ。そのため、気の毒だがきみには犠牲になってもらった。一〇年前のあの夜、ギャヴィンは何も考えることなく行動した。打ちひしがれ、混乱して、助けを求めてわたしのところにやってきた。ひどく取り乱していたので、わたしが使用人をさがらせる前に自分が陥った苦境を口にした。息子の狼藉《ろうぜき》や恥ずべきふるまいの話がロンドンじゅうに広まるのは許せなかった。だからそれを防ぐため、わたしは自分にできる唯一の行動に出た。世間に噂を広め、疑いの目をほかに向けるようにしたのだ。少しほのめかすだけで充分だった。飽くなき好奇心は無責任な憶測へと発展した。それによってたしかにきみは非難を受けたが、おかげで息子は無傷ですみ、秘密は暴かれなかった」

「息子の評判を守るために、わたしの将来を台なしにしたのか」ルンデンは一〇年分の恨みをこめてニルワースをにらみつけた。

「きみが自分の兄のためにしたことと、そんなに大きく違わないさ」ニルワースはゆっくりとブランデーを飲んだ。「きみは兄上の秘密を守るため、世間に背を向けた」

「そうするしかなかったからだ」積年の憤慨と怒りが胸の中で渦巻き、ルンデンは言葉を吐き出した。そうしなければ、二度と息を吸うこともできそうにない。「わたしは自分自身を犠牲にして兄を守った」

「あとから考えれば、世間がきみの尊厳をひどく傷つけたように思えるかもしれない。しかし、きみが隠遁生活を送るようになるなど、誰ひとり予想していなかった。わたしだって、きみは詮索や憶測の嵐にもまれるが、結局はそれを切り抜けると思っていた。事態が落ち着いたら、噂の風向きを変えるつもりだったのだ。ところがきみはロンドンを去ったので、噂を修正する必要はないと判断した」ニルワースが自嘲するように笑った。「これだけ努力してやったのに、ギャヴィンは問題の処理の仕方に賛成しなかった。忌まわしい噂を広げたのがわたしであると見抜き、それ以来、何年もわたしと口をきこうとしなかった。それでもわたしは息子の動向を見守っていた。きみがロンドンに戻ったとき、わたしは昔の問題が再燃するのを恐れた。噂なら制御できる。だが、きみの目的が何かわからなかった。だからきみも監視させた。きみとストラスモアとの友情が続いていることを興味深く思ったよ。あの夜の悲劇を目撃したのは、ほかに彼だけだからね。自分に障害を負わせたのが誰かをストラスモアが知っているかどうかは、今でも気になっている」

「おまえは事実と自分でつくりあげた虚構とを混同している」ルンデンは殺意をこめた口調で言い、その後しばらく沈黙が続いた。

「そうかもしれない。長年のうちに記憶も混乱してきたからな。それでも、きみが今ここにいることが気になってしかたなかった。きみが事務弁護士とラム・ストリートを何度か訪ねたという報告を受け取った。息子にとって意味のある家を手に入れるための行動に出なければならないと思った。ギャヴィンはわたしの手紙に返事をよこさず、執事は家を出ていこうとしなかった。それでもわたしは償いのため、息子と和解するため、あのタウンハウスを手に入れたかった。だから売ってもらおうとしたのだ」

「もう手遅れだ。しかし、そんなことはどうでもいい。わが家名を傷つける噂を流したおまえに、わたしが親切心を見せることなどありえない。今となっては、世間がいくら冷たかろうと、なんの意味もない。わたしは社交界に身を置くつもりなどないからな」

「なるほど、だったらきみはまったく変わっていないわけだ。いまだに強情で、自分の下した決断に固執している。たしかに一〇年という歳月によって冷静な見方がされるようになり、きみの家族の醜聞はもう人々の話題にのぼらない。そして息子を守るためのわたしの行動も、世間の注目からは免れている。わたしはきみがロンドンに住むつもりだと直感した。そしてレディ・アメリアは――」

「その女性のことを口にするな。彼女からは離れておけ。おまえはおまえ自身が世間に吹き込んだどんな噂よりも有害だ」どれほど言葉を尽くしても、ルンデンの悔しさを充分には表現できないだろう。結局、ニルワースは求めるものを得たのだ。それがルンデンの意図ではなかったにもかかわらず。「ラム・ストリートの屋敷はおまえの息子の名義になった。つい一時間前に書類を届けてきたところだ」

ニルワースは最初疑っているようだったが、やがて満足げな表情に変わった。「では、一件落着というわけだ。われわれの交渉は終わった」

胸の中で暗い感情が渦巻き、ルンデンは黙り込んだ。彼は屋敷を出てハデスにまたがり、全速力で飛ばした。ニルワースが象徴する、あらゆるものから逃れたかった——上流階級の軽薄さ、悪人を守るために善意の人々を操ること、偽りの噂。膝でハデスの腹を押して方向を指示し、革の手綱をしっかりと握る。心は千々に乱れていた。ロンドンでの用は終わり、頭を悩ませていた過去の記憶はついにおとなしくさせられたが、それでどうなる？　ルンデンはいまだに自ら張った綱渡りの縄の上で立ちすくみ、過去と未来のあいだで身動きが取れずにいる。前へ進む気にもなれず、アメリアの愛がもたらした夢のような状態に陥るのも怖い。自分はとんでもない愚か者だ。一〇年前とちっとも変わっていない。優しさなど存在しない街に戻ってきたのが間違いだったのだ。貴重な友情を壊し、無垢な心を引き裂いて、今はこれまで以上に後悔に満ちた空疎な将来に直面していた。

「言いたいことがあるならはっきり言え。ぼくには時間も忍耐力もない」マシューはできるかぎり冷静な口調を保ったものの、そのぶっきらぼうな言葉には警告がにじんでいた。今まで一〇年間、彼はルンデンに対して忠誠を守っていた。これほどあからさまに友人から裏切られる覚えはない。アメリアからも。妹がマシューの願いにそむいたのは、これが初めてではなかった。だが、まもなく彼女もマシューとは無関係になる。

やり直しているパズルの上にアメリアの影が落ちた。ガラパゴス諸島はあらかたできあがり、今はアドリア海岸に取り組んでいる。しかし、妹がルンデンの寝室にいるのを見つけ、そのあと彼を殴り倒したときの怒りはまだ消えず、マシューはパズルに集中できずにいた。

「わたしが物事を難しくしたのはわかっているわ」戦いに備えるかのように、アメリアが大きく息を吸う。

「そのとおりだ。おまえの反抗にはなんの成果もなかった。長年の友情をぶち壊した以外には。コリンズは、まだおまえを娶るつもりのはずだ。おまえの無分別な行為を知っても気にしないだろう。おまえの純潔など問題になっていなかったからな。彼はもともと、かまととぶった妻は望んでいなかった。とはいっても、もう反抗的な行動はやめたほうがいいぞ」

「お兄さま、わたし、後悔しているの」

「当然だな。おまえの無責任なふるまいは身勝手さの表れだ」妹の訴えに耳を傾けるつもりはない。自分にだって、アメリアと同じく満足できる将来を手にする権利はあるのではないか？　ついに会長になれる機会が目の前に現れた。手を伸ばしさえすれば、そのお宝が手に入るのだ。

「どうしてそんなに冷淡になれるの？　まるで、わたしが最悪のわがまま娘みたいな言い方をして」その苦情には心の痛みがあふれていた。

「思い当たる節はあるだろう」マシューは無傷な脚に体重をかけ、アメリアのほうを向いた。張りつめた声は低い。妹が驚いたように眉をあげ、唇をきつく結んだ。「おまえはぼくが何かを得ようとしていると文句を言う。だがおまえだって、自分自身の利益のために問題ばかり起こしているじゃないか。幸福なんてかりそめのものだ。永続するのは知性だよ。賢くなって、正しい決断を下せ。おまえは結婚する必要があり、コリンズは妻を必要としている。一足す一の答えは、おまえでもわかるだろう」彼は皮肉たっぷりにアメリアを見つめた。

彼女がその挑発を無視したので、マシューは手に持ったさまざまな形のピースに注意を向けた。

「ルンデンへの気持ちは本物よ」

妹の誤った考え方に左右されるつもりはなかった。「あいつはあらゆる意味でおまえにふさわしくない」

アメリアは用心深い表情になったが、顎をつんとあげて、挑むように言い返した。「彼は何も不名誉なことはしていないわ。むしろその正反対よ。自分の人生を犠牲にして、お兄さんと家族の名誉を守ったのだから」

「世間におまえの憤慨の言葉を聞かせたいよ。とはいえ、噂好きの上流階級は真実など求めていない。貪欲な好奇心を満たす面白い醜聞のためなら、喜んで真実をゆがめるんだ。ぼんのひとことと何かをささやかれるだけで、おまえの人生は台なしになり、社会から仲間外れにされる。結婚などする気もない敗残者に、つかのま思いを寄せたせいで」マシューはいったん言葉を切った。「あの男が万が一花嫁を選ぶとしたら、おそらく心の平和をもたらしてくれる相手にするだろうな。問題を起こす才能のある女じゃなく」その発言に妹が傷ついたのはわかったが、不都合な感情を捨てさせるためには言わねばならなかった。

「それでもコリンズ卿とは結婚しないわ。彼は本当の意味での妻を求めていないもの。結婚の誓いを守る気はないんでしょう」

「おまえは頭がよすぎて、世の中というものがわかっていない。真実なんて幻想だ。義務を果たしたり、欲望を満たしたりするときに貞節は重要じゃない」マシューはピースをテーブルに落として杖をつかみ、前に体重をかけた。脚の痛みは自尊心についた傷の痛みと同じくらい強い。「ぼくは協会に用がある。会長選挙は明日だし、それまでにしておくことがあるんだ。おまえがこの縁組に満足していないのはわかっているが、おまえの反抗心をあおっているのは未知への恐怖だよ。いったん結婚生活に入ったら、ある程度耐えられるようになるさ。たいていの人間はそうだ」部屋を出ようと扉に向かう。「それとシャーロットの苦境をぼくに訴える前に、おまえたちふたりが少女時代から育んでいたばかげた幻想についてよく考えてくれ。人生はおとぎばなしではない。満足した生活を送るには妥協も必要だ。人は老い、病気になり、大切な人に死なれて悲しむ。それが世の習いだ。この厳然たる現実を受け入れたなら、安らぎが得られる」

「そのとおりね」

妹が即座に同意したのを不審に思い、マシューは振り返った。彼女の顔を眺めたものの、そこに表情はなく、いつもの闘争心や激しさは影をひそめている。アメリアの反応を心からのものだと信じたいところだが、マシューはいぶかしんで目を細めた。だが、そのことについて考えている時間はない。

馬車で協会に着いたときには霧雨が降りはじめていた。玄関に通じる大理石の階段をのぼらねばならないときにかぎって、なぜいつも雨が降るのだ？　脚はひどく痛む。マシューは歯を食いしばって馬車をおり、差し伸べられた御者の手を払いのけると、広げて手に押しつけられた雨傘をしっかり握った。慎重に階段へと向かい、杖と傘を片手で持って、もう片方の手のひらでずきずきする太腿を押さえる。なんとか階段をのぼりきって傘を置き、服についた雨粒を袖で払った。そのとき、ウィンスロップが玄関ホールに駆け込んできた。不安げに目をぎらつかせている。

「きみが来ないかと見張っていたんだ。知らせを聞いたか？」

「今度はなんだ？」鋭い痛みが脚を貫く。ただでさえ順調に進んでいない計画に、これ以上ほころびが出てはたまらない。「きみは本当に新しい情報を集めるのが得意なんだな」

ウィンスロップはその軽口を無視してマシューの肘をぐいと引っ張り、玄関から集会室の隅まで引っ張っていった。マシューは鼻を鳴らした。ウィンスロップが内密に話したがっていることが何にせよ、部屋じゅうに広がる低いささやき声は、すでにその件を話題にしているようだ。

「早く教えてくれ」マシューは友人を見つめた。「書類仕事があるし、多くの票を得るために挨拶まわりをしなくちゃならないんだ。ぼくが最適だと役員会に納得してもらうためにも、つまらない噂話に費やす時間はない」

「問題はそこなんだ」

今回マシューの注意を引いたのは、ウィンスロップがもったいぶって黙り込んだことだった。友人に目をやったとき、不安が背筋を這いおりた。よくない話のようだ。マシューはウィンスロップを鋭く見据え、なんとか心を落ち着かせようとしながら、悪い知らせに身構えた。

「コリンズからの推薦はちゃんと取りつけてあるのか？」ウィンスロップが声を落とす。

予期せぬ質問を受け、不安がいらだちに取って代わった。「まあな。ただ、推薦状は書き直してもらわなくちゃいけないが。インク壺が倒れて……」パンドラの姿が脳裏に浮かび、マシューは食いしばった歯のあいだから言葉を絞り出した。

「それは不運だったな」ウィンスロップの沈んだ表情に、マシューの不安が再燃した。

「おい、いったいどうしたんだ？」マシューの突然の大声に人々が振り返る。彼はじっと立っていられなかった。ウィンスロップの知らせに対する興味が、脚のうずきよりも激しく血管を脈打たせた。候補者指名を逃して選挙に負けることなど考えられない。マシューはごくりと唾をのみ込んだ。「教えてくれ、ぼくがすぐに選挙運動を始められるように」

ウィンスロップの額には落胆の深いしわが刻まれている。彼は少し顔を寄せた。「だから問題はそこなんだ。もうきみがやるべきことはないかもしれない」

ウィンスロップがまた言いよどんだので、マシューは杖で彼の脚を叩いた。誰かにこのやりとりを見られたら、怒りが良識に取って代わったことがわかるだろう。選挙に勝つには、取れる票はすべて確実に取らなければならないのだ。ほかにも何人かが同じ地位を狙っているのだから。

「コリンズが駆け落ちした。ハンバー卿の姪とグレトナ・グリーンへ行ったんだ。彼女は妊娠しているらしくて、ハンバー卿は姪をスコットランドの祖父母のもとへやろうとした。だが、実現しなかった。コリンズは事情を知るなり、彼女との結婚を決めた」ウィンスロップの声は同情に満ちている。「ハンバーの幸運は、きみの絶望となったわけだ」

マシューは杖を落とし、近くの壁にぐったりともたれた。充実した将来をもたらす計画、会長という地位につく夢、幸せをつかめる希望。すべてが消え失せた。幸せも自尊心も、怪我をした脚と同じく重い傷を負った。アメリアのせいで。しかし、絶望に浸っていたのは短時間だった。

マシューは別れの言葉をつぶやくと雨の中に出て、家へ戻った。脚の痛みは不安定な感情やはかない期待を思い出させる。アメリアの寝室へ急いだが、涙に濡れた顔で窓辺に立つ妹を見たとき、怒りはやわらいだ。

アメリアには謝罪して、説明せねばならない。なぜ物事はこんなにも複雑になってしまったのだろう?

「話がある。かまわないか?」マシューは近づいていき、妹がうなずくのを待った。

窓のほうを向いていたアメリアは振り返って涙をぬぐった。いきなり部屋に入ってくるなんてマシューらしくない。いずれにしても、取り乱しているところを兄に見られたくはなかった。語られていないことはたくさんある。主導権をめぐって争うことなく友好的な会話を進められたら、心の内を兄にわかってもらえるかもしれない。自分がどんなに深くルンデンを愛しているか知ってほしい。

「わたしも話があるの」ベッドの足元に置かれた大型の革張りの長椅子まで行き、兄が隣に座るのを待った。「わたしたちふたりとも、進むべき道を見失ったみたいね」

「最初はそうではなかったのにな」マシューの表情は、この数週間で見たことがなかったほど穏やかになっている。「おまえが先に話してくれ」

「ありがとう」アメリアはほつれた髪を耳にかけ、スカートの上で両手を組んだ。「わたしが結婚に望んでいるのは幸せになる機会、安心感、満足できる将来よ。お父さまとお母さまは恋愛結婚をした。ふたりが心から愛し合っているのを見て、わたしもそんな結婚をしたいと思ったし、それ以外は拒否すると誓ったの。シャーロットは不幸な結婚をしてしまったけれど、わたしは自然にふるまっていれば、いずれ愛が見つかると思っていた。何度も社交シーズンを過ごして、パーティに出席し、殿方の訪問を受けたわ。だけど、将来をともにする運命だと確信できる人とは出会えなかった。時間が経つにつれ、お父さまは不安になって、お兄さまに不可能な任務をゆだねたのよね」いったん言葉を切り、かすかな笑みを浮かべて兄と目を合わせる。

「たしかに不可能だった」マシューも笑みを返した。

「いろいろといやな思いをして、自信は揺らいでいったわ。お父さまの病気が事態をいっそう困難にした。自分にふさわしい夫、愛して尊敬できる人を見つけられないんじゃないかという不安のせいで、お兄さまが善意で始めてくれた夫探しが、主導権を求める争いに変わってしまったのよ」自分の言葉にこめられた深い意味を、兄が理解してくれればいいのだけれど。

「その気持ちはわかるよ。ぼくも同じような不安を感じている」マシューは身じろぎをして脚を伸ばし、太腿をもんだ。「時間が経つにつれて、ぼくの欠陥はこれだけではないことがわかってきた」自嘲気味に鼻を鳴らす。「脚はときどき痛むし、そのせいでできなくなったことはたくさんある。そうして自信を失っていったせいで、性格まで悪くなってしまった」

「お兄さま」その告白がどんなにつらいかを察して、アメリアは兄のほうに手を伸ばした。

「最後まで言わせてくれ」マシューは妹の手をそっとつかんだ。「ぼくは舞踏会に出るほどばかじゃない。ひとり取り残されて、部屋の隅からワルツやカドリールを見るだけに終わるだろうからな。それに障害があることを自覚しながら、自分に向けられる哀れみのまなざしやこちらを見下した会話に気づかないふりをするのもいやだ。だから社交界に出る代わりに、ある目標を胸に抱いて学問の道へ進んだ。ところがその目的や、少しでも自尊心を持ちたいという強い願望に目がくらんで、おまえにひどいことをしてしまった。冷酷な扱いをしたよ。すまなかった、アメリア」マシューは咳払いをして、大きく息を吐いた。

「わたしこそ、ごめんなさい」彼女は心をこめて兄の手を握りしめた。「お兄さまは自分自身に厳しすぎるわ。お兄さまにとって理想的な女性は、想像だけではなく現実にも存在するはずよ」少し兄をからかわずにはいられなかった。「我慢強くて個性的な女の人がね」

「おまえが理想的な男の存在を信じるのと同じように？」マシューはにっこりして手を離した。

「あら、わたしはもう見つけたわ。彼はわたしの心を占領しているの」

そのあと、ふたりは心地よい沈黙に浸った。お互いに心の内をさらけ出し、許し合ったのだ。だから言うべきことは何も残っていなかった。

28

人生にもはや意味はない。つい最近まで、静寂は慰めであり、孤独は友だった。しかし、世界はひっくり返ってしまった。一日は二四時間より長く感じられ、一分一分は遅々として進まない。ルンデンは耐えきれず、屋敷からあらゆる時計を取り去るよう命じた。かつて救いの地だったベックフォード・ホールは、今や牢獄と化した。墓から這い出てくるのを阻止していた秘密以上に、自分のお粗末な判断に胸を痛めている。だが、どうしようもない。彼はまたしても誤った選択をしてしまった。今回は自らの心に背を向けて逃げたのだ。

ハデスに乗って長時間無謀に駆けまわっていれば、いつもなら解放感を得られた。けれども今は、牝馬に乗ったアメリアの姿を思い出してしまう。緑色の目をした誘惑の女神。彼女はルンデンを変えてしまった。ルンデンが過去の深みに沈んでいたとき、あのおてんば娘は彼の心にわずかに残っていた生存本能を目覚めさせたのだ。冒険、反抗、探検、興奮など、何年も前にルンデンが捨て去ったあらゆるものを、アメリアは彼の中によみがえらせた。それなのに、ルンデンは彼女を失望させた。背を向けて歩み去った。

真鍮製のペーパーナイフを下に置き、彼は窓辺まで行った。正面の私道をよぎった影が目を引いた。馬車がやってくる。扉についているのはホイッティンガム家の紋章？　まさか。アメリアが来た？　二カ月も経って？　なんの説明もなく姿を消した自分が、今になって言えることなどあるのか？　おなじみの胸の痛みが強くなる。落胆を覚えたくなくて、ルンデンは外の光景から視線をそらした。

だが、次の瞬間には目を戻した。アメリアを見たい。ひと目だけでいい。彼女が生意気に顎を突き出すところを。なめらかなシルクのような真っ黒な髪を。

ルンデンの心臓が早鐘を打つ。馬車から現れたのはマシューだった。彼は御者に厩舎へ向かうよう指示して、ひとりでその場に立った。

ルンデンはいらだちのため息をついた。常に胸をさいなむ後悔の痛みに目をぎゅっと閉じ、訪問者を待つために机へ戻る。玄関ホールから愛想のいい挨拶の声が聞こえたのに続いて、かつて親友だと思っていた男の不規則な足音が響いた。

「きみはこっちに戻ってきて、またしても陰気にふさぎ込んでいるわけか。それがお得意だからな」

マシューが現れた。声はいつになく大きい。その嘲りに対して、ルンデンは険しい表情をしてみせただけだった。まともに話せそうにない。今はまだ。

「きみに用がある。結婚式へ招待しに来たんだ」言下に拒絶されるのを予期したかのように、マシューが手をあげて制した。「反論する前に聞いてくれ。アメリアは話が決まったことを喜んでいる。狂喜していると言ってもいい。今日の午後、あいつは最終的な衣装合わせのため、リージェント・ストリートの仕立屋に行くことになっている。ウェディングドレスや、それにつける派手な飾りにはひと財産かかったが、これで二度とパンドラを見ずにすむなら安いものだ」

その言葉を聞いたとき、白熱した嫉妬でルンデンの目がくらんだ。こぶしを握ってマシューをにらみつけ、怒りがおさまるのを待ってから応える。「どういうつもりか知らないが、わざわざそんな知らせを伝えるためにここまで来てくれたことには感謝する。アメリアによろしく言ってくれ」別れて以来、彼女の名前を口にするのはこれが初めてだった。つらい思いで、ルンデンはごくりと唾をのみ込んだ。

「ばかな。きみもぜひ出席してくれよ。ぼくはあいつのために最高の男を選んだ。わかっているだろうが、それは簡単じゃなかった。もちろん、あいつの意見は大いに参考にしたさ。少し時間はかかったものの、アメリアは最初から自分の心をよくわかっていたということにぼくも気がついた。新しく家族が増える楽しみで、父の健康状態もかなり改善したよ。きみもきっと納得してくれるだろう。そいつは母のばかげたリストのあらゆる条件に合致している」

ルンデンは怒りで全身を震わせたが、懸命に腹立ちを抑えた。なんの反応も示したくない。マシューはこちらの苦悩に気づきもせず、幸せな出来事を能天気に喜んでいる。もしかすると、愛想よくしていても、この訪問はある意味復讐なのかもしれない。マシューを玄関まで見送り、自分は無名の墓のように放置され忘れられた人生を続けよう。

あまりの沈黙に耳が痛くなる。やがて執事のビトルズが飲み物のトレイを運んできた。だが、マシューは執事が紅茶を注ぐ前に立ちあがった。

「いや、ゆっくりしていられないんだ。細かなことを決めなくちゃならない。でも、いろいろあったが、きみに会いに来ずにはいられなかった。ぼくたちの過去のいきさつを考えると……」マシューは不安げに言いよどんだ。「きみとあんな別れ方をしたくなかった。和解するのに結婚式は絶好の機会だと思ったんだ。きみはこれからもずっと友人だよ、ルンデン。ぼくたちの過去、現在、未来がどうであっても」

マシューが仲直りのしるしに手を差し出し、ルンデンは心をこめて握手した。「アメリアは幸せなんだな？」

「ああ、言葉にできないほどにね。それも当然だろう？　相手は最高の男なんだから」

その声には真実味があふれていた。ルンデンは何度となく口から出かかった質問をのみ込んだ。〝その幸運な男とは誰なんだ？〟だが、詳しく知らないほうが正気を保っていられるかもしれない。「それはよかった。ご家族にも、わたしからのお祝いを伝えてくれ」ふたりは手をおろし、しばらくその場にたたずんだ。やがてマシューは杖で靴を叩くと身をひるがえし、ルンデンは部屋から出ていく友人の後ろ姿を見送った。

一時間近く我慢したあと、ついにルンデンはこらえきれなくなり、長時間乗れるように馬の準備をさせた。そして何も考えずにハデスを激しく駆り、ロンドンへ向かった。目的はひとつ。アメリアが別の男の妻になる前に、ひと目でいいから見ることだ。長いあいだ感情を隠してきたのに、彼女のせいで心はむき出しになっていた。アメリアの顔を最後に一度見ることができたら、そのあとは不都合な感情をすべて押し殺して、ひっそりと田舎で一生を過ごそう。

リージェント・ストリートに近づいたとき、おのれの愚かな反応について考えた。結局のところ、わたしはアメリアを求めている。これは最高に正直な告白だ。彼女は決して自分のものにならないというのに。いや、なる可能性はあるのか？　そんな疑問をルンデンは鼻で笑った。なんという愚か者だ。彼女はほかの男と婚約したんだぞ。

マシューの言ったとおり、リージェント・ストリートの路上にはホイッティンガム家の馬車が止まっていた。良識に阻止される前に、ルンデンは急いで馬をつないだ。アメリアの笑顔を少しだけでも見られれば充分だ。けれども店のウィンドーの前で足を止めたとき、それは不可能だとわかった。

フリルのついたボンネット、派手な靴、赤茶色のシルクのドレスなどが飾られているせいで、歩道から店内にいる人間の姿を見ることはできない。ルンデンは革の手袋を外しながら、いらいらと悪態をついた。店の中に入れば、きっと望ましくない結果が待っているに違いない。アメリアが婚約者について話すとき、その目に浮かぶ喜びを見てしまうことになるだろう。

だが、自分は彼女の幸せを願っているのではないのか？　心は真鍮製のノブをまわせと促す一方で、脳はルンデンをばか者と呼んでいた。

「いらっしゃいませ」

扉の上で鳴る鈴の音が、新しい客の到着を店主に知らせた。いくつもの頭がルンデンのほうを向く。そのうちのひとつは、美しい緑色のリボンが結ばれた豊かで光沢のある黒い巻き毛に覆われていた。

「ルンデン。来てくれたのね」

アメリアが見あげる。

彼は言葉を失った。

ルンデンを見て、彼女はうれしそうだ。

わけがわからない。

それでも、幸福感が暴走する馬車のごとくルンデンに襲いかかった。

頭から足の先まで透けるような白いレースに包まれているアメリアは息をのむほど美しい。瞳はエメラルド色に輝き、笑みは太陽よりも明るかった。

「お兄さんが、きみがここにいると教えてくれた」激しい鼓動とは対照的に、ルンデンの口調は穏やかだった。

「そうでしょうね。だけど、花婿は結婚式の前に花嫁を見てはいけないのよ。それは縁起が悪いと信じている人もいるわ」

ルンデンはおずおずと左右に目をやった。花婿の正体を知りたいという気持ちと、いやな記憶を刻みたくないという思いが同居している。

彼の複雑な表情が面白いのか、侍女のメアリーがくすくす笑った。

「すまない、アメリア。話がよくわからないんだが」ルンデンは素直にそう認めた。

今度はアメリアが笑った。美しい手をせわしなく振って、部屋にいた仕立人や助手たちを追い払う。けれども裁縫机のところから眺めている女たちについてはどうすることもできず、ルンデンはいぶかしげにその小さな集団を見まわした。胸に不安がわき起こる。彼は深呼吸をして、アメリアに目を戻した。


アメリアは必死で喜びを抑えた。ああ、ルンデンはとても凛々しい。危険な魅力にあふれていて、一〇年ぶりに会ったときと変わらずすてきだ。マシューが断言したように、ルンデンの心は葛藤との闘いに勝ったのだ。慎重に考えた言葉は、計画どおりルンデンを引き寄せた。これから、花婿は彼自身であることを納得させなければならない。それにはもう少し努力が必要だろう。

ドレスを試着するために立っていた一段高い台からおりて、ルンデンと一歩の距離もないところまで近づいていく。メアリーと店員たちの見ている前で、アメリアは両手を彼の手に重ねてにっこりした。「あなたさえ望めば、わたしはあなたのものよ。妻になる準備はできているわ」

すべてを察したルンデンのあたたかな琥珀色の瞳がきらりと光った。「今度はどんないたずらをしているんだ、トラブルメーカー？」

そして彼は笑った。その笑い声は純粋な喜びに満ちている。ルンデンが心からの微笑みを浮かべると、アメリアの胸は破裂しそうになった。

「いたずらなんかじゃないわ。わたしの笑顔が見えない？」

「見えているさ、きみが一緒にいないときでも」

「だったら結婚すると言って。一生をともにすると。わたしたちは死ぬまで幸せに暮らすのよ」そう考えたとき、彼女は息もできなくなった。

「愛しているよ、アメリア。面倒ばかり起こす無謀なきみを」ルンデンは黒い巻き毛をたどって彼女の頬に手を当て、優しく撫でた。「これまできみのいない人生を送ってきた。きみが一緒にいてくれるほうがずっといい」

ルンデンがふたたび微笑み、彼の愛の強さがアメリアの心の奥深くにまで届いた。

ふたりの将来が花開くとき、誰が見ていようとかまわなかった。周囲からひそひそとささやく声が聞こえたが、彼女は公の場で騒ぎを起こすことに慣れている。それに、この瞬間に至るまでに何をしてきたかなんてどうでもいい。ルンデンは地獄まで行って戻ってきたのだ。彼に天国を味わわせてあげたい。

結局のところ、最も大切なのはふたりが互いを見つけたことだった。アメリアはルンデンを見つけた。彼は人生には暗闇しかないと思い込んでいた。だがふたりの愛の魔法が、素晴らしい未来の光を灯した。悪いのはロンドンという街だったのかもしれない。もうすぐ花婿になる男性を追放し、もうすぐ花嫁になる女性を世間のしきたりという檻《おり》に閉じ込めていたのだから。実際、それはロンドンの最大の過ちだった。けれども婚約者がありったけの愛をこめてキスしてきたとき、アメリアの頭からそんな思いは溶けて消えた。

訳者あとがき

今から二〇〇年前の一九世紀には、もちろんインターネットもテレビもラジオも、電話もありませんでした。それでもツイッターのつぶやきが全世界に広がるのと同じくらい速く、噂はロンドンじゅうに広がりました。その原動力は社交界という存在です。

労働をしない貴族たちは、昼間は互いに社交訪問を行い、男性は紳士クラブに集まって、夜ともなれば劇場を訪れたり毎日どこかの屋敷で開かれる晩餐会や舞踏会に出席したりして過ごしました。そうして頻繁に顔を合わせる彼らにとって、大きな楽しみのひとつが噂話です。噂は貴族のあいだで瞬時に広がるのみならず、屋敷に帰った主人や奥方の会話を耳にした使用人によって、平民のあいだにも広められるのでした。

評判や名声を何より重んじる貴族たちにとって、不名誉な噂は命取り。裁判とは違い、たしかな証拠を必要としない噂話によって断罪され、最悪の場合は社会的に抹殺されることもあるのです。

本書のヒーローであるルンデンも、そんな噂の犠牲になった青年です。

彼はまだ少年だったとき、年の離れた兄が亡くなったため公爵位を受け継ぎました。その数時間前に兄と口論していたのを目撃されたことから、爵位目当てに兄を殺したと噂され、世間の非難を浴びました。実際には兄は事故死だったのですが、その事故を引き起こしたことに罪の意識を感じていたルンデンは弁解もせずに口を閉ざし、ロンドンに背を向けて田舎に引きこもりました。

二度とロンドンに来るつもりはなかったにもかかわらず、兄が所有していたタウンハウスを処分する必要を感じて、一〇年ぶりに街へ戻ってきました。できるかぎり自分の存在を世間に知られたくないルンデンは、親友マシューの屋敷に滞在させてもらうことにしました。

そこで出会ったのがマシューの妹、アメリアです。

一〇年ぶりに会った彼女は少女から美しい女性に成長していて、ルンデンは瞬時に心を奪われます。とはいえ、悪い評判のある自分のせいで、親友の妹の名前に傷をつけるわけにはいきません。彼は気持ちを抑え、なるべく彼女に近づくまいとします。

一方のアメリアは、次から次へと紹介される求愛者に辟易《へきえき》していました。愛し合う両親を見て育った彼女は自分も愛に基づいた結婚をしたいと望んでいるのに、胸のときめく相手とはなかなか出会えません。気に食わない相手をはねつけて、何かと問題を起こしてばかりいます。

そんな妹に手を焼いていたマシューは、ルンデンに妹の相手探しへの協力を求めます。するとアメリアは結婚前にかなえたい望みを書いたリストをルンデンに渡し、この内容が実現できたら兄の言うことを聞いて結婚するという交換条件を出します。

ルンデンは自由な精神を持つ活発なアメリアに振りまわされますが、そのおかげで半ば死んでいた彼の心は少しずつ生気を取り戻していき……。

アメリアが理想的な男性と出会えなかったのは、女性は従順に男性の言うことを聞いていればいいという考え方を受け入れられなかったから。自主性や自立を求める彼女にとって、それは抑圧以外の何物でもありませんでした。ルンデンが噂の犠牲者だったのに対して、アメリアは時代の犠牲者だったと言えます。そんな犠牲者同士が最終的に勝者となるまでの過程を、どうぞ見守ってください。

著者のアナベル・ブライアントは二〇一四年のデビュー以来、一年に三～四冊という着実なペースでリージェンシー・ロマンスを発表しつづけ、そのすべてで読者から高い評価を得ている有望作家です。本書が初の邦訳となりますが、きっと日本の読者のみなさまにも歓迎していただけることでしょう。

二〇一九年七月

ライムブックス

結婚《けっこん》のための三《みっ》つの条件《じょうけん》

著　者　　アナベル・ブライアント
訳　者　　上京《かみぎょう》　恵《めぐみ》

2019年8月20日　初版第一刷発行

発行人　　成瀬雅人
発行所　　株式会社原書房
〒160-0022東京都新宿区新宿1-25-13
電話・代表03-3354-0685　http://www.harashobo.co.jp
振替・00150-6-151594
カバーデザイン　松山はるみ
印刷所　　図書印刷株式会社

落丁・乱丁本はお取替えいたします。
定価は、カバーに表示してあります。
 ISBN978-4-562-06526-4 Printed in Japan